U0036345

Gaea

Gaea

【夜城系列】

毒蛇的利齒

Sharper than a Serpent's Tooth

賽門・葛林（Simon R. Green）著

戚建邦 譯

夜城系列

毒蛇的利齒

推薦

「喜歡奇幻的讀者可以從充滿想像力的奇幻元素中獲得滿足……而喜歡推理元素的讀者，也可從本書中，得到熟悉的慰藉。」

——知名推理評論家　冬陽

「跨越陰陽、時空錯位的神魔決戰場，都會奇幻和冷硬推理的最佳組合。」

——奇幻文學評論者　譚光磊

「你實在想不到作者的腦子裡究竟裝了些什麼，他的想像力到底爲什麼能如此豐富並且畸形……」

——中文版譯者　戚建邦

「如果您喜歡風格詭異的黑色奇幻，歡迎再度回到夜城的世界。在這裡，時間永遠停留在凌晨三點，所有邪惡的怪物呼之欲出……我實在等不及想看更多發生在夜城裡的冒險故事了。」

——《費城週刊》（*Philadelphia Weekly*）

「故事節奏十分明快，有如建立在陰陽魔界裡的雲霄飛車一般刺激。賽門．葛林創造了一個既恐怖又詭異，但卻趣味十足的奇幻世界，並於其中演義出一段刺激精采的冒險故事。題材非常有趣。」

——《紐約時報》暢銷作家 Jim Butcher

「非常有趣的開頭，極可能成爲一套令人愛不釋手的系列小說。角色的對白常常出人意表，而其創造出來的冒險橋段及場景更是深植人心。夜城的確是個可怕的地方，但是讀者就是忍不住要跟著書中的角色踏入這個世界。」

——《黑門雜誌》（*Black Gate Magazine*）

「賽門．葛林創作出一個精采無比的冒險故事，讓人們忍不住想要進入故事中的奇幻世界一遊。」

——書籍瀏覽人網站（BookBrowser）

夜城系列

毒蛇的利齒

推薦

「夜城系列小說完美融合了洛夫克萊夫特與福爾摩斯的風格。《毒蛇的利齒》是一本刺激的恐怖小說，同時也是一場令人愛不釋手的私家偵探奇幻冒險故事。」

——《中西部書評》（*Midwest Book Review*）

「充滿了各式各樣的超自然生物，刺激精采的動作場景以及會心一笑的黑色幽默，泰勒系列的故事成功地突破了當代主流的中世紀奇幻風格。」

——《編年史雜誌》（*Chronicle*）

「我非常喜歡葛林的第一本以約翰泰勒爲主角的小說，而第二集更是青出於藍。除了正常的私家偵探小說元素之外，還外加了很多驚奇的快感。」

——《編年史雜誌》（*Chronicle*）

「葛林筆下的風格十分獨特，令人欲罷不能……角色個性強烈，極具黑色幽默，通俗的筆法下隱藏著獨特的恐怖氣息，乃是一部絕妙的都會奇幻小說。」

——《綠人書評》（*The Green Man Review*）

「愉快、刺激，動作場面豐富而又非常緊張。」

——《書單雜誌》（*Booklist*）

「如果您喜歡黑色奇幻故事，就請回到夜城的世界裡吧。」

——大學城書評網站（The University City Review）

「夜城的傳奇故事出現重大突破……有如一道作工細緻的佳餚，在葛林這位大廚手中整治的美味無比……非常了不起的一段冒險故事。」

——《科幻評論電子雜誌》（*SFRevu*）

「融合所有經典私家偵探故事元素……葛林天生就是個想像力豐富的說書人。」

——《犯罪狂熱雜誌》（*Crimespree*）

夜城系列

毒蛇的利齒

目錄

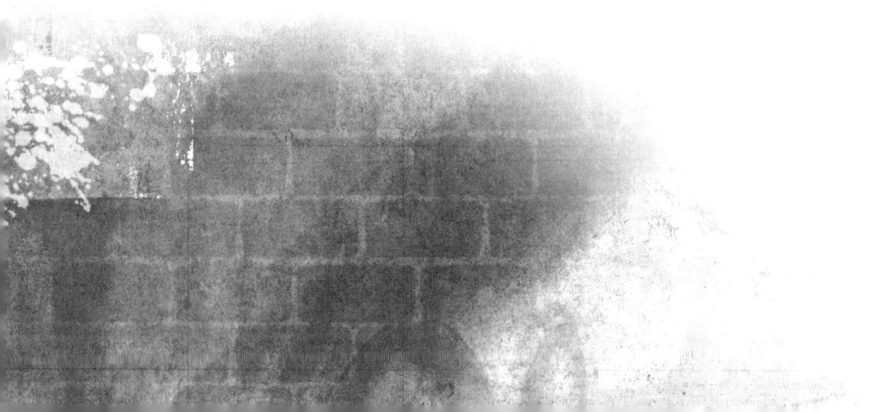

倫敦中心附近藏有一個可怕的秘密，有如毒蛇纏繞在其中：夜城。一個黑暗墮落的地方，一個大城市中的小城市，一個太陽從未照耀也永遠不會照耀的所在。你可以在夜城中找到諸神、怪物，以及來自地底深處的靈體，如果他們沒有先找上門來的話。歡愉與恐懼永遠都在打折，不但價格低廉，也不會在櫥櫃中陳列太久。我是個在夜城出生的人，而打從三十幾年前出生的那天開始，就不斷有人想要置我於死地。

我名叫約翰·泰勒，職業是私家偵探。我不辦離婚案件，不碰難解之謎，即使線索擺在眼前也會視若無睹。我唯一擅長的案件就是尋找失物，任何東西不管藏得多隱密都難逃我的法眼，只不過大部分的情況下，我似乎都只會找到更多麻煩。我父親死於飲酒過量，因爲他發現我失蹤的母親不是人。當權者，一群暗中掌管夜城的幕後人物，將我視爲一個危險麻煩的因子。基本上他們這樣想並沒有錯。我的客户視我爲最後的希望，另外有一些人視我爲未來世界的王，還有人爲了一個我將會毀滅夜城以及全世界的預言而不惜一切地想要取我性命。

終於，在一次穿梭夜城的時光旅行之中，我發現了一切的眞相。夜城是我母親親手所創，存在的目的是爲了在地球上保有一片不受天堂與地獄影響的土地，一個唯一眞正自由的樂園。然而，最後她被自己的盟友趕出現實之外、放逐到地獄邊境，只因爲他們對她實在過於懼怕。如今她回來了，並且誓言以她可怕的意念重新塑造整個夜城。我的母親，莉莉絲，亞當的第一任妻子，曾因拒絕接受任何強權統治而被逐出伊甸園的強大實體。她墮入地獄與無數惡魔交歡，生下了所有曾經荼毒世界的怪物。至少傳說是這麼說的。

莉莉絲。親愛的母親。

如今我必須想辦法阻止她，並且盡量避免在阻止她的過程裡毀滅夜城以及整個世界……

chapter 1 夜色中的某處

per than a Serpent's Tooth Sharper than a Serpent's Tooth Sharper than a Serpent's Tooth Sharper than a Serpent's Tooth Sharper than a

一般相信陌生人酒館乃是世界上最古老的酒館，所有世界上可能發生的事情都曾經在這裡發生過。基於這個原因，當我跟蘇西．休特突然滿身是血、衣衫破爛地憑空出現在酒館中時，大部分的酒客連眼睛都沒眨一下；這些酒客都是居無定所的渾蛋與各式各樣的敗類。蘇西和我靠在光滑的木質吧台上，花了點時間恢復正常的呼吸節奏。由於我們在前往過去的旅行中經歷了許多事件，包括被天使附身大戰來自地獄的怪物在內，所以我強烈地認爲我們需要好好休息一下。艾力克斯．墨萊西——陌生人酒館的老闆、酒保，兼悽慘無比的討厭鬼——此刻正站在吧台後方努力擦拭一個根本不需要擦拭的杯子，冷冷地對著我們兩人露出陰鬱的神色。

「爲什麼你不能跟正常人一樣從大門進來，泰勒？」他終於開口道。「你總是得要弄個華麗的出場，是不是？看看你們的樣子。我才剛花了很多錢清理地板，你們最好不要給我把血滴在上面。我已經有好多年沒有見過地板的原始色彩了，我還想趁著乾淨的地板再度消失前，把它的顏色記入腦海。我眞應該想辦法開發點新客源，當初繼承這個鬼地方的時候，還有人信誓旦旦地跟我保證這裡不但生意蒸蒸日上，熟客也個個都是氣質出眾的上流人士呢。」

「艾力克斯。」我道。「你就算拿著電牛刺棒以及大烙鐵都沒辦法把這間酒館趕入上流市場。現在，給我幾瓶酒，全部倒在同一個杯子裡，然後給蘇西來一瓶老琴酒。」

「兩瓶。」蘇西．休特道。「不用拿杯子。」

艾力克斯看著蘇西，神色登時大變。蘇西在我們經過亞瑟王的年代時失去了半張左臉，不但血肉全被扯下，而且還被火焰燒乾。她的左眼已經不在眼眶之中，上下眼瞼遭火密封。蘇西用僅存的藍眼珠冷冷瞪著艾力克斯，警告他不要亂說話。艾力克斯的臉上同時浮現許多情緒，不過很快又回歸一片空白。他努力表現出專業酒保的風度，對蘇西點了點頭，然後跑去幫我們拿酒。蘇西沒時間接受他人的同情跟憐憫，即使來自朋友也不要。或許她最不需要的就是朋友的同情。

但是我知道事情並非如此簡單。艾力克斯跟我一樣都曾經在一個未來的蘇西臉上見過這張面孔，一個從可能的未來中穿梭時空回到過去試圖取我性命的蘇西。或許那個蘇西已經死在我的手上了，不過我不能肯定。艾力克斯拿了一大杯苦艾白蘭地給我，然後又在蘇西面前放了兩瓶琴酒。我有如牛飲一般一口幹掉昂貴的好酒；蘇西則把酒瓶當作奶瓶一樣拿起來猛灌。

「我們離開多久了？」我終於問道。

艾力克斯揚起眉毛。「大概五小時，打從你跟湯米．亞布黎安還有你的新客戶伊蒙．米歐爾離開這裡算起。」

「啊——」我說。「對我們來說可久多了。蘇西和我踏上時間旅行，經歷過好幾個不同年代的夜城。」

「我才不會同情你呢。」艾力克斯道。「你在這個年代惹的麻煩還不夠嗎？幹嘛還到過去胡搞瞎搞？這回惹了些什麼人？你們看起來簡直就跟從一台絞肉機走出來的一樣。」

「我們不算慘。」蘇西道。「慘的是那台絞肉機。」

她打了個嗝，放了個屁，然後回頭繼續喝酒。

「我猜你一定沒幫我帶禮物回來吧？」艾力克斯問道。

「當然沒有。」我道。「說過了我們是回到過去，而不是現在〔註〕。」

「油嘴滑舌的傢伙，你早晚會爲此付出代價的。」艾力克斯道。

我要蘇西放下酒瓶，請艾力克斯幫我們施展吧台後方隨時備好的「衣物恢復術」。他唸了幾句咒語，用一根古老的指向骨比了幾下，我們身上的衣物當場乾乾淨淨，修補完畢。儘管我們的身體依然疲憊不堪、染滿鮮血，不過這起碼是個好的開始。這個法術是夜城中所有

註：此處作者用了present這個字，有「現在」與「禮物」兩種意思。

酒館和旅店的標準配備，因爲這裡即使最普通的娛樂都可能把衣服搞爛。蘇西和我對著吧台後方的大鏡子打量著自己。

我恢復成原來的模樣，不過眼角上增添了些許世故的神情。黑黑的、高高的、身穿白色長外套，在特定的光線之下看起來還算帥氣。我自認外表給人一種值得信賴的感覺，不過還沒值得信賴到可以帶回家去見父母的地步。蘇西．休特，外號「霰彈蘇西」，又名「喔上帝是她快跑」，看起來就跟往常一樣冷酷危險、驚懼駭人。她是個年近三十的金髮女子，一生飽經風霜，身穿裝滿金屬釦環及吊飾的機車皮衣，背上插了一把霰彈槍，壯觀的胸前交叉垂掛著兩條子彈帶，腳上穿著一雙及膝的黑色長靴，靴尖包覆鐵皮。她擁有分明的臉部線條、鮮少微笑的嘴唇，以及深邃古老的目光。她曾經對準我的背部開過一槍，不過純粹只是爲了吸引我的注意罷了。

（艾力克斯和往常一樣穿了一身黑，臉戴太陽眼鏡，腦後也加掛一頂貝雷帽以掩飾禿頭。他年近三十，不過外表比實際年齡老上十歲。在夜城之中經營酒館就會導致這種下場。）

「那麼……」蘇西回到酒瓶之前說道。「我們現在該怎麼辦，泰勒？」

「我們要組織一支軍隊。」我道。「我們去聯合夜城裡所有神靈與強者的力量，組成一支足以與莉莉絲抗衡的軍團。我會運用天賦找出她所有藏身之處，然後……盡我們所能地摧毀她。如今不是她死，就是我們亡了。」

「即使她是你的母親？」

「她從來都不是我的母親。」我道。「從各方面而言都不是。」

蘇西若有所思地打量著我。「就算能夠組成那樣的軍團，夜城依然有可能在我們與莉莉絲的大戰之中毀滅殆盡。」

「如果我們不設法阻止，夜城終究還是會面對同樣的命運。我見過那個未來，再也沒有比那個未來還要悽慘的結局了。」

我目光一轉，迴避她滿是疤痕的臉龐。因爲我不願去想起那個半瘋半死、手中接著眞名之槍，來自未來意圖置我於死地的蘇西。

「如果其他人不願意涉入此事呢？」

「我會強迫他們涉入。」

「這跟你母親的作爲有什麼兩樣？」

我嘆了口氣，低頭看著空虛的酒杯。「我很累了，蘇西。我想要……我需要看到這一切盡快結束。」

「看來免不了會有一場大戰。」霰彈蘇西將手指塞入胸前彈帶上的一個空彈孔中，說道：「我已經等不及了。」

我溫柔地對她微笑：「我猜妳連睡覺也會抱著那把槍，是吧？」

她以一貫的冷酷表情看著我道：「或許有一天，你會有機會知道這個答案，我的愛。」

她送我一個飛吻，然後又將全副精神放回酒瓶之上。艾力克斯滿臉敬畏，神色驚愕地看著我，趁著蘇西專心喝酒的時候偷偷將我拉到一邊，壓低聲音說道：

「我沒聽錯吧，約翰？我的愛？這表示你跟那個地獄來的瘋狂獎金獵人在一起了？」

「看來是這樣。」我道。「我跟你一樣震驚。或許我該研究一下交友廣告裡的用字遣詞。」

「但是……蘇西？我是說，她的確勇氣非凡，但是……她是個瘋子呀！」

我微笑道：「你認爲沒瘋的人會看得上我嗎？」

艾力克斯想了一想。「這樣說倒也沒錯。的確，說得好。但是約翰……她的臉……」

「我知道。」我小聲道。「那是過去發生的事，如今已經無法挽回。」

「約翰，她只差一點就要變成從未來回來殺你的那個蘇西了。我們不該先告訴她這件事嗎？」

「我早就知道了。」蘇西道。我沒聽見她的腳步聲，而從艾力克斯跳起的高度來看，他顯然也沒聽見。蘇西壓抑嘴邊的笑意，說道：「我已經知道好一陣子了。想要在夜城之中保守祕密並不容易，特別是不好的祕密。你應該知道這一點的，約翰。別擔心，我從不擔心未來，主要是因為我不認為自己能活那麼久的緣故。這是一種非常正面的態度。你只要擔心現在的我就好了，約翰。」

「喔，我會的。」我保證道。「我會的。」

我背靠吧台，面對酒館內部。今晚對世界上最古老的酒館而言只是另外一個普通的夜晚。艾力克斯的壯碩保鑣，貝蒂及露西．柯爾特倫，正在將一群虛有其表的墨西哥摔角手給趕出酒館，並在過程之中讓他們發出小女孩般的哭泣聲。永遠不要去惹這兩個姓柯爾特倫的女人，特別是當她們身穿「滾球地獄貓泥漿摔角冠軍」T恤的時候更不要。不遠處，一名兩眼綻放金光的生化人以一種奇特的滋滋聲響向艾力克斯叫了一杯超純乙醇。那生化人乃是透過時間裂縫從一個可能的未來來的，此刻正在利用某人留在吧台上的音波螺絲起子修補自己左腳上的傷痕。我很高興能夠看到他，因為他的存在就代表除了我心中怕得要死的恐怖未來之外還有其他未來存在的可能。

生化人隔壁有六名身穿枯萎花瓣裝的花仙子，合唱著一首維多利亞年代的飲酒歌，在四周的空氣中灑落許多花粉。唱沒多久，她們火氣上腦，當場就要去找一名純眞女孩來痛扁一頓。裹著一身爛布的「變態男孩」自旋轉樓梯上走下，在酒客之間兜售恐怖的產品。變態男孩賣的是間歇性精神疾病，鎖定的客群乃是一些非常急於逃避現實的人們。他曾經跟我透露，其實一開始他賣的是健康的精神狀態，但是這種東西在夜城裡根本完全沒有市場。我早該教他認清這個事實的。

美洲國王跟王后剛好路過，對大家揮手微笑之後就離開了。

「那麼……」艾力克斯在我的酒杯中重新斟滿酒。「過去的夜城是什麼樣子？」

「很混亂。」蘇西道。「各方面而言都很混亂。」

「有殺死任何有趣的人嗎？」

「說了會嚇死你。」我道。「但是身爲紳士，我是不會在殺人之後還到處聲張的。你最近有看到湯米．亞布黎安嗎？」

「早先跟你一同離開這裡之後就沒見過了。我應該看到他嗎？」

湯米．亞布黎安，著名的存在主義大偵探，之前曾跟我和蘇西一同前往過去，不過後來我們鬧翻了。他認爲我是個冷血無情、心機深沉的男人，甚至比我打算阻止的壞蛋還要危險。我必須將他送回現代。因爲當時如果不這麼做的話，我就只剩下殺他一條路可走，而最近我剛好打定主意要當好人。不過我很可能將他送入錯誤的時間點，因爲我依稀記得幾個月前在偵辦「夜鶯的嘆息」一案之時，湯米曾經在陌生人酒館之中憑空出現，並且揚言要取我性命。當時我被他搞到滿頭霧水，不過現在大概知道原因了。

我嘆了口氣，暗自聳了聳肩。湯米·亞布黎安可以抽張號碼牌慢慢排隊，因爲在夜城，想殺我的人從來不曾少過。一陣皮革摩擦的聲響中，蘇西來到我身邊，背靠吧台，手持酒瓶。她的嘴角叼了一根菸，手中的酒瓶已經半空。扭曲的菸絲緩緩飄過密封的左眼之前。

「我會幫妳找出一道法術。」我說。「一道可以修補面孔的法術。」

「我在考慮保有這張面孔。」蘇西平靜地說道。「這張臉對於情急拚命的個性及心狠手辣的殺手形象很有幫助。」

「妳的形象不需要再錦上添花了。」

「你眞懂得甜言蜜語，泰勒。但是我從來不在乎自己美不美，至少現在我的外在終於符合內心了。」

「蘇西……我不願看到妳爲了我而受傷。」

她冷冷地看著我。「你開始有保護心理了，泰勒，這樣下去我會把你當作熱騰騰的大象糞便一樣丟開。」

「說起超大號的糞便……」艾力克斯說道。「渥克幾小時前來過，約翰。他是來找你的。」

我很不喜歡聽到這種話。渥克，身穿西裝、頭戴圓頂帽的完美仕紳，乃是當權者的代表。他的話就是夜城裡的法律，動念之間就足以決定人們的生死。傳說他曾經強迫一具屍體坐起身來回答他的問題。他不認同我的作風，但是卻三不五時地將工作丟到我頭上，完全把我當成是可以否認也可以犧牲的棋子。此刻他對我十分火大，不過事情總是會過去的。萬一這次的事件無法解決的話，那麼多半不是他死，就是我亡了。

「他帶來大隊人馬，徹底搜遍整間酒館。」艾力克斯忿忿不平地道。「所以我才需要花大把開銷僱用清潔人員。你們回來的時候才剛清理完畢呢。」

「你任由他們搜查你的酒吧？」我問。

艾力克斯必定聽出我聲音中的驚訝，因爲他的表情竟然有點難爲情。「嘿，他帶了很多人來，可以嗎？而且都是全副武裝的超級硬漢。其中有幾個到現在還下落不明，多半是被吃掉了。我早就警告他們不要進入地窖。」

我搖了搖頭。渥克竟然帶人搜查梅林．撒旦斯邦守護之下的酒館，顯然他十分迫切地想要將我逮捕歸案。坎莫洛特崩毀之後，梅林就一直被埋在本酒館的地窖之中，然而在夜城，死亡並不能阻止強者的存在。就算被人用槍抵著，我也絕對不肯踏入這個酒館地窖半步。

「我得去撒泡尿。」我宣布道。「我忍了兩千多年，忍到牙齒都鬆了。」

「謝謝你跟我們分享這種訊息。」艾力克斯道。「這次請盡量不要全部都尿到地板上。」

我往吧台後方的廁所走去。一路上碰到的人個個假裝沒事一般，不過顯然都刻意讓道給我先過。這個現象一部分歸功於我苦心經營的名聲，不過主要還是因爲我的身邊時常圍繞各式各樣的悲劇，任何聰明的人都知道要離我遠一點。我推開印有男性生殖器標誌的廁所大門，朝一排馬桶隔間走去。我從來不在廁所隔間裡面上小號，因爲太容易被偷襲了。我很快地檢查一下附近環境，用嘴巴呼吸以免被臭氣燻死，最後發現整間廁所應該只有我一個人。這個陰暗狹小的石造空間看起來就跟往常一樣噁心。我不認爲艾力克斯曾經打掃過廁所，他只是三不五時拿火焰噴射器來噴一噴而已。廁所牆上的黏稠物不斷往下滑落，整個地板上溢滿了噁心至極的液體。牆上的塗鴉絲毫不曾改善。一面牆上被人畫了一個「黃色標記」，標記旁邊另外有人寫下「上帝以難以解釋的方式做愛」。隔壁隔間的牆上寫的是「想要爽一下，隨便敲扇門就好。」

我走進第一個隔間，鎖上身後的門，拉下拉鍊開始辦正事，眞是暢快斃了。私家偵探的第一守則——一有機會就去尿尿，因爲你永遠不知道什麼時候需要展開監視行動。馬桶上方的牆壁上被人寫下「幹嘛看上面？羞愧嗎？」我笑了笑，抖掉最後幾滴尿，收回我的傢伙，然後全身僵立在原地。我並沒有聽見任何不對勁的聲音，但是就是知道隔間裡面已經多了一個人。在夜城，沒有能力盡快發展出生存本能的人通常活不過童年。我伸手到口袋中摸索專爲這種情況所準備的小道具，不過很快就停止動作，因爲我感覺到一個小小硬硬的東西從背後頂在我的背上，大約腎臟上面一點點的地方。

「有一個小小硬硬的東西頂在我的背上。」我道。「我眞的非常希望那是一把槍。」

「嘿嘿嘿……」背後傳來一個低沉的聲音。「我就是喜歡你這種妙語如珠的反應呀，泰勒先生，這樣子辦事眞的十分愉快。沒錯，這是一把槍，而且是一把很特別的槍。讓我告訴你吧，這是一把來自某個充滿生化人的未來的能量手槍，是我特別爲了今天這種狀況而準備的。嘿嘿，所以不要妄想偷走槍裡的子彈，因爲這把槍根本沒有子彈。」

「鬼祟彼得。」我扮個鬼臉道。「賞金獵人，偷盜小賊，全方位的雜碎。你怎麼通過鎖上的門的？」

「我沒有，泰勒先生。我老早就躲在隔壁了。嘿嘿，我是趁著你尿尿的時候偷溜過來的。嘿，你知道從來沒有人發現我接近過，泰勒先生。我受過專業的忍者訓練，已經跟迷霧與陰影融爲一體了。」

「你是個鬼鬼祟祟的小渾蛋。」我語氣堅定地道。「比寄生蟲的乳頭還要不如。你想要什麼，彼得？」

「這還用問嗎，當然是要你啦，泰勒先生。有人出了一大筆賞金懸賞你的人頭，有沒有連在身體上都無所謂，我想要領取這份賞金。喔，沒錯。現在要嘛就是我們一起走到我的車上，不要驚動你的同伴……不然就是讓我扛你出去，或者說，把你身體的一部分扛出去。你決定吧，泰勒先生。」

「介意我先沖個馬桶嗎？」我問。

「總是這麼愛開玩笑！我就是喜歡跟像我一樣專業的人士一起辦事，這樣場面才不會弄到太難看。嘿嘿，喜歡沖水就沖吧，泰勒先生。但是請小心點，好嗎？」

我緩緩湊向前去沖馬桶，然後趁著鬼祟彼得的注意力集中在我的雙手上時，施展了通常用來取出子彈的法術，將馬桶裡沖出來的水全都轉移到鬼祟彼得的肺裡去。他突然慘叫一聲，向後退開，頂在我背上的東西也隨之消失。我立刻轉身打算奪走能量槍，卻發現他的雙手空空如也，根本沒有什麼能量槍，抵在我背上的只是他的手指罷了。

鬼祟彼得重重摔倒在地，口中溢出污水，兩手發瘋似地四處亂抓。我默默地看了他一會兒。他是個賞金獵人、偷盜小賊、偷窺變態兼勒索專家。他或許沒打算親手殺我，但卻會毫不猶豫地將我交給願意殺我的人……我嘆了口氣，對準他的胸口用力踩下。污水自他口中狂噴而出，在一陣劇烈的咳嗽之後，他終於恢復正常呼吸。

我饒了他一命。我不應該如此心軟的，但是……或許我需要說服自己我跟我母親不是同一種人。

我離開廁所，回到吧台，冷冷地看著艾力克斯．墨萊西。「我剛剛跟鬼祟彼得在廁所裡聊了一下，不過口氣不算太好。你是不是有什麼事情還沒機會告訴我的？」

「啊！」艾力克斯道。「沒錯，最近有很多賞金獵人在這裡出沒。我相信你殺害那十三個講理之人一定有很好的理由，不過他們背後權勢滔天的家族已經提供了一筆金額龐大的賞金懸賞你的項上人頭。」

「金額有多龐大？」蘇西問。我看了她一眼，她聳了聳肩。「抱歉，職業病。」

我正打算反唇相譏，幸虧手機剛好在這個時候響起。我接起電話，習慣性地說了聲：「幹嘛？」

「泰勒。」渥克以十分溫和的口吻說道。「真高興你安然無恙地從過去的旅程中回來了。」

「渥克。」我說。「消息傳得眞快，是不是？我以爲你不知道這支私人專線。」

「我知道所有人的號碼。這是工作所需。」

「我不會去跟你和當權者自首的。我還有要事要辦。」

「喔，我想你會的，泰勒。」

他的語氣頗不尋常……「你做了什麼，渥克？」

「是你逼我出此下策的。爲了引起你的注意，我迫於無奈只好下令逮捕你年輕可愛的秘書，凱西．貝瑞特。如今她被藏在非常安全的地方，絕對沒有生命危險。只要你願意自首，我保證不會傷害她一根寒毛。但是如果你堅持要讓我難做的話……這個嘛，恐怕我就不能繼續爲這位小姐的福利著想了。」

「你這渾蛋！」

「我只是做我該做的，約翰。你知道的。」

「如果凱西出了什麼事……」

「這就看你如何決定了，不是嗎？我必須告訴你，負責這項綁架行動的人對你抱有極大的私怨。你花越久時間下決定，他們就越有可能失去耐性。或許我會後悔這麼做……但是如今情況已經不是我能控制的了。我收到指令，必須堅守職責，不管發生什麼事……」

我掛上電話，因為他只剩下廢話可講。他只是想拖延時間讓手下透過電話鎖定我的位置而已。我向蘇西和艾力克斯解釋當前狀況。

「我不能去自首。」我道。「我必須保持自由之身才能阻止莉莉絲。整個夜城已經陷入危機，甚至是整個世界。只不過我不會、也不能放棄凱西。」

「當然不能。」蘇西道。「她是你的秘書。」

「是你的朋友。」艾力克斯道。

「是我女兒。」我說。「從各方面來講都是。」

「那我們必須去救她。」蘇西道。「我們不能在這種威脅下低頭。如果人們認為我們會在他人脅迫之下做出違背本意的事情，他們就會利用這點來對付我們。來吧，泰勒，發揮你的專長。」

我喚醒我的天賦，運用從不是人的母親那裡唯一繼承到的超自然能力開啟我的視野。透過第三隻眼，我的心眼，我將視界擴及整個夜城，搜尋凱西的蹤跡。只要投注足夠的心力，任何人、任何事通通在我眼底無所遁形。我不喜歡太常使用這項天賦，因為一旦開啟天賦，我整個人就會在黑夜中綻放光芒，暴露我的蹤跡，引來敵人的追殺。但是在此刻，我已經氣到什麼都不在乎的地步了。

夜城在腳下延伸，赤裸裸地呈現在我眼前。我就像名憤怒的神祇一般看著腳下的城市，搜尋其中的街道、廣場、神祕的角落、往來的人潮。酒吧、夜總會，以及其他私人建築在我凌厲的目光下飛逝而過。房屋、倉庫、寶庫、地窖，我深入所有可能的地方，但是卻絲毫沒有發現凱西的蹤影。妖精在陰影中發光，恐懼鄉親隱身於物質界之後不疾不徐地執行沒人知曉的任務。我可以在夜色之中感應到凱西的氣息，但是始終無法鎖定她的位置。我凝聚注意力，腦中傳來劇烈疼痛，可惜只能大略看出一點端倪。某人或是某樣物品正在阻隔我的天賦，遮蔽我的視野，這種現象對我來說倒是新鮮。我關閉天賦，小心翼翼地重建心靈防禦。在夜城絕對不能輕易敞開心扉，因爲天知道會引來什麼東西入侵。

「她在大殯儀館附近。」我道。「但是我看不出更進一步的細節。」

蘇西揚起眉毛。「那可……眞不尋常。」

我很快地點了點頭。「合理。渥克一定挑選了合適的人選讓我找不到凱西。」

「但是渥克深知你的天賦能力。」艾力克斯道。「他知道你會去找她。這擺明是個陷阱。」

「當然是陷阱。」我說。「不過我這輩子都是在陷阱中進進出出的。那麼，蘇西和我先去救凱西。在讓她的綁架者清楚了解到干涉我的事情不是什麼好主意之後……我再想辦法召集一支就連渥克都會聞風喪膽的大軍。」

「先處理一件事。」蘇西道。

「什麼事？」我問。

「把拉鍊拉好，泰勒。」

chapter 2 絕不打擾死者安息

要離開陌生人酒館絕非易事。就我對渥克的了解來看，此刻酒館所有出口應該都有他的人馬監視，不但全副武裝，而且還備有許多毀滅性法術。是我的話就會這麼幹。我向艾力克斯．墨萊西提出這個看法，他的臉色變得比平常更加陰沉。

「我將來一定會後悔的。」他沉重地說道。「有一個保證渥克絕對不可能知道的出口，因爲除了我之外沒有任何人知道。我的家族世代經營這間酒館，基於本酒館每天上演的詭異鬧劇跟恐怖麻煩，我們家人對於一個能夠迅速離開現場的祕密通道都有一種強烈的需求。我們小心翼翼地維護一個已經有數百年歷史的祕密通道，除非情況危急到了極點，不然絕不輕易使用。聽清楚，泰勒——我會告訴你這個祕密唯一的理由只是因爲我不想再看到渥克的人馬爲了找你而把酒館翻過來搜查，你越快離開這裡，我們就越早可以鬆一口氣。」

「我懂，艾力克斯。」我道。「這跟友情無關，完全是爲了生意著想。」

「一點也沒錯。」艾力克斯說著指示我跟蘇西進入吧台後方。「我可不想讓人以爲我心軟了，不然人家會騎到我頭上來的。」

「沒人會這麼想。」我道。

「只不過……這條路有個小缺點。」艾力克斯說。

「我就知道。」蘇西立刻道。「我就知道沒這麼好的事。我們不會是要穿越下水道吧？

我真的沒心情再跑去跟鱷魚角力。」

「比下水道還糟。」艾力克斯道。「我們必須穿越地窖。」

蘇西和我當場停下腳步，彼此交換一個眼色。陌生人酒館的地窖即使在夜城之中也是個恐怖到了極點的地方，那危險駭人的程度可令任何心智正常的人止步，即使一手握持聖安提阿〔註〕的神聖手榴彈，一手抱著戰術核彈也不會有人願意進入這個地窖。梅林．撒旦斯邦的屍體就埋在這座地窖裡，他可不喜歡訪客打擾。艾力克斯是唯一經常進入地窖的人，但是就連他也會偶爾手腳發抖、臉色蒼白地逃出來。

「我有個更好的主意。」蘇西道。「我們從正門出去跟渥克的人馬大打一場吧。」

「他可能把整個部隊的人馬都調過來了。」我道。

「基於某個原因，現在的我並不像一分鐘之前那麼在乎這點小事。」蘇西道。「我有辦法對抗整個部隊。」

「這個，沒錯，只要感覺對了，妳或許眞的有辦法。」我說。「但是若打草驚蛇，我們就會失去營救凱西的機會。我們必須隱藏行蹤，才能打亂渥克的陣腳。帶路吧，艾力克斯。」

「我有沒有時間先去臨終告解？」蘇西問。

「不要再去打擾那個牧師。」我堅決說道。「他還沒從妳上次的告解中恢復過來。」

艾力克斯從吧台底下拿出一盞老式防風燈，輕唸咒語點燃燈芯，然後拉開吧台後方地板上的暗門。暗門輕輕開啓，上面的銅製鉸鏈沒有發出任何聲響。暗門後是一排平整的石版台階，向下通往有如瀝青一般的深邃黑暗。蘇西和我同時湊上前去看了看暗門下的景象，但是酒館中的光線根本無法穿透幾個台階以外的距離。蘇西拔出霰彈槍在手。艾力克斯不屑地哼了一聲。

「這是我們家族最古老的祕密。不管你們在底下看到什麼，或是以爲你們看到了什麼，絕對都不可以告訴別人。別跟我的祖先說是我放你們進來的，不然我這輩子都不得安寧。」

他將防風燈舉在身前，領著我們走下台階。淡黃色的火光並不能照出多遠。我們緊緊跟隨在後，一步也不敢落後。台階一直向下延伸，深度令人十分不安，沒過多久，酒館中的吵雜喧囂就已經消失在我們身後。空氣變得越來越濃厚濕冷，周遭的黑暗裡傳出一股有人監視的感覺。

註：聖安提阿（St. Antioch），指 St. Ignatius of Antioch，西元二世紀時被羅馬人處死的基督教主教。

「這底下沒電。」一會兒之後艾力克斯說道。他的聲音聽起來低微平淡，雖然身處的空間感覺十分寬廣，但是卻完全沒有引起回音。「這底下有某種東西會干擾所有電力來源。」

「你是說某人吧？」蘇西道。

「我一直強迫自己不要去思考這方面的問題。」艾力克斯道。

石階走到盡頭，我們終於踏在積了厚厚一層灰的地板上。腳下的土地乾枯堅硬，完全沒有隨著我的體重下沉。一道藍白色的光芒開始在我們身邊浮現，不過和防風燈或是其他任何明顯的光源都不相干。很快地，我們都看出自己站在一個巨大的石窟邊緣。石窟的牆壁都以單調的石塊堆疊而成，而天花板則低到令人難以喘息。儘管頭上還有一點空間，我心裡依然浮現了一股想要匍匐前進的衝動。在我們面前，深入遠方黑暗之中的廣大空間裡聳立著數以百計的墳墓，排列整齊地突出地面，每一座墳墓前都豎著一道墓碑。整座墳場中看不到任何十字架。

「我的祖先……」艾力克斯聲音之中微微帶有痛苦。「所有家族成員都被埋在這裡，埋在我們奉獻一生的酒館之下。不管我們願不願意，結局都是一樣的。我們是梅林的僕人，數百年來都被他強大的意志束縛在陌生人酒館中。沒錯，我知道基於當權者的命令，所有死在夜城中的人都應該由大殯儀館舉行適當的葬禮，但是除了自己之外，梅林從不聽從任何強權的命令。再說，我想我們都認爲埋在這裡比較安全，在梅林的保護之下總比其他塵世間的強權要好多了。有一天，我也將長眠於此，到時候請不要跑來獻花。如果有人膽敢在我的墳前吟唱聖歌的話，我允許你們將對方扔到外面去。」

「總共有多少座墳墓？」我問。

「沒你想像的那麼多。」艾力克斯道。他將防風燈放在石階之下，滿臉不爽地看著四周。「我們家族的人都很長壽——當然如果在壽終正寢之前遭遇意外慘死的話，就不在此限——這是我們從恐怖的祖先那裡繼承到的唯一好處。」

他踏上面前的土地，開始穿越石窟。儘管照明有限，他始終還是戴著墨鏡。對艾力克斯·墨萊西而言，個人風格從來不是一種三分鐘熱度的東西。蘇西和我緊跟在後，目光盡可能地遍及所有方向。我們經過裝有啤酒和紅酒的大木桶，還有一個擺滿瓶裝稀有烈酒的大酒櫃。那酒櫃的年代似乎比所有的酒瓶都還要久遠。酒窖中完全看不到蜘蛛網的蹤跡，甚至連一點灰塵都沒有；基於某種原因，我相信這一切絕對不可能是艾力克斯常拿雞毛撢子下來打掃的關係。

「我突然想到……」我小心地說道。「附近完全沒有看到渥克派下來搜查的人馬。沒有任何屍體，甚至連一點屍塊都沒有。」

「我知道。」艾力克斯道。「忍不住要擔心，對不對？」

我們再度停下腳步，默默地看著一座和其他墳墓保持一段距離的墳墓。這座墳墓不過是塊微微突出地面的土堆，墳前沒有任何墓碑或標記，有的只是一個巨大純銀的十字架，靜靜地躺在地上，深陷土中，外表看來飽受侵蝕，殘破不堪。

「十字架多半是爲了將他束縛在墳墓之中而設的。」艾力克斯道。「他們應該知道這樣一點用都沒有才對。就算把聖保羅大教堂整座蓋在他的墳上也不可能束縛梅林．撒旦斯邦。」

「眞好奇那墳墓底下有些什麼？」我道。「已經過了好多世紀了。」

「你慢慢好奇。」蘇西說。「我可不想半夜做惡夢。」

「只有白骨嗎？」我繼續道。「跟其他人沒有任何不同嗎？」

「有。」艾力克斯道。「我想，如果搬走十字架，挖開他的墳的話……他的外表應該跟下葬當天一模一樣，完全沒有受到時間跟墳墓的侵蝕。他會張開雙眼，對你微笑，然後叫你再把他埋回去。他畢竟是撒旦之子，是毀滅基督教的王，即使他拒絕這項榮耀，堅持開創自己的道路，依然不能否定他的身分。你眞的以爲世界已經放過他了？或著說他已經放過這個世界了？不……這老渾蛋還在期待有一天會有個白痴幫他找回心臟。到時候他就會爬出墳墓，回歸夜城興風作浪……再也沒有任何人有能力阻止他。」

「天呀，跟你混在一起還眞有趣，艾力克斯。」我道。

我們繼續前進，刻意繞過那座孤墳。藍白色的光芒隨著我們前進，散發出一股寒冷強烈的氣息，在地上投射出巨大到不像屬於我們的影子。黑暗與寧靜形成一種強大的壓力，自四面八方往我們直逼而來。最後，我們終於來到一扇毫不起眼的門前，靜靜地鑲在牆裡隱隱發光。門上有一個刻有德魯伊符文的銅製門閂，緊緊地鎖住這扇門。我伸手想要去拉門閂，不過很快又縮了回來。一個聲音在心中吶喊，強烈地警告我除了艾力克斯之外其他人都不該碰觸這道門閂。艾力克斯面色疲憊地對我微笑。

「這扇門可以將你帶到方圓一哩之內任何你想去的地方。」他說。「大聲說出你的目的，我就會把你們送過去。但是要想清楚，因爲一旦通過門就回不來了。這扇門只能單向傳送。」

「誰把門擺在這裡的？」蘇西問。

「還會有誰？」艾力克斯道。

「你是說這扇門已經在這裡存在一千五百年了？」我問。

艾力克斯聳肩。「或許更久，畢竟這間酒館是世界上最古老的酒館。現在快給我滾吧。

我還有顧客在樓上等呢，他們口袋裡放著的可是我的錢呀。」

「謝謝，艾力克斯。」我說。「你大可不必這樣幫忙的。」

「管他的！」艾力克斯道。「你算是家人。從各方面來說都是。」

我們彼此短短一笑，然後同時偏過頭去。講這類言語向來不是我們的強項。

「我們要去哪？」蘇西問道。或許她根本沒注意到我們談話間所隱藏的情誼。她總是不擅長察覺他人的情感，也不擅長表達自己的內心。「所有通往大殯儀館的路一定都有渥克的人馬駐守。」

「直接進入大殯儀館就不會被發現了。」

「辦不到。」艾力克斯立刻說道。「告訴過你了，只能前往方圓一哩之內的地方。」

我微微一笑。「我打算去找『門鼠』。」

蘇西臉上肌肉抽動一下。「一定要嗎？我是說，他實在太……可愛了。我不喜歡跟可愛的東西有任何瓜葛。」

「妳就忍著點吧。」我溫柔地說道。「咬咬牙就過去了。」

我字正腔圓地大聲唸出目的地，艾力克斯扳開門閂，拉開大門，露出其後一條典型的夜城街道。街道上人們及其他怪物來來往往，繽紛的霓虹燈光洩入，照亮地窖中的黑暗。我和蘇西邁開步伐踏入夜色之中，艾力克斯立刻用力關上傳送門。

□

對街上的行人而言，我們一定是突然之間憑空出現的。但是在夜城這並非什麼新鮮事，所以根本也沒什麼人注意到我們，就算有注意到，也沒人會在乎。所有人都急著去追求屬於他們自己的快感及詛咒。

站在街角的妓女們對著潛在的顧客群發出如貓咪叫春一般的聲音，一個個濃妝艷抹、酥胸裸露。夜店招攬顧客的人們大聲地拉攏天真的觀光客，馬路上的車輛呼嘯而過，不管面臨什麼路況都絕對不會停車。我快步走過雨濕的人行道，毫不意外地發現已經有人對著手機小聲提及我跟蘇西的名字。看來懸賞我的獎金當真十分誘人。門鼠的店就在前面，位於一間名叫「奇異小賣場」的新建築以及一間專門販售來自某個平行空間的LP黑膠唱片的音樂商店之間。雖然很急，我還是停下腳步看一看櫥窗裡的最新特價商品。裡面有一張滾石合唱團的專輯，主唱則是瑪莉安．菲絲佛；一張平克佛洛伊德樂團的首張專輯，封面上所有團員與亞瑟．布朗相對而立；還有珍妮絲．賈普林〔註〕的雙CD現場演唱專輯，不過所謂演唱會乃是拉斯維加斯的餐廳駐唱，而封面上的她已經是一名過胖的中年婦女。沒有一張唱片是我感興趣的，它們通通不值那個價錢。

隨著毛玻璃門自動打開，我走進了門鼠的豪華商店。不過接著我又走回街上把蘇西也給拖了進來。商店內部所有陳設都給人一種高科技的感覺，除了好幾排電腦之外，還放置了許多未來科技產品。大部分產品我都叫不出名字，當然也不可能知道它們的用途。門鼠是一個門路多並且極具生意眼光的傢伙，然而他最擅長的東西卻是……門。他一看到我們進門馬上迎上來接待。門鼠是一隻六呎高的人型老鼠，全身長滿巧克力色的毛髮，身上穿了一件實驗室大衣，外加一個口袋保護套。他的鼠鼻很尖，鬍鬚很翹，不過擁有一對完全屬於人類的溫柔雙眼。他在我們面前停下腳步，兩爪合掌，以一種十分尖銳但卻非常清晰的聲音開心地說道：

「歡迎，歡迎，先生及女士，歡迎來到這簡陋的小地方！可否請問我是不是站在兩名夜城中最出名的名人面前呢？約翰·泰勒跟霰彈蘇西，眞是太榮幸了！天呀，天呀，今天究竟是什麼幸運的日子呀！我知道，我知道，你們沒想到會在這裡看到這麼多科技產品，是不是？從來都沒有人想到過呀。你們一聽到『門鼠』這個名字，立刻就會想到來自鄉下的小老鼠，然而，先生及女士，我可是一隻城市裡的大老鼠呀。我對此感到非常驕傲！現在，我能爲兩位提供什麼服務呢？我有適用於所有人的門，能夠前往任何地方，而且價錢非常合理！所以，只要說出兩位的旅遊需求，我一定迫不及待地滿足兩位！她爲什麼要用那種眼光瞪我？」

「別理她。」我說。「她就是那副德性。你是夜城中唯一的鼠人嗎？我是指……」

「我知道你想問什麼，先生。曾經這裡是有其他鼠人的，但是他們全部都搬到鄉下的一個小鎮去了。一群懦夫。如今我是全族唯一居住於此的鼠人。」

「很好。」蘇西道。「這樣我就不用準備超大型的捕鼠器了。」

「我需要一扇門。」我大聲說道。「一扇直接通往大殯儀館內部的門。有困難嗎？」

「喔，不，先生，一點困難也沒有。」門鼠說著從蘇西面前慢慢退開。「我通常會在店裡多擺幾扇這種熱門景點的門，用來販售的。不管是在夜城內還是世界其他地方的熱門景點

註：瑪莉安．菲絲佛（Marianne Faithful），英國歌手，她因與滾石的合作而迅速竄紅。平克佛洛伊德樂團（Pink Floyd），英國的傳奇搖滾樂團。亞瑟．布朗（Arthur Brown），七〇年代知名搖滾歌手。珍妮絲．賈普林（Janis Joplin），六〇年代女歌手，一九七〇年時才二十七歲就過世了。滾石、菲絲佛、平克佛洛伊德、布朗、賈普林這些人，在六〇年代後期至七〇年代，都是迷幻搖滾的音樂人，顯然這次的櫥窗特賣主題是夜城的迷幻搖滾。

都有。請跟我來，先生及……女士……」

他急急忙忙地向店面內部走去，我和蘇西緊緊跟隨在後，最後來到一間放滿門的陳列室。所有門都單獨立在地上，完全沒有依靠任何扶持。門上都貼有字跡工整的手寫標籤，明顯標示出門後的目的地。「影子瀑布」、「奇幻島〔註一〕」、「極北樂土〔註二〕」、「卡可沙城〔註三〕」。所有的門加在一起，基本上真的可以將人帶往夜城中任何一個地點。不過真正吸引我的目光的，卻是旁邊兩扇沒有和其他門擺在一起的門，門上簡單標示著「天堂」、「地獄」兩個地名。這兩扇門與其他門一模一樣，都是用打蠟磨光的木頭製成，門上各有一個閃閃發光的黃銅把手。

「啊，沒錯。」門鼠道，在我身邊輕鬆地道。「所有人都會注意到那兩扇門。」

「它們真的通往標籤上所標明的地點嗎？」我問。

「關於這一點眾說紛紜。」門鼠摸著鼻子承認道。「理論很明確，計算也很精準，所有進入這兩扇門的人都沒有回來抱怨過……」

「還是來聊點別的吧。」我道。

「是的，就這麼辦。」門鼠道。

他領著我們路過其他門，有些門上所使用的語言連我也認不出來，而我已經算是見多識廣的人了。最後我們終於走到一扇標明「大殯儀館」的門前。門鼠十分溫柔地伸出爪子在門上輕拍兩下。

「我隨時都爲了要去大殯儀館參加悲傷聚會的人們而將這扇門保持在充滿電的狀態。這樣比搭乘黑色勞斯萊斯堵車過去有尊嚴多了。這扇門會將你以及……這位女士帶往大殯儀館前門外面。」

「不能直接進入大門裡面?」我立刻問道。

「她又開始瞪我了。」門鼠道。「不，不，先生。不到室內！我的門都只通往室外地點。如果我提供直接傳送到建築物室內的服務的話，就等於是提供了一條繞過正常安全系統的捷徑，到時候當權者一定會派渥克來讓我關門大吉的。這種事太容易先入爲主了。現在，先生，我們來談談價碼吧。」

我們討價還價了一會兒，對一隻老鼠而言，他講價的技巧十分高超。最後我們終於講定

註一：奇幻島（Hy Breasil），愛爾蘭傳說中會移動的精靈島嶼。
註二：極北樂土（Hyperborea），希臘神話中位於極北之地的樂園。
註三：卡可沙城（Carcosa），出自美國作家 Ambrose Bierce 的短篇故事，是死者之城。

了一個比勒索好一點的價錢，然後我就從時間老父在時光旅行之前給我的袋子裡拿出了金幣來付錢。這個錢袋裡的錢彷彿取之不盡一般，我很肯定時間老父本來是希望我從過去回來之後就還給他的，不過除非他來硬搶，不然我一點也沒有放棄錢袋的打算。門鼠開開心心地打開傳送門，我和蘇西穿越門框，瞬間出現在夜城的另外一邊。

□

大殯儀館跟我印象中一樣，巨大、黑暗、外帶一股超自然的醜陋氣息。不久前我才來過這裡，跟死亡男孩合作阻止一群遠古惡魔的入侵。技術上來講，大殯儀館的員工還欠我一個人情。只不過在渥克的權力影響之下，這點人情不知道還值多少錢就是了。

大殯儀館本身是一座以磚頭及石塊堆積而成的雄偉巨塔，四面沒有任何窗戶，屋頂向旁傾斜。歷代館長不斷擴張大殯儀館的規模，於其外又增建了許多風格不一的建築，不過始終維持著一種十分傳統的黑暗與絕望氣息。唯一的大門乃是堅硬的鋼鐵所鑄，外層以純銀包覆，其上又畫滿了各式符咒以及屬於死亡世界的語言。殯儀館後方有兩根巨大的煙囪，不斷冒出來自火葬場的濃密黑煙。

大殯儀館處理整個夜城的殯葬事宜，任何信仰、任何儀式、任何要求，不管多奇怪、多駭人，大殯儀館統統受理。只要事先付款，他們絕不詢問任何問題。爲了確保死去的家人能夠安安穩穩地待在墳墓中，不受任何魔法師、死靈法師，以及對無助的死者有興趣的黑夜怪物侵擾，人們願意付出大筆金錢；當然，這麼做也是爲了防止死者從墳墓中爬回來爭奪家產。在夜城，人們必須預防各種可能。我觀察著眼前這棟醜陋雜亂的巨大建築。有人違背凱西的意願將她囚禁在這棟建築之中。如果對方敢動她一根寒毛的話，我一定會讓他們用鮮血跟恐懼付出代價。

「旅行夠久了。」蘇西．休特說道。「我有一股想要殺人的衝動。」

「先問問題。」我說。「如果有人不想說話，再用暴力與痛苦的手段鼓勵他們。」

「你眞懂得如何逗女孩子開心，泰勒。」

「只可惜你的祕書不在這裡。」一個非常熟悉的聲音冷冷地說道。

我們同時轉身面對發話之人。剃刀艾迪，刮鬍刀之神，站在一盞街燈照耀的範圍之內，全身散發出一股不自然的寧靜感，雖然我很確定一秒之前他根本不在那裡。剃刀艾迪，這男人身材極瘦，身穿一件靠著黏稠的污垢才不至於爛成碎片的骯髒大外套，臉色蒼白得有如死人，雙眼發出幾近病態的光芒，嘴角掛著無關幽默的微笑。我們朝他走去，難以忍受的惡臭立刻撲鼻而來。剃刀艾迪居住在街道上，睡在屋簷下，依靠乞討維生，身上總是發出一種足以臭哭下水道老鼠的味道。我在想街燈會不會因爲他的出現而熄滅。

「好吧。」蘇西道。「你怎麼知道我們會在這裡，艾迪？」

「我是神。」剃刀艾迪以他那有如鬼怪般的聲音說道。「我知道一切需要知道的事情。所以我也知道你的祕書被關在何處，約翰。」

我若有所思地盯著他看。艾迪是我的朋友，算是，但是從渥克所能施加的壓力來看……艾迪微微點頭，完全看穿我的思緒。

「還是跟以前一樣謹慎，約翰。你會這麼想也無可厚非。但是我是來幫忙的。」

「爲什麼？」我直言問道。

「因爲渥克竟然會蠢到命令我去幫他辦事，好像我在乎當權者的想法一樣。我想去哪就去哪，想幹嘛就幹嘛，沒有人能夠阻止我，也沒有人能夠命令我。你的祕書並不在大殯儀館裡面，而是被關在他們的祕密墓地之中。由於這塊墓地太大了，所以他們另外租用了一塊小型的私人空間放置。」

「跟誰租的？」蘇西問。

「最好不要問。」剃刀艾迪道。

我點了點頭。這個說法很合理。我聽說過大殯儀館將他們的祕密墓地存放在一個口袋空間裡，主要是爲了安全理由，所以這個空間擁有極端強大的魔法保護，絕不容易進去。

「你們不能直接闖入大殯儀館逼迫員工放你們進入墓園。」艾迪道。

「要打賭嗎？」蘇西問。

「他們知道你們來了。」艾迪耐心地道。「他們已經打電話給渥克要求支援。等你們擊潰大殯儀館的防禦系統後，渥克的增援早就趕到了。要救凱西唯一的方法就是出其不意。幸運的是，我可以提供另外一個進入墓地的方法。」

他乾枯的右手離開口袋，自裡面取出一把珍珠柄刮鬍刀。他翻開刀鋒，刀上立刻燃起一道超自然的光芒。我感受到身旁的蘇西情緒緊繃，不過她還忍下了拔出武器的衝動。艾迪對她微微一笑，接著轉過身去，往面前的空氣狠狠揮出一刀。這一刀劃破虛空，撼動夜城，有如在世界的表皮上扯出一道傷痕般，在我們眼前的空間打開一個缺口。透過艾迪開啓的缺口，我可以看見另一個空間，另一個世界。該空間的夜色比我們身處的空間還要黑暗，其內不斷竄出寒冷的氣流。我不由自主地打了寒顫，蘇西也是，不過我不認爲是因爲冷的關係。剃刀艾迪不爲所動，只是默默地看著自己打開的縫隙。

「我不知道你有這種能力。」我道。

「我回到諸神之街……」艾迪收起剃刀。「強化了我的能力。你知道嗎，約翰，那裡多了一座新的神廟，崇拜的是你的形象。沒有經過授權吧，我猜？很好，我已經幫你處理掉了。我想你應該希望我這麼做的。跟我來。」

一群可憐的渾蛋。我心想。刮鬍刀之神踏入空間中的缺口，我和蘇西跟隨他的腳步，進入另外一個世界。

□

強烈的寒意有如拳頭一般擊打著我，好似尖刀一樣割劃著我，彷彿熊熊烈焰在我肺中燃燒。蘇西大口對著手掌哈氣，不停活動手指，隨時準備好應付任何需要迅速殺人的場面。

我們面前的墳場似乎永無止盡地向四周延伸，一排一排的墳墓整齊地向四面八方排開，淹沒了地平線，超越肉眼所能看見的範圍。一個除了墳墓，什麼都沒有的世界。大殯儀館的祕密墓園靜靜地躺在一個與夜城全然不同的夜空之下。夜幕低垂，所有陰影都彷彿擁有實體一般，突顯出在我們腳下及墳墓旁不斷翻飛而帶有珍珠光芒的霧氣。漆黑的夜空中沒有月光照耀，只有一整片色彩鮮艷的明亮星辰高掛天際，有如妓女身上的珠寶一般俗不可耐。

「我們已經離開夜城的範圍了。」艾迪道。「這是個全然不同的世界，充滿了黑暗、危機以及死亡。我喜歡。」

「你當然喜歡。」蘇西道。「可惡，眞冷。我是說，眞的冷斃了。我不認爲有任何人類能在這種環境下存活多久。」

「凱西在這裡，藏在某個地方。」我道。「綁架她的人最好不要虧待她，不然我會讓他們在自己的尖叫聲中死去。」

「好狠呀，約翰。」蘇西道。「不過那不符合你的風格。要狠的事情還是交給我來，我比你有經驗多了。」她看了看四周，大聲哼了一聲，以表達心裡的不屑。「大殯儀館應該爲夜城的死者們選個氣氛好一點的安息地。」

「或許其他的選擇都更糟糕。」我說。「或者更貴。」

「我們不是來欣賞風景的。」剃刀艾迪道。

「說得對。」蘇西道。「幫我找個人來射射吧。」

我四下張望，觸目所及只有黑暗、墓碑，以及迷霧。沒有任何會動的物體，連一點風吹草動都沒有，整個地方一片寂靜。墓園中唯一聽得到的就是我們自己發出的聲音、剃刀艾迪刺耳的呼吸，以及蘇西身上皮衣擠壓的聲響。

「半個人影也沒看到。」我道。

艾迪輕輕聳肩。「這裡沒有任何活物，這也是他們選擇此地作爲墓園的主因。就連留在墳前的鮮花都是塑膠的。」

這裡有各種形狀、各種大小的墓碑，有靈柩台，有大型陵墓，哭泣及懺悔的天使雕像，還有蹲伏在地的石像鬼。各式各樣的宗教符號，或大或小，繁簡不一，其中有些甚至連我都認不出來。所有東西都與死亡有關，沒有一樣會令人聯想到生命。

「我以爲起碼會有幾個來憑弔的人。」蘇西說。

「很少有人來此憑弔。」艾迪道。「我是說，是妳的話會來嗎？現在跟好我，小心走，這裡有些隱藏的陷阱，專門用來對付不速之客跟不長眼的傢伙。」

蘇西眼睛一亮。「你是說那些石像鬼會突然活過來嗎？我需要一點打靶練習。」

「有可能。」剃刀艾迪道。「不過我想大部分應該是捕熊的大陷阱或是地雷之類的東西，大殯儀館對保安十分重視。總之不要離開碎石步道應該就不會有事。」

「我從來沒有機會去任何安全的地方。」我愁眉苦臉地道。

由於此刻已經十分接近凱西了，於是我再度開啓天賦，希望至少能夠得到一個大概的方向。在這個全新的空間裡，我能看到的東西十分有限。這裡沒有任何神祕的藏身之地，也沒有未知的生命供我找尋；這裡只有屍體，安靜祥和地待在他們的墓穴以及陵墓裡，有如許多參加宴會卻默默不語的陌生人。儘管如此，我還是有一種……遭到不明目光監視的感覺。我將全副精神專注在凱西身上，但是一道詭異而又熟悉的陰影卻始終遮蔽我的視線，不過至少我找出正確的方向了。

我沿著步道往那兒前進，蘇西．休特和剃刀艾迪一左一右跟在我身旁。蘇西持槍在手，隨時準備大展身手。艾迪輕鬆遊走，兩手插在口袋中，雙眼巡視周遭，任何動靜都不放過。我們的鞋子在碎石步道上發出極大的腳步聲，向所有敵人宣告我們的到來。我觀察著隱藏在陵墓四周的陰影，準備應付任何埋伏在巨大墓碑之後的突發狀況。然而在一個轉角過後，我還是面對了一個出乎意料之外的景象。

只見一塊空地之上鋪了一大塊白色的野餐布，布上放了一個野餐籃，旁邊的盤子上擺著黃瓜三明治、香腸捲、烤肉串，外加一瓶放在冰桶裡的上好香檳。坐在野餐布上對我們露出笑容的是──湯米．亞布黎安，存在主義大偵探；以及珊卓．錢絲，著名的死靈法術顧問。

湯米的新浪漫主義綢衣幾乎完全掩蓋在一件濃密的毛皮外套之下，不過他還是有辦法展現他特有的風格。只見他長長的馬臉上露出一排潔白的牙齒，舉起冒著泡沫的酒杯，輕鬆自在地朝我們微笑。珊卓冷冷看著我們，面色蒼白，頭髮火紅，全身不著衣物，只是從頭到腳塗上一層深紅色的乳膠，看起來就像隻剛吃完大餐的吸血鬼一般，任何人看到她都會在腦海中留下深刻至極的印象。傳說她身上的乳膠融合了聖水以及其他強效的保護魔力，而背上的刺青足以令天使嘔吐、令惡魔窒息。有趣的是，她移除了身上、臉上所戴的許多鋼環，如今還有不少環洞尚未癒合。她在腰間繫了一條皮帶，皮帶上掛著許多裝滿死靈法術施法材料的褐色皮袋。她一點也不感到寒冷，只因墓地使她茁壯。珊卓·錢絲熱愛死人——有時候甚至不止是熱愛而已，只要能夠讓死者開口說話，她願意付出很多代價。

我們曾經合作過幾個案子。每件案子都圓滿解決，只不過合作過程並不愉快。珊卓只著重結果，不在乎傷及無辜。我十分希望自己已經脫離了那個境界，不再是那種人了。

「哈囉，老兄。」湯米·亞布黎安說道。「很高興你來了，而且還帶了朋友來！眞好。快坐下來跟我們一起吃點東西，喝點香檳吧。我認爲在這種情況下，大家能夠維持禮貌是很重要的，你說呢？」

「要我對他開槍嗎？」蘇西問。

「我還在考慮。」我道。「哈囉，湯米。我早就該猜到是你的存在主義天賦讓我無法探知凱西的下落。看來你還是喜歡裝出一副無力的形象。」

他親切地揮了揮修長的手指，說道：「好用的形象就該一直維持，我是這麼認爲的。」

「你兄弟還好嗎？」

「還是個死人，不過他已經開始習慣死亡了。如今他已經成爲一個比活著的時候還要稱職的私家偵探。」

「我認爲已經客套夠了。」我道。「告訴我凱西在哪裡，不然我就叫蘇西對你身上某個不幸的地方開槍。」

「膽敢輕舉妄動的話，就不要指望還能再見到她。」珊卓道。她的聲音深沉、響亮，聽起來比氰化物還要可怕。「沒有我們的幫助，休想找到凱西．貝瑞特。」

「她在哪裡？」我問。我的聲音比今晚的夜色還要寒冷。湯米跟珊卓不禁微微坐直身子。

「她正安詳地沉睡著。」珊卓道。「睡在其中一座墳墓之中。我對她施展了一個法術，然後跟湯米一起挖開了一座墳，將她放在裡面，接著再埋起來。暫時來講，她很安全。只要你去向渥克自首，湯米跟我就會挖她出來，安然無恙地送回夜城。當然，她在地下待得越久，要叫醒她就越困難……」

「當然。」我道。「妳從來不喜歡沒有缺點的法術。」我說著看向湯米。「你爲什麼會幹這種事？珊卓我沒話說，只要價錢夠好，她什麼事都肯幹。但是你……你曾經如此引以爲傲的那些原則呢？凱西是無辜的，一切根本都不關她的事。」

他臉上微微一紅，不過眼神沒有絲毫退縮。「情勢比人強呀，老兄。你已經變得太危險了，絕對不能放任不管。我親眼看到你對梅林還有妮暮所做的事情，記得嗎？爲了達成目的，你根本不在乎任何人、任何事。」

「不。」剃刀艾迪道。「這並非事實。」

我們全都有點訝異地向他看去。他一直安安靜靜，一聲不吭，實在很容易忘記他的存在。

「我一定要阻止你。」湯米抬高音量說道。「你是個冷血、殘暴又……」

「你幾個月前就已經從過去回來了。」我插嘴道。「爲什麼之前沒有採取行動？爲什麼要等到現在？」

「我保持低調，找個沒人的地方好好想了一想。」湯米盡量讓語氣聽起來不像是在爲自己辯護。「我絞盡腦汁想要研究出一個好辦法來阻止你，後來發現靠我自己的力量根本辦不到。最後我擬訂出這個辦法，跑去找渥克幫忙，而他就派珊卓來協助我。這不是個好計畫，我同意，一切只能說是你咎由自取。這叫作以毒攻毒。你也可以把這件事情當作……我對你的最後試煉，證明我對你的看法是錯誤的吧。用自首來表明心跡，讓我和渥克相信你不是邪惡的吧。我向你保證，我們一定會釋放凱西，絕不會傷她一根寒毛。」

「辦不到。」我說，盡可能地讓他聽出我聲音中的迫切與眞誠。「我母親莉莉絲已經回來了。她比我還要可怕許多，而我是唯一可以阻止她毀滅夜城的人。」

「你太自大了。」珊卓說。「我們可以阻止她，不過等先解決你再說。」

「我一槍就能打爆妳的頭。」蘇西．休特若無其事地說。

「妳可以試試看。」珊卓．錢絲道。兩個女人對彼此露出輕鬆的微笑。珊卓向前一靠，放下手中的香檳杯。蘇西微微轉動槍身，槍口始終沒有離開她的身體。「我是死靈法師。」珊卓道。「這裡是我的地盤。有這麼多屍體爲後盾，就連刮鬍刀之神也沒辦法與我抗衡。你不該來這裡的，渺小的神明，這件事情跟你無關。」

「跟我有關。」艾迪道。「我知道你在未來發現了什麼，約翰。我知道你發現了誰。我一直都知道。」

我立刻向他看去。我曾在時間裂縫的未來裡看見他的死亡，死在我的手中。但是我從來沒有告訴過任何人。

他輕輕聳肩。「我是神，記得嗎？」

「這件事沒必要以暴力收場。」湯米感覺情況不對，語氣急迫地道。「你知道你可以信得過我，約翰。」

「或許。」我道。「但是珊卓是幫渥克做事，而渥克……對於跟夜城相關的事情，有他自己的一套道德標準。為了幫當權者維持夜城的現狀，他不惜犧牲任何無辜者。」

「他本來也會來……」湯米皺起眉頭。「親自向你保證他的誠意。不幸的是，他突然被調走了，聽說是因為諸神之街那邊發生了一些非常可怕的事情。」

我們全都看向剃刀艾迪。不過他有點不爽地回應我們的目光。「跟我無關。」他道。

「廢話少說。」珊卓．錢絲有如貓咪一般站起身來。「該是辦正事的時候了。」

「不！」湯米急急忙忙從地上爬起。「我們要給他投降的機會！妳之前答應過的！」

「我騙你的。」珊卓道。「他的存在令我不爽。慟哭者就是死在他的手上。」

「啊，對了。」我道。「妳的……該如何稱呼他呢？我想不出來。妳選擇情人的品味向來很差，珊卓。慟哭者只是一個具有神明假象的邪惡強者罷了，少了他，整個世界都變香了。」

「他是痛苦聖者。他的存在有其目的！」珊卓大聲說道。「他斬除弱者，懲罰愚民。我很榮幸能夠為他效勞！」

「妳跟慟哭者究竟是什麼關係？」湯米．亞布黎安問道。他的天賦在空氣之中成形，不過語氣裡卻沒有絲毫威脅的意味。在有必要的時候，湯米可以擁有十分強大的說服力。我不知道珊卓有沒有感應到他的力量，不過她確實回答了他的問題，一雙冷酷的綠眼睛緊緊鎖住我的目光。

「我曾經追查過不少保險詐欺的案件。」她說。「後來經由一連串無法解釋的自殺案件，我終於來到慟哭者的聖堂。我們聊了很多，我們……心靈契合，我想他從來不曾遇見過像我這樣的人，對死亡充滿熱情的人。」

「本質相同的靈魂，終於在地獄中相遇。」我輕聲說道。「妳爲慟哭者做了些什麼，珊卓？妳和妳的惡魔簽下什麼樣的契約？」

「對你而言是惡魔，對我而言卻是上帝。」珊卓．錢絲說道。「我成爲他的『猶大山羊』〔註〕，將所有受苦的人們帶往痛苦聖者面前，而他則教導我死靈之道。他賜給我一直想要擁有的能力，讓我可以踏入死者的墓穴，帶著他們的力量回歸人間。」

「當然了。」湯米道。「如此可怕的知識足以令正常人瘋狂，但是妳打從一開始就已經

註：猶大山羊（Judas Goat），指山羊群的領導者，牧羊人只要驅趕這頭羊就可以引導整個羊群移動，甚至讓羊群自己進入屠宰場。

是個瘋子了。」

「知音難求。」珊卓道。「現在閉上你的鳥嘴，湯米，不然就讓你好看。我已經忍你很久了。」

「這是我的計畫！」

「不！」珊卓道。「這一直都是渥克的計畫。」

「妳完全不在乎那些因爲受妳引誘而死在慟哭者手中的可憐蟲？」我說。「那些死在絕望裡面，然後又生存於恐懼之中，即使死後也無法脫離慟哭者掌控的人們？」

「他們是弱者。」珊卓道。「他們放棄自己的生命。我從不在壓力下崩潰，從不曾放棄希望。我只會幫助那些值得幫助的人。」

「妳當然不在乎。」蘇西．休特道。「妳比我還喪盡天良。我會十分樂意取走妳的性命。」

「說夠了。」珊卓道。「該是生命與死亡之舞登場的時候了，小人物們。約翰．泰勒、蘇西．休特，以及剃刀艾迪，我將會喚醒所有因爲你們而長眠於此的亡者。所有死在你們手中的仇人都將齊聚一堂，他們寒冷的心臟將會燃起復仇與痛恨的火焰。他們將會把你們拖入溼冷的土地中，以乾枯的手臂迫使你們待在地底，直到……你們終於停止尖叫爲止。可別說我從未幫你們做過任何事。」

她高舉雙手，擺出召喚亡者的姿態，嘴裡唸出遠古的咒語。只見她十指之上突然爆出猛烈的能量……接著一切歸於寧靜。魔法能量於寒冷的空氣中消失，完全沒有發揮任何效力。珊卓神色尷尬地在原地站了好一會兒，最後放下雙手，疑惑地看向四周。

「大殯儀館的墓園設有強大的魔法防禦。」艾迪以他有如鬼怪般的語調冷冷地道。「我以爲所有人都知道呢。」

「但是那道魔法應該被壓制了才對！」珊卓道。「渥克答應過我的！」

「當初不是這麼說的！」湯米道。「怎麼沒人跟我說？」

「因爲你沒有知道的必要。」

隨著一陣鬧鈴聲響，空氣之中閃出一道白光，接著一身西裝領帶造型的渥克憑空出現在我們面前。「這是……一段預錄影像。這次會面，我大概不能來了，因爲我怕自己的健康會受到影響。現在妳應該已經發現墓園的防禦魔法並沒有按照約定解除，珊卓．錢絲。很抱歉欺騙了妳，但我也是不得已才出此下策。妳看，這整件事並不只是針對約翰．泰勒所設下的陷阱；而是針對你們所有人。泰勒、休特、亞布黎安，以及錢絲，因爲你們統統已經被列爲麻煩人物，而我必須專心一意地去應付手下所有先知全部堅持即將到來的大麻煩，於是上面決定要將你們一網打盡。至少我跟當權者爭取到一項福利，就是在你們自相殘殺或是被墓園本身給殺光之後，我們將免費爲你們把屍體葬於此地；這是我最起碼能爲各位做到的。再見了，約翰，很抱歉一切必須如此收場，我守護你很久了……但是對我而言，工作永遠擺在第一。」

影像中的渥克輕輕對著我們抬了抬帽子，然後消失不見。接下來現場陷入一片寧靜。

「我們被耍了。」蘇西道。

我看向艾迪。「他不知道你也在這裡。你是我們出奇不意的王牌。」

「這是我的專長。」艾迪道。

「渥克，你這婊子生的高傲渾球！」珊卓・錢絲氣得直跳腳。

「罵得好。」我道。「女士先生們，看來我們都已經失去利用價値了。我提議這時候我們應該站在同一陣線，放下彼此的成見，直到安全離開此地爲止。」

「同意。」珊卓道，她蒼白的臉頰上浮現憤怒的紅暈。「但是渥克要交給我解決。」

「一件一件來。」我道。「凱西在哪？」

「喔，我們就把她藏在正後方的陵墓裡。」湯米道。「她睡得很安穩。妳不會眞的以爲我會把她活埋吧，是不是？你以爲我是什麼人？」

「爲了人類全體著想，我現在就應該把你們兩個殺了。」蘇西說。

「晚點再說。」我堅決道。

那陵墓是一座維多利亞式的大型石造建築，外觀佐以充滿哥德風味的裝飾，加上許多哀悼中的天使雕像；維多利亞時代的人們對於死者十分尊敬。湯米推開陵墓大門。透過門縫，我看到凱西躺在地板上，有如一個小孩一般靜靜沉睡。她身上穿著十分時髦，身體覆蓋在一件厚重的毛皮外套之下，睡得很沉，甚至微微發出鼾聲。湯米急急忙忙地越過我，湊到凱西耳旁小聲唸誦幾句咒語。凱西當即甦醒，坐起身來，一邊打著呵欠，一邊揉著惺忪睡眼。我走進陵墓中，凱西馬上從地上跳起，衝入我的懷裡。我緊緊擁抱著她。

「我知道你一定會來找我的。」她埋在我的肩膀裡說道。

「當然。」我說。「少了妳，我的辦公室誰來打理？」

她終於鬆開擁抱，我也跟著放開雙手。我們走出陵墓，踏入夜色之中。眼看湯米．亞布黎安和珊卓．錢絲動也不動地站在一旁，凱西立刻衝到錢絲面前，雙手抓住她的乳房，對著她的面孔一頭撞上。錢絲向後倒去，一屁股摔在地上，鼻孔之中登時噴出鮮血。湯米張口正要解釋，凱西已經一腳踢中他的睪丸。他跪倒在地，緊閉雙眼，淚水奔流，兩手緊緊摀住大腿中央，試圖確定睪丸還在體內。

「你們惹錯祕書了。」凱西道。

「幹得好。」我說。凱西對我笑了一笑。

「你會爲小孩子帶來很壞的影響。」蘇西嚴肅地說道。

過了一會兒，我們再度於墳地中央集結。湯米小心翼翼地收拾野餐用具，珊卓則背對我們站在一旁，透過重新扶正的鼻子輕聲輕氣地呼吸。蘇西疑神疑鬼地打量四周，手裡始終握著霰彈槍。她認爲除非渥克確定墓園裡藏有足以摧毀我們所有人的某種力量，不然絕對不會把我們留在這裡。由於她的想法不無道理，於是我轉向剃刀艾迪。

「渥克不知道你在這裡。我相信他也不知道你擁有利用剃刀劃破空間的新能力。帶我們回家，艾迪，讓我們親自對渥克表達強烈的不滿。」

他微微點頭，以肉眼難察的速度凌空揮出一刀，珍珠柄刮鬍刀在星光之下反射出詭異的光芒。我們滿懷期待，但卻沒有看見任何效果。艾迪皺起眉頭，然後又劃一刀，但是還是什麼也沒發生。他緩緩放下剃刀，默默盯著面前的空間。

「啊……」他終於開口道。

「啊？」我說。「你說『啊』是什麼意思？你的剃刀有問題嗎，艾迪？」

「不，是空間屏障的問題。」

「我不喜歡這種說法，艾迪。」

「我也不喜歡。有人從外面強化了空間屏障，不用猜也知道是誰幹的。」

凱西緊緊抓住我的手臂。「他怎麼會知道這種事？」

「這種事還是少問為妙。」我道。「艾迪，我……艾迪，你皺起眉頭幹什麼？我眞的很怕看你皺眉。」

「空間之中……起了變化。」他語氣平淡，說完環顧四周，我們全都隨著他的目光望去。

夜色似乎和之前一樣寒冷寂靜，星光下所有墳墓都沒有任何異狀。但是艾迪的感覺沒錯，空間之中確實起了變化。我們全都可以感覺得出來。這是暴風雨前的寧靜。

「妳剛剛的法術產生效果了。」艾迪對珊卓道。「法術依然在試圖作用，墓園的魔法屏障並沒有完全抵銷它的效力，剩下的法術並不足以影響亡者，但是……」

「你說『但是』是什麼意思？」我道。「不能說到一半就停住了呀！」

「她喚醒了某種怪物。」剃刀艾迪道。「對方已經沉睡許久，但是如今開始甦醒……而且是懷著十分憤怒的情緒甦醒的。」

我們向彼此靠近，眼觀四面，耳聽八方。墓園中的氣氛改變，空氣中浮現一股蠢蠢欲動的氣息，明顯代表即將有事發生，儘管這是個永遠都不該有事發生的地方。蘇西迅速轉動槍口，四處尋找目標，但卻始終徒勞無功。

「我在找尋什麼東西，艾迪？」她冷冷地道。「什麼樣的怪物會在這種鬼地方生存？」

「我說過了，這裡沒有任何活物。這才是重點。」

「難道亡者畢竟還是復活了？」湯米道。

「絕非亡者。」珊卓立刻道。「如果是亡者，我會知道。」

「來了。」剃刀艾迪低聲道。

腳下的地面突然竄高，晃得我們站立不穩，全部向四周跌開。墓碑東倒西歪，陵墓撼動不已。我的第一個想法是地震，然而整個墓園的地面翻滾不定，有如海浪般一波一波襲來。

我們自地上爬起，各自在身邊找到東西依靠。

「我聽過一個傳聞。」珊卓．錢絲道。「傳說有一個管理員在照料這座墓園。」

「我從來沒聽說過什麼管理員的傳說。」剃刀艾迪道。

「是唷，那又怎樣？雖然你是神，但也不代表你無所不知。」珊卓道。

就在此時，墓園的泥土自許多墳墓之間朝天噴起，形成許多由潮濕爛泥所組成的噴泉，高高地竄入冷風之中。爛泥在我們四周如雨滴一般灑落，落地後立刻凝聚成許多形體。黑暗、潮濕的人類形體，具有粗略的四肢以及沒有五官的大頭。墳場泥土所組成的泥魔像。在大地元素的驅使之下，它們自四面八方緩慢笨拙地朝我們一擁而上。地面再度恢復平靜，取而代之的是許多沉重的腳步聲響。

蘇西舉起霰彈槍朝四面八方開火，瞄到哪裡射到哪裡，自笨重的魔像軀體上擊飛許多泥塊，但是卻絲毫沒能減緩它們移動的速度，就算打爆腦袋也一樣。珊卓嘴裡吟誦咒語，手中拿著一根原始指向骨不斷刺向襲來的泥魔像，但是所有努力似乎都起不了絲毫作用。剃刀艾迪向前一衝，以迅雷不及掩耳的速度在魔像之間穿梭，瞬間將好幾具泥魔像大卸八塊。然而每倒下一具，立刻又有十幾具魔像自墳場中爬起，帶著無聲無息的強大壓力朝向我們走來。

我聽見身旁傳來一陣喃喃自語，湯米．亞布黎安正在運用天賦，試圖讓自己相信此刻其實身處別處，然而渥克的空間屏障還是蓋過了他的力量。凱西深知自己能力有限，於是自長統靴中拔出一把匕首，移動到我的身後幫我掩護。此時珊卓束手無策，已經開始抽出皮帶中的東西對著泥魔像亂丟——可惜丟出去的東西依然沒有造成任何效果。

「我一定要切掉渥克的睪丸！」她大聲叫道。

「妳得先排隊。」我道。

我拿出不久之前艾力克斯．墨萊西在心情極佳的情況下送給我的酒館會員卡。只要正確啓動，不管當時身在何處，這張卡片都能將你傳送到陌生人酒館。或許我使用的次數過於頻繁，因爲艾力克斯一直吵著要回收這張卡片，不過我老是有辦法忘記歸還就是了。只可惜結果還是一樣，卡片中的魔法無法突破渥克的空間屏障。我轉頭向蘇西看去。

「妳有帶手榴彈嗎？」

「蠢問題。」她道。「你認爲我會衣服只穿一半就出門嗎？」

「分散它們的注意力。」我道。「我需要一點時間集中精神，喚醒天賦。」

「沒問題。」蘇西道。「你認爲該用祝福手榴彈還是詛咒手榴彈？」

「是我的話就會兩種都試試看。」

「絕佳的見解。」

她開始對四周投擲手榴彈，其他人紛紛掩耳走避。爆炸在地面上留下許多坑洞，也在空中灑落許多泥魔像的碎片、棺材的木屑，以及亡者的屍體，外加從墓碑跟陵墓上炸下來的石塊，有如砲彈碎片一般四射開來。泥魔像有的被炸毀，有的被壓扁，有的被撕裂，但是新成形的魔像依然前仆後繼地自不成原形的地表中破土而出。

我閉上雙眼，透過心眼將整座墓園從頭到尾觀察一遍。少了湯米的天賦干擾，我的視野再度恢復清晰，很快就找出隱身幕後控制泥魔像的意識實體。對方的軀體延綿四散，存在範圍包含了整座墓園以及墓園之後的無限空間。這就是大殯儀館墓園的祕密；所有無助亡者的最後防線。這整個世界，包括其中的土地在內，都是一個具有意識的生命，負有防禦此地的使命。墓園管理員。一個活生生的世界。存在的目的就是爲了守護亡者。

或許是管理員認爲泥魔像解決不了我們，也可能因爲對方已經察覺了我在探測它的實體，總之，突然之間整座墓園中的土地同時爆起，有如潮汐巨浪以及恐怖雪崩一般朝我們席捲而來。如此大量的泥土足以將我們生吞活埋，壓成碎片。我們無處可逃，無處可躲，沒有任何方法可以保護自己。

幸虧這時我已經找出渥克計畫中的缺點。他強化了墓園四周的屏障魔法，確保沒有任何東西可以離開，但是卻沒有考慮到要防止外界的東西進入墓園……我驅使天賦的力量進入夜城，找到一塊正在下著傾盆大雨的空間，將大雨帶到我的面前，對著鋪天蓋地而來的泥土一灑而下。大雨對上泥浪，登時將所有浪濤的力量瓦解殆盡。厚重的溼泥在我們腳邊打轉，但是伴隨而來的毀滅力量卻已不再。大雨不斷落下，管理員根本沒有辦法利用泥土凝聚任何形體。趁著管理員忙得不可開交的時候，我再度喚起天賦，找出空間屏障中最弱的一點。我對艾迪指出了那一點的所在，他揮出充滿神力的剃刀，憑空劃開一道裂縫。

艾迪扯開裂縫，讓其他人穿越而過。在我們全部回到夜城之後，裂縫立刻在身後關閉。

我們站在一起，全身濕淋淋地沾滿泥巴，大口地喘著氣。我看了看四周，期待看到渥克留下來確定我們沒有逃出來的人馬，但是卻一個也沒有發現。若非渥克眞的以爲我們沒辦法逃脫……就是他將所有人馬統統調往別處。珊卓說渥克本人也被調到諸神之街去處理問題……會不會是莉莉絲終於展開行動了？

珊卓滴滴答答地對我踏上一步，我立刻向她揚了揚眉。「別緊張，泰勒。」她簡短地說道。「你救了我一命。我是有恩必報的。渥克一定要爲此付出代價。我可以幫忙。當然了，等到這件事情結束之後……」

凱西瞪了珊卓一眼，死靈顧問竟然忍不住退開一步。凱西露出甜美的笑容，說道：「不要煩我老闆，婊子。」

「別吵架，孩子們。」我道。「我們必須趕去諸神之街。我認爲大便終於擊中風扇了[註]。湯米，護送凱西回陌生人酒館，然後和她一起待在那裡。別抗議，你們兩個在這種情況下都幫不上忙。大家準備好，我們要去解決一個聖經神話中的人物。」

註：大便終於擊中風扇了（the shit is finally hitting the fan），俚語，意指事情終於爆發了。至於爲什麼請自行想像。

chapter 3 遊戲時間過了，孩子們

per than a Serpent's Tooth Sharper than a Serpent's Tooth Sharper than a Serpent's Tooth Sharper than a Serpent's Tooth Sharper than a

我沒有即時趕到諸神之街，不過還是從倖存者口中聽說事情發生時的情況。

當天對諸神之街而言只是另外一個平凡的日子。這是一個充滿魔法、異相，全然與世隔絕的地方。在這裡，你可以崇拜任何你想崇拜或是想要你崇拜的東西。高等生命、強權代表以及自然力量的實體，一切屬於未知領域，正常世界接觸不到的玩意這裡都有，不過崇拜這些神祉的後果必須自行負責。在夜城，宗教信仰是一類大宗的買賣；而諸神之街裡的信仰足以滿足任何人的口味，不管口味多變態、多極端。當然，最受歡迎的信仰就能在最好的地點上設置最壯觀的神廟，而其他小神就只能遵照物競天擇的道理牟取蠅頭小利，藉以爭取更多信徒集會，以及更加崇高的神位。這裡有些神十分古老，有些神十分有錢，更有些神還來不及建立自己的名聲就已經消失在神祉的洪流之間。

神祇來來往往，信仰沉沉浮浮，然而諸神之街的存在依然永恆。

石像鬼高高蹲在大教堂的牆上，以嘲諷的神色打量著腳下的信徒，一面輪流哈著手捲菸，一面彼此閒聊著各式各樣的流言八卦。街道上隨處可見奇形怪狀的生命，爲了無人知曉的目的來回奔走。鬼火與遊魂四處飄蕩，常常會被許多怪風吹離原訂路線，因爲這裡的風都是遭人遺忘的古老神祉所僅存的一絲殘軀。街道旁掛有許多紙燈籠、人型蠟燭、炭火盆，以及俗不可耐的霓虹燈。活生生的閃電沿著街頭巷尾彼此追逐。敵對的幫派躲在各自的教堂中，於安全的距離外隔街叫囂各自信仰的教義。三不五時還有狂熱的信徒會對信仰其他神祉的人們下詛咒。有些較爲前衛的神祉會以炫麗的造型出來遊街，藉巡視地盤來增加曝光率。丑角之神穿著顯眼的黑白格子服以及黑色的假面具，不斷地跳著舞，不斷地轉著圈，就跟所有人打從有印象以來就記得的他一樣，無止無盡地跳著永恆之舞。在燭光下、鬼火下、閃耀的霓虹燈下，丑角之神不斷跳舞。

值得一提的是，過去的諸神之街遠比如今的景象繁榮許多。然而就在不久之前，剃刀艾迪對諸神之街的亂象忍無可忍，終於跑來大鬧一場，搞到許多神祉在眾目睽睽之下哭哭啼啼地逃出諸神之街。直到現在，渥克的手下依然在各地酒吧、水溝以及遊民紙箱底下苦勸那些神祉回家；而諸神之街的居民也還在清理眾多神廟的殘骸，評估重建的可能。有的教堂靠著牆外的鷹架維持；有的神廟憑藉純粹的信仰所形成的魔光苦撐；至於那些已經無可救藥的，則由遙控推土機徹底夷爲平地。人們成群結隊地來到街上招攬新的信徒，觀光客的數量也達到史無前例的地步——觀光客十分偏好災難場景，特別是在有十分壯觀的災難現場時更是熱衷——有些信徒仍然六神無主地在廢墟附近晃蕩，想知道自己所信仰的神祉究竟還會不會重臨大地。

平凡的日子就在夜空中開始降下死去的天使時結束了。天使毫不優雅地直直墜下，觸及地面時發出沉重的巨響，羽翼折斷、神色驚慌，表情愚蠢得有如撞上玻璃窗的小鳥一般。他們直挺挺地躺在地上，身體沒有絲毫動彈的跡象。曾經是偉大的光明與黑暗的生物，如今不過是一群小孩棄之不顧的玩具。人們面帶敬畏看著地上的天使，接著抬頭看天。不管是信徒還是受人膜拜的神祉，此刻都在明亮的星空中見證了一個比他們更加偉大的黑暗奇蹟。

一道慵懶的月光自天上灑落，將諸神之街帶來一種銀白色的色彩，燦爛、寒冷而又美麗，就跟自月光中緩緩飄下的人影一樣偉大、一樣駭人。月光中的人影對著腳下的群眾揮手微笑，彷彿走下神造的階梯一樣步入凡塵。莉莉絲已經計劃回歸許久，而她十分注重華麗的開場。

身材修長，外形完美，散發出一股超自然的女性氣息，膚色白皙到幾乎沒有任何色彩，頭髮、眼睛與嘴唇都比夜色還要黑暗，看起來有如來自默劇年代的螢幕女神。她的臉蛋尖銳，稜角分明，外加一個顯眼的鷹勾鼻，唇形很薄，嘴巴很大，深邃的眼中充滿了足以燃盡一切的火燄。她並非美女，但那美貌卻超越了人類所能承受的極限。她赤身裸體，不著衣物，然而全身上下沒有露出任何防禦的弱點。

她的存在主宰了一切，有如無情的砲火一般揭開大戰的序幕，好像教堂中吟唱淫聲穢語的唱詩班，可比出生時的第一聲咆哮或是死亡前最後一下慘叫。沒有人能夠忽略她的存在，許多弱小的神祉當場下跪，只因他們察覺出眞正強大的實體終於降臨諸神之街。莉莉絲的頭上頂著一道光環，不過純粹只是爲了用來裝飾，不代表任何光明意義。想要擁抱傳統的時候，莉莉絲也可以非常傳統。她走出月光，踏上諸神之街，環顧四周，露出微笑。

「哈囉，大家好。」她道，聲音有如摻毒的蜂蜜一般甜美。「我是莉莉絲。我回來了。你們想我嗎？」

她一身榮耀地漫步夜色之中，所到之處人們紛紛讓道。不管是強大神祉還是市井小民，全都不由自主地低下頭去，沒有人膽敢直視她的目光。她的腳步有如雷霆，踏碎地表，震撼大地，即使最雄偉華麗的教堂在她身邊也瞬間黯然失色。她提起完美的雙足，踢開擋路的天使屍體，嘴角微微露出一點厭惡的神色。

「如此單純、愚蠢的創造物。」她道。「不管天堂或地獄都不是我的對手，因爲此地爲我所創造的樂土，不屬於他們的管轄範圍。」

幾名觀光客犯了致命的錯誤，帶著照相機和攝影機向前推擠。莉莉絲輕描淡寫地轉頭一看，他們立刻在尖叫中死去，成爲灑在後方牆面上的幾片痛苦的陰影。

莉莉絲突然停止動作，看了看四周，然後以命令的口吻強迫所有神祉離開所屬的神廟，來到她的面前參拜。她以諸神的眞名與本質召喚，所用的語言已經自世上消失許久，其中使用的單字根本無法歸類為單字，充其量不過是聲音、概念，古老的程度已經無法讓現今文明世界的人類理解。

長久以來自稱神靈的高等生命、強權代表、自然力量的實體，紛紛自教堂、神廟，以及黑暗隱密藏身處現身。有「血腥刀鋒」、「馬利姆姐妹」、「淚屍」、「惡魔新娘」、「茉莉・溫德辛斯」、「憎恨有限公司」、「典型化身」，以及「工程者」，緊接在後的還有許多人形或是非人形的生命、妖怪、魔法產物等神色驚慌的各式神棍。其中有些已經有數個世紀不曾離開過他們黑暗神祕的藏身處，不曾在信徒面前展現他們的眞面目。而在見識到這些神祇醜陋的嘴臉之後，他們的信徒當即決定放棄信仰。最後，丑角之神停下永恆的舞蹈，來到莉莉絲面前虔敬下跪。

「我的主人，我的女王。」他以一種冷靜而又絕望的語氣說道。「狂歡的時刻終於結束了。」

面對這突如其來的一幕，旁觀群眾開始鼓譟，發出許多敬畏、恐懼和迷惘的聲響。他們大聲爭論，試圖釐清眼前景象所代表的意義，狂熱份子也開始以拳頭及詛咒攻擊附近的人群。沒有人喜歡承認自己所信仰的是一名弱勢神明。群眾中有些腦筋動得快的已經開始跪在莉莉絲面前，大聲喊出歌頌讚美的言語。所有拿著宣示末日到來的自製標語的末日預言家此刻都像是洩了氣的皮球一樣，因爲他們完全沒有想到末日眞的會有到來的一天。莉莉絲對著他們微笑。

「你們失業了。因爲我就是你們期待已久的末日。」

牆壁上濺灑出更多陰影殘渣，空氣中迴盪了更多臨終慘叫。

莉莉絲好整以暇地環顧四周，打量面前這一群自稱爲神祇的存在。不管外形看來如何偉大，這些神祇全都在她的目光之下微微顫抖，雖然他們根本都不記得自己爲何如此恐懼。她令這些諸神打從心底最原始的層面感到無比焦慮，以及自身的渺小。彷彿她知道某件他們一直想要忘卻的祕密，或者是他們從來都只是懷疑卻不曾眞正發現過的祕密。

「我乃莉莉絲。」她終於說道。「亞當的第一任妻子，因爲不肯承認除了自己之外的任何權威而被逐出伊甸園。我墜入地獄，與惡魔交合，生下數不盡的怪物。他們是我不凡的子嗣，也是夜城第一代的居民。你們就是我的子嗣，或是我子嗣的後代。你們不是神，從來都不是。神性不是凝聚信徒就可以成就的。我賜給你們榮耀與自由，但是這些日子以來，你們卻墮落到如此受限的地步，禁不起崇拜與喝采的引誘，任由自己被人類的想像塑形，侷限在人性狹窄的觀念裡。好了，玩耍時間已經結束了，孩子們。我回來了，回到我爲大家所創造的地方，該是開始辦正事的時候了。我已經離開太久，有太多事情要處理了。」

「我已經回來一段日子，暗中觀察並且適應這個年代。我遊走在你們之間，但你們卻懵懂不知。你們扮神扮太久了，已然忘卻自己之前的身分。你們的存在都是拜我所賜，你們必須對我忠心。你們屬於我，必須遵照我的意旨辦事。」

高等生命、強權代表以及自然力量的實體彼此對看，身子不安地蠕動。一切發生得太快了。前一分鐘他們還是受世人膜拜的神祇，下一分鐘……有些神靈開始想起那段被遺忘的記憶；有些用力搖頭，即使臉頰上已經流滿淚水，他們依然絕望地對自己否認；有些難以接受自己眞正的血緣，大聲地叫囂抗辯。大部分的神靈怒火中燒，因爲他們無法相信自己根本不是神。信徒們退到安全的距離之外，將這場爭論留給諸神自己去解決。爭論的聲音十分吵雜，幾乎到了嘶聲吶喊的程度。最後莉莉絲比了個手勢，所有神靈立刻安靜了下來。

「你！」她指著站在諸神前排的一名神靈說道。「我不認識你。你不是我的子嗣。你是什麼東西？」

工程者冷靜地正視她的目光，周遭的神靈則立刻遠離他身旁。他蹲坐在地，身材寬厚，約略具有人類的外形，藍色的血肉之外包覆有藍色的鋼鐵，肌肉組織連結著許多螺絲與彈簧。關節處不斷噴出蒸汽，雙眼綻放出火紅炭火的光芒。如果夠接近的話，你甚至可以聽見他心臟所傳來的滴答聲響。他的身旁站有許多又瘦又長的機械護衛，設計十分複雜，外形頗具巴洛克風格，看不出是他的信徒還是個人創作。

「我是神靈。」工程者的聲音有如金鐵交擊。「一個抽象概念的實體化身。我之所以不朽乃是因爲我本身就是一種概念，而不是因爲擁有妳那不自然的血脈所致。世界已經變得比妳的年代複雜多了，莉莉絲。這一切……都不關我的事。就留給你們自己去解決吧。」

他轉過身去，踏入世界的側面，走向一個大部分在場之人都無法辨認的方向，瞬間消失無蹤。他的金屬護衛隨著他的消失而崩壞，在地上灑落許許多多的廢棄零件。莉莉絲在原地呆立了一會兒，爲這意料之外的狀態感到些微尷尬。在工程者的鼓舞之下，有些神靈也開始鼓起勇氣挺身對抗莉莉絲。

「聽說妳被放逐了。」璀璨者拖著身後亮麗的軌跡說道。「被那些妳所信任的生命逐出妳所創造的世界。」

「逐入地獄邊境之中。」拉・貝兒・丹・杜羅契以其淡而無味的語調說道。「直到某個愚蠢的傢伙開啓通道，讓妳回到夜城之內，再度利用我們最初的夢魘來打擾我們的生活。」

「有人說妳已經回來很多年了……」茉莉・溫德辛斯露出滿嘴爛牙，皮笑肉不笑地道。「這些日子以來，妳究竟在幹什麼？」

「不是在躲藏。」莉莉絲道，她的聲音所散發出的寒意令所有神靈後退一步。「我是在……準備。有太多事要辦，有太多人要解決。當然，我還必須製造一個新的孩子，確保他受到良好的教育。他是我的，身心皆爲我所擁有，儘管他到現在還沒發現這個事實。我最親愛的約翰．泰勒。」

信徒跟神靈同聲覆誦這個名字，語調中絲毫沒有透露任何友善的氣息。很多人不自在地扭動身軀，不安的情緒有如閃電一般在群眾中迅速浮現而後消失。璀璨者張嘴欲言，莉莉絲則搶先在他額頭上輕輕一觸。他發出驚慌恐懼的慘叫聲，生命能源奪體而出，瞬間竄入莉莉絲的體內，滿足她永無止盡的飢渴。她很快地吸乾了璀璨者，靜靜地看著對方在眼前乾枯萎靡。他的力量對她而言不過是汪洋中的小水滴。璀璨者發出最後的光芒，接著彷彿從來不曾存在一般地徹底消失。莉莉絲臉上露出一絲微笑。

「我必須要稍微紓解一下心情，好讓大家了解自己的身分。儘管我是各位的母親，但是我也不會容許任何放肆的行爲。現在，當初湊在一起背叛我的傢伙在哪？膽敢將我放逐的傢伙！站出來，讓我再度看看你們的容顏。」

一段漫長的尷尬過後，惡魔新娘終於不情不願地走到人群前方，她背上的連體雙胞胎透過肩膀偷看莉莉絲。「他們都不在了，女王。」小新娘以其甜美誘人的聲音說道。「很久以前就不在了。他們有些自相殘殺，有些被後來的強者取代，有些跟不上時代潮流而遭人遺忘。據我們所知，當初背叛妳的人就只剩下一個還活著。他最初的名字已經失傳。我們稱他爲『淚屍』，如今已經陷入無可救藥的瘋狂狀態。」

她說完立刻退回群眾之中，而其他人則將淚屍給推到前排。淚屍是一塊巨大的腐爛血肉，表皮又紅又黑又紫，化膿的皮膚中突出許多尖銳的骨頭。永遠都在腐爛，但卻永遠不會死亡，他的存在已經陷入無可救藥的瘋狂。他殘破的牙齒緊緊咬著地面，身軀有如爛泥一般攤在地上，張大渾濁的雙眼瞪視著前方。

「他將各式各樣的死屍融入自己體內。」茉莉．溫德辛斯主動解釋道。「死屍延續他的生命，壯大他的力量。」

「連這種東西……都有信徒願意追隨？」莉莉絲問。

「物以類聚。」茉莉道。

「這就是證據，如果還需要什麼證據的話，這就是人類什麼都願意信仰的證據。」莉莉絲說。「任何散發永恆臭味的東西都能夠招攬信徒。」

幾名淚屍的信徒也被眾人推到前方面對莉莉絲。他們身穿污穢的破布及殘敗的塑膠袋，臉上塗滿骯髒的污垢。年紀最長的信徒驕傲地抬起頭來，目空一切地看向莉莉絲。

「我們崇拜他是因爲他讓我們看清眞相。世界充滿了骯髒與腐敗、污染跟墮落。我們的神讓我們看見隱藏在華麗外表下的醜陋眞相。一切歸於塵土之後，我們的神將會依然健在，而我們也將繼續伴隨左右。」

「不，你們不會。」莉莉絲道。「你們比他更令我厭惡。」她眼光一瞟，當場將他們全數誅殺。

淚屍完全沒有注意到外界發生的事情，只是專心一意地呑噬著腳邊的一具天使屍體。死天使一吋一吋地融入淚屍腐爛的身軀中，散發出難以忍受的臭味，讓在場所有生命統統偏開頭去。天使的最後一絲神性竄入淚屍體內，驚醒沉睡已久的心靈，令他突然之間站起身來。他發出劇烈的叫聲，在傾刻之間了解了一切，目光的焦點立刻集中在莉莉絲身上。

「妳！這一切都是妳的錯！看看我變成什麼樣子！看看放逐妳的代價有多大！」

「我看到了。」莉莉絲冷冷地道。「對一個叛徒跟蠢材而言，我認爲這是極爲公平的懲罰。」

「放逐妳是必然的。」淚屍的語氣疲憊，似乎在重覆一個已經爭辯到不想再辯的話題。「但是妳還是回來了，一切的努力全都白費了。我告訴過他們，但是他們不聽……想殺就殺吧，我不在乎。我曾經英俊挺拔，深受世人景仰……如今我已經不再認得現在的夜城了。妳也不可能認得的。一切都改變了，夜城跟著時代進步，而我們都被遺忘了。」

「就你目前的狀況而言，殺死你根本是一項恩典。」莉莉絲道。「但是管他的，可別說我從來沒對你好過。」

她瞬間吸乾淚屍的生命能量，黑暗的嘴角露出一個噁心的神情。「味道很糟。」她對著不敢出聲的群眾說道。「但是我發過誓一定要手刃所有從前的敵人，而我向來說話算話。現在，站出來，我的孩子們。自我年輕時充滿慾望的肉體中誕生的原始產物。」

她喊出他們的原始之名，接著又是一段漫長的沉默。最後，幾名神靈推開群眾走到前排，面對他們遺忘已久的母親。第一個出列的是丑角之神。他低下戴著面具的頭顱，在莉莉絲的面前下跪。

「我在這裡，親愛的母親，雖然時間跟環境已經改變了我。流行與時尚重塑了我的外形，不過我畢竟還是存活了下來，始終跳動著永恆的舞步。希望我的體內依然保有一些您所認得的特質。」

「我也會改變，當有必要之時。」典型化身儀態優雅地對莉莉絲鞠躬說道。他年輕力壯，外形俊美，身穿剪裁完美的純白西裝，頭戴一頂巴拿馬草帽，貴族般的臉龐散發出一股雌雄同體的魅力。「細節改變，我繼續存在，始終受人景仰，受人膜拜。此刻我是一名流行音樂歌手，爲了生計歌唱，青少女則在臥房的牆上崇拜我的形象。我是『瘦白王子』，人們熱愛我的音樂，同時也熱愛我。不是嗎，我的小鴿子們？」

一群血氣方剛的年輕女孩圍在他的身邊，穿著打扮都跟他同出一轍，臉上塗滿化妝品，神色凶狠陰沉。從這群人的臉上就可以看出他對她們而言不只是生命中的一切；為了他，她們隨時願意放棄性命。其中有幾個女孩眼看偶像受到威脅，竟然對著莉莉絲大吐口水。年紀最大的女孩都還沒有超過十五歲。

「我知道。」瘦白王子道。「但是選擇信徒的時候還是寧缺勿濫。」

最後一個出列的是血腥刀鋒。他神色不定地伏在莉莉絲面前，呼吸濃厚，渾身發抖，讓古老的本能固定在原地。他身材高大，渾身毛髮，腳上有蹄，頭上有角，兩手前端長有恐怖銳利的利爪，全身散發出濃濃的汗臭跟麝香味，外加一股無法控制的無底食慾，瞪大愚蠢狡獪的雙眼對著莉莉絲怒目而視。他被莉莉絲的女性氣息所吸引，但又被她強大的力量給震懾。

「血腥骸骨已經失去本性了。」丑角之神道。「他已經退化成一種單純的動物天性，絲毫沒有半點良心的野性之神。世界上總是有人想要崇拜內心深處的心魔。有人說他是自願變成這個樣子的，為的是要從理性的限制之中解放心中的需求和食慾。」

「實在太沮喪了。」莉莉絲道。「我生下了數千名子嗣，如今竟然只剩下三個？而且每一個都墮落成這副德性。」

她毫不留情地將他們一舉擊殺，吸乾他們的生命能源，接著爲了斬草除根，她又舉手一揮殺光所有典型化身的年輕信徒。她的力量有如狂風暴雨一般激盪空中，所有群眾因她冰冷的目光而畏縮。

「時候到了。」莉莉絲道，在場所有人都隨著她聲音中的力量顫抖不已。「該是你們選邊站的時候了。我已回歸，打算以我的遠景重塑夜城，將其轉化爲創造時的最初理念。夜城不該像如今這般……短視，庸俗。我要讓夜城恢復榮耀，也要讓你們分享這份榮耀。除非你們決定與我對立。那樣的話將不再有人記得你們的姓名。」

高等生命、強權代表、自然力量的實體神色不安地看著彼此，喧鬧的討論聲響逐漸自諸神之中響起。抉擇的重點就在於這些神靈安於現狀。他們喜歡當神，喜歡有人崇拜、懼怕，以及敬畏的感覺；他們喜歡財富、名聲與權力——雖然重視這些世俗的東西似乎不像神靈應有的作爲，不過當時誰也沒有提起這點。放棄這一切，眼睜睜地任由莉莉絲以一己的意念重塑自己以及身處的世界？太難以想像了。然而……她是莉莉絲。沒有人膽敢懷疑她的力量。她比夜城本身還要偉大，足以毀滅所有自認爲神的生命。爲了生存，或許暫時假裝配合，靜待再度起身反抗的時機才是明智之舉……大家不斷爭論，莉莉絲則在一旁耐心等待，藉著不時殺害露出不敬神情的凡人打發時間。最後，首先上前表態的是一個新近崛起的勢力——憎恨有限公司。

自從法律認定大型企業在技術上來講可以視爲一種永恆存在的法人起，一家影響力強大到足以讓凡人當作神祉崇拜的企業也就自然而然地因應而生。憎恨有限公司以一群沒有五官的工作機器人的形體在凡間現身。每具機器人的穿著打扮一模一樣，都是身穿灰衣的灰色男子，連講話的時候都是異口同聲。

「我們是屬於這個年代的神祉。這個年代適合我們，我們也適合這個年代。爲什麼我們要放棄我們的本質與未來？我們沒有理由相信妳會爲了我們的福利著想。」

接著上前的是純眞電鋸小姊妹。這群身穿黑白相間修女服的駭人修女乃是極端前衛的教條主義份子。她們疾聲厲色地咒罵莉莉絲，並以恐怖的威脅言語挑戰她的權威。

接下來又有幾名代表現代社會新興宗教的神靈上前反抗，然而群眾之中已經出現叫他們閉嘴的聲浪。他們是崇尚傳統的古老神靈，以及想要趁機爭奪權位的弱勢小神。於是就這樣，一場諸神之間的大戰正式展開。

各方神靈正面衝突，有如夜色之中的強大引擎一般，在靜止的空氣中噴灑出奇異的能量色彩。神靈既然開打，手下的信徒自然也不閒著，當即打起宗教的旗幟彼此殘殺。暴戾之氣充滿整條諸神之街，血流成河、屍橫遍野，沒有任何人可以置身事外。

莉莉絲體態優雅地飄上夜空，居高臨下欣賞自己興風作浪的成果，放聲嘲笑以自己之名而引發的瘋狂屠殺。她鼓勵追隨自己的子孫殺害不肯順從的血親，並且促使子孫的信徒沐浴在敵人的死亡之中。她要他們接觸屠殺的滋味，因為在進攻夜城的時候還有更多人要殺。不過暫時而言，如此自相殘殺可以讓倖存者和自己更加緊密地站上同一陣線。

她沿著諸神之街飄蕩，跨越低等生物的頭頂，遊走於所有衝突上方。所到之處教堂坍塌、神廟傾倒，地面裂開大洞，無情地吞下廢墟中的灰燼。莉莉絲將所有敬神場所統統以最直接的路徑送入地獄。而躲在神廟中不敢出來面對莉莉絲的神靈跟信徒也當場發出淒厲的尖叫，全部和廢墟一起沉入地底。

「除了我之外不該有別的神。」莉莉絲道，在腳下喧鬧震天的殺伐聲中，她的聲音依然清晰可聞。「所有夜城的居民只能崇拜我一個神。這裡是我的地盤，你們只需要信仰我就夠了。」

就在這個節骨眼上，渥克出現了。他一身西裝領帶，悠閒地步入諸神之街。一聽說他的到來，所有人紛紛放慢速度。人類跟神靈停止爭戰，退向街道兩旁，儘可能地遠離渥克。他們退到人行道上，安安靜靜地看他經過，而他則完全沒有將眾多神靈放在眼裡。高等生命、強權代表以及自然力量的實體全部直挺挺地站在一旁，默默地期待著事情的發展。染血的街道上籠罩在一股沉悶的寧靜之下，諸神大戰就這麼結束了；只因爲渥克在諸神之街現身。

他孤身一人前來，沒帶任何支援。沒有保鏢、沒有專家、沒有武裝部隊。光是他的出現就足以弭平所有衝突。諸神和信徒神情羞愧地看著自己所造成的破壞，個個有如做壞事被抓到的小孩子一樣。因爲如今出現在他們面前的人是渥克。他是當權者的聲音，他所說的話就是法律，他是夜城之中最可怕的個體。

他終於停下腳步，抬起頭來看向站在天上的莉莉絲。他們彼此對望一會兒，接著渥克露出微笑，對她頂了頂自己的圓頂帽；渥克總是維持著風度。莉莉絲自空中飄落，優雅地停立在渥克身前。即使他有注意到莉莉絲全裸的身體與強烈的女性魅力，他也沒有在臉上露出絲毫反應。他環顧四周，看著滿地屍體以及燃燒的廢墟，接著將目光轉向諸神及一眾信徒。沒有人膽敢直視他的目光。

「鬧夠了。」他並沒有特別對著任何人開口，但是所有人都肯定他在對自己說話。「從沒見過如此荒唐的亂象。立刻停止胡鬧，開始善後。你們都不想惹我生氣，是不是？」

這時有些神靈和信徒已經開始後退，嘴裡說著道歉的言語，甚至還有人利用別人的身體掩護才敢移動。他們都認識幾個曾經惹火渥克的人，也都知道那些人最後遭遇了什麼樣的下場。然而當莉莉絲以充滿權威的聲音向渥克開口的時候，所有人當場都打消了撤退的意圖。莉莉絲的聲音裡沒有任何恐懼或不安，如果硬要說有什麼情緒在內的話，大概就是……覺得很有趣。

「親愛的亨利，很高興能再次見面，你比上次見面的時候成熟多了。」

渥克瀟灑地揚起眉毛。「妳佔便宜了呀，女士。我似乎認得妳的聲音，但是卻……」

「喔，亨利，難道你這麼快就把你最親愛的小芬妮拉．戴維斯給拋到腦後了嗎？」莉莉絲道。渥克聽完當場倒抽一口涼氣。

「所以……」他終於開口道。「莉莉絲，這就是妳的眞面目。」

莉莉絲大笑，搔首弄姿地說道：「這個形象……只是在人類感官限制內所能承受的外形罷了。要知道伊甸園的故事只是寓言的版本。說眞的，這具軀體只是我用來行走在你們這個有限的世界裡的道具而已。等我將夜城重新塑造成更加適合我的本質的地方，我就會完全進入你們的世界。到時候的我才是眞正光彩奪目呢。」

「妳究竟是什麼東西？」渥克問。「我是說，說眞的，妳究竟是什麼東西？」

「我是上帝最初的創作。」莉莉絲道。「我是最先現世的生命，比這個世界還要古老。我同時也是查爾斯．泰勒的妻子，約翰．泰勒的母親。我是被三個愚蠢男孩在無知的情況下召喚進入這個世界的生物。喔，親愛的亨利，我是否合乎你的期待呢？」

「待在原地別動。」渥克的聲音有如雷鳴。他施展了當權者賜給他的「聲音」，一個不管是死屍還是活人都無法抗拒的聲音。「立刻投降，莉莉絲，停止所有侵略的行爲。」

莉莉絲放聲嘲笑，「聲音」的力量當場有如廉價玻璃一般化作碎片。「別傻了，亨利。你的『聲音』只能用來對付屬於這個世界的生物，對我根本沒有作用。逃跑吧，親愛的亨利。找個地方躲起來，直到我來找你爲止。我有個特別的禮物想要送你。你將會崇拜我、愛上我，而我則會賜給你永恆的生命以及更高等的形體，使你有機會永永遠遠地在我身邊歌頌我的偉大。這樣不是很有趣嗎？」

「我寧死不屈。」渥克道。

莉莉絲輕蔑地甩他一巴掌，接著伸出修長的手臂，有如攻城槌一般擊中他的身體。骨碎聲響，鮮血狂噴，他的身體離地而起，重重地撞在一座殘破教堂的爛牆之上。渥克像個破爛的布娃娃般地摔落在地，接著又被坍塌下來的磚牆活埋。諸神以及信徒默默地看著塵埃落定，然後又繼續看了一會兒，然而這個隨口一句話就能調動世俗軍隊與教會武力的男人卻始終沒有再度爬起。

諸神大戰結束了。在見識到當權者的聲音有如惱人的昆蟲一般被莉莉絲隨手擊敗之後，再也沒有任何神靈膽敢起心反抗。他們在莉莉絲面前低頭下跪，跟隨她的步伐離開諸神之街，進入夜城之中。

□

事情過後不久，我和蘇西．休特、剃刀艾迪，以及珊卓．錢絲終於趕到諸神之街。街道上一片狼籍，兩邊堆滿了神廟廢墟。火舌翻飛，濃煙四起，地上隨處可見無人照料的傷者及屍體。倖存者和傷患零零落落地站在路旁，驚慌的神情尚未平復。他們之所以被留在這裡，完全是因爲他們傷勢沉重，沒有任何利用價值的關係。當這些驚嚇過度的傷殘人士一看到剃刀艾迪依然忍不住拔腿就跑的時候，就知道剃刀艾迪的名聲有多響亮了。然而更令人擔憂的是，有不少倖存者一看到我立刻跑過來下跪，稱呼我爲莉莉絲之子，並且對我搖首乞憐，求我放他們一條生路。

「好了。」蘇西噘起嘴道。「這種舉動令我非常不安。」

「不是只有妳而已。」我道。「你！放開我的腳，立刻。」

「從來沒有人在我面前下跪。」蘇西道。「你！沒錯，就是你，冷靜下來，告訴我們究竟發生了什麼事？」

我們花了很大的工夫才好不容易從他們口中問出事情的經過。莉莉絲已經爲她的回歸揭開序幕，而我竟然錯過了。從眼前這一片廢墟看來，親愛的母親顯然在搜尋我的下落，而且搜尋的方法似乎頗爲激烈。似乎她對自己唯一的人類子嗣懷有某種特定的目的。

「厲害。」我道。「我並不想跟她碰面，至少現在還不要。在終於跟她碰面的時候，我一定要確保是在我的地盤，依照我的方式。」

這時我出現在諸神之街的消息已經傳開，一群衣衫破爛的暴民來到我們面前聚集。在憤怒與恐懼的驅使之下，他們陷入半瘋狀態，嘴裡吶喊著「瀆神之人！」「揪他出來！」「把他交給莉莉絲！」蘇西、艾迪跟珊卓擠到我的身邊，不過暴民的眼中根本看不見他們。這時我們面前已經聚集數百名暴民，而且還有更多人繼續加入他們的行列。暴民神情扭曲，充滿仇恨，個個伸出雙爪對我抓來。

他們從四面八方逼近，在我來得及反應之前，蘇西已經擊發手中的霰彈槍，在咄咄進逼的人潮之中轟出一個大洞，不過絲毫沒有減緩暴民前進的速度。剃刀艾迪在人群中殺開一條血路，他移動的速度肉眼難察。珊卓·錢絲召喚地上的死屍攻擊暴民，殺得眾人膽戰心驚。暴民抱頭鼠竄，一哄而散，留下滿地的屍體與傷患。我不怪他們，因爲這一切都不是他們的錯。要怪只能怪我母親留給人們的印象實在太過深刻。蘇西壓低槍頭，重新裝填彈藥。艾迪再度在我身邊現身，手中的剃刀不斷滲血。珊卓收回法術，讓死者躺回地上。一個頭戴阿茲特克羽毛頭飾(註)、渾身顫抖的寺僧慢慢地來到她面前。

「如果妳能召喚死者，能不能……」

「抱歉，不行。」珊卓．錢絲說道。「我沒有能力召喚死去的神靈。再說，如果他沒有能力自行復活，那也算不上什麼強大的神靈，不是嗎？」

寺僧放聲大哭。我們轉身離開，留他一個人坐在自己神廟廢墟前的殘破台階哭泣。

「說話眞毒。」蘇西對珊卓說道。

「彼此彼此。」珊卓道。

「渥克呢？」艾迪問。「我沒看到他的屍體。你也知道他們是怎麼說的，在夜城，沒看到屍體通常就表示沒死。」

「要找渥克，我想我可以幫你們。」一名神色憂傷的牧師說道。「他在那一頭，被埋在我們教堂的廢墟之下。」

我們謝過牧師，然後來到一座雄偉建築的廢墟之前。這座廢墟有一半還在燃燒，爲寂靜的夜空添加陰鬱的光芒。我們挖走一大堆瓦礫，搬開無數塊磚頭，最後終於找到了渥克。他的西裝破爛，鮮血淋漓，但是當我湊上前去時，他還是張開了雙眼，甚至擠出一點微笑。

「約翰。」他虛弱地說道。「你來遲了，就跟往常一樣。我剛跟你母親聊了幾句。」

「看得出來。」我說。「你跟誰都處不來，是不是？」

我們將他拖出瓦礫堆，然後推到牆壁旁坐下，過程之中他哼都沒哼一聲。蘇西迅速將他的傷勢檢視一遍。蘇西對於傷口有極爲深入的研究，不管是修補傷口還是製造傷口。最後她站起身來，對我點點頭。

「傷勢很重，但是不會致死。」

「喔，很好。」渥克道。「我剛剛還眞的擔心了一下呢。」

「你是該擔心的。」珊卓．錢絲道。「你把我們困在墓園空間等死。我們有過協議，而你卻破壞了協議。膽敢如此對我的人只有死路一條。」

「現在不能殺他。」我說。

「爲什麼不能？」珊卓冷酷憤怒的視線轉到我身上。我則毫不退讓地面對她的目光。

「因爲他是我父親的朋友。因爲我不是冷血殺手。因爲我的計畫裡還有用得到他的地

註：阿茲特克，墨西哥的古文明，喜愛以鳥羽製作華麗的頭飾來代表身分地位。

方。」

「還是跟以往一樣實際，約翰。」渥克道。

珊卓皺眉道：「他會喜歡你的計畫嗎？」

「肯定不會。」

「那我等。」珊卓・錢絲道。

我蹲在渥克身前，直視他的臉。「她回來了。」我道。「莉莉絲，我母親。她回來是爲了毀滅夜城，然後再以毫無人性生存空間的理念取而代之。如果我試圖阻止她，世界很有可能因此而毀滅。我不能孤軍奮戰，渥克。我需要你的幫忙。」

他微微一笑。「我們總算站在同一條船上了。只可惜我們只有在這種情況下才會合作。」

「別騙自己了。」我道。「我們唯一的共同點就是一個共同的敵人。」

「沒錯。一個比我們兩個都還要糟糕的傢伙。」

「你應該很了解。」我說。「就是你們施展芭貝倫儀式才讓她重臨世界的。你、收藏家，以及我父親。」

「啊……」渥克道。「你終於發現眞相了。我還在想你怎麼這麼慢呢！我會動用當權者所有的資源來配合你，不過要阻止莉莉絲，光靠部隊火力跟正常魔法是辦不到的。」

「我會找幾個老朋友幫忙。」我說。「我有一個保證沒有人喜歡的計畫。」我轉向蘇西。「跟珊卓和艾迪保護渥克前往陌生人酒館。艾力克斯會治好他，但是別讓他把帳掛在我頭上。接著你們就在那等我回來。」

「不幹！」蘇西立刻說道。「不管你要去哪，一定都會需要我的保護。」

「這次不行。」我柔聲道。「我需要妳跟其他人一起，妳是我唯一信任的人。再說……我不想讓妳看到某些我可能必須看到的景象。」

她微微一笑。「你挑了一個最差的時機來擔心我的感受，約翰。」

「總要有人擔心妳的。」我道。

chapter 4 不曾消失

rper than a Serpent's Tooth Sharper than a Serpent's Tooth Sharper than a Serpent's Tooth Sharper than a Serpent's Tooth Sharper than

如何對抗一支由一群前諸神所組成的軍隊？我想，當活人幫不上忙的時候，就先去找死人吧。我從一條人煙稀少的小徑離開諸神之街，穿越夜城繁忙的街道，前往聚集所有眞正詭異夜店的上城區。我要找死亡男孩幫忙，而且越快找到他越好。由於夜城的範圍十分廣大，莉莉絲的軍隊一時之間還沒有造成多大的破壞，然而消息很快就會傳開的，壞消息總是傳得飛快。

夜空澄淨，空氣清新，人行道因爲適才的大雨而潮濕，街景一如往常熱鬧非凡。人們或許聽說了些關於暴動、破壞和末日之類的謠言，但是這類謠言在夜城早就司空見慣，尤其是在週末的時候特別多。話是這麼說，我還是在路人的臉上看到逐漸高張的緊張情緒。不安的氣氛無所不在，然而人們卻不清楚所爲何來。我急急忙忙地朝向目的地前進，盡量不去引來不必要的注意。我還有時間。即使少了渥克，當權者依然可以調動大批武力，利用槍砲、刀劍、魔法，以及各式各樣強大的驚喜阻擋莉莉絲。他們有辦法拖延時間，但是拖不了多久。周遭的人們不停抬頭看向星空，似乎期待看到星辰轉移、月光變色之類的異象。有某種危險強大的實體進入夜城了，所有人都可以感覺到一種有如牲口進入屠宰場的絕望恐懼。眾人提心吊膽地東張西望，夜晚漆黑的程度彷彿到達了前所未有的高峰。

各式聲名狼藉的夜店之外，招攬生意的人們來回踱步，叫賣的聲音中流露出一股全新的迫切感；就連街角拉客的流鶯也比平常積極許多。人潮快步前進，往常悠閒的步調不復存在，彷彿人們害怕自己想去的目的地隨時都有可能消失一樣。夜城唯一每日出刊的報紙——《夜城時報》，剛剛發行了一份特刊。書報攤前擠滿了人群，所有人人手一份報紙，激動地討論著深黑色的頭條標題。我毫不懷疑莉莉絲已經上了報紙頭版，或許還包辦了其他所有版面。我必須在秩序全面崩盤之前展開我的計畫，想要達到這個目標，就需要死亡男孩的幫忙。

死亡男孩目前是在一間脫衣舞廳擔任保鏢工作。這個工作實在不合乎他的身分，因爲他是夜城中最聲名顯赫的守護者、黑暗復仇者與對抗死亡大軍的第一道防線，當然前提是要有利可圖才行。我停在一段安全距離之外，仔細打量這間舞廳。大門上方刺眼奪目的霓虹招牌標示出此店的店名：「不曾消失」。招牌兩旁各有一座霓虹舞女雕像，永遠不停地從一個不舒服的姿勢轉換成另外一個不舒服的姿勢，不斷地前後搖擺。一扇骯髒的窗戶後面貼滿美女照片，不過根據經驗，眞正在店裡跳舞的女孩絕對跟照片裡的水準相去甚遠。

舞廳大門站著一名懶洋洋的門房，身穿一件亮色系的格子外套，搭配一個蝴蝶領結，臉上的笑容假到十分不自然的地步。這個人第一個工作是擔任腹語師的腹語娃娃，之後他就一直無法戒掉這個笑容。我才剛走近，他立刻眼睛一亮，迎上前來向我招攬生意。

「她們已經死啦，她們沒穿衣服，而且她們還會跳舞！」

我冷冷地瞪著他道：「我長得像觀光客嗎？」

他冷笑一聲，讓到門旁，揮揮手放我進去。我板起這種情況下所能板起的最嚴肅的面孔走過他身邊，走入舞廳。一進大門立刻有人過來幫我拿外套，不過被我當頭一拳打到昏死過去。來這種地方一進門就必須要狠……由於室內外溫差過大，所以我在進入主廳之後就停下腳步調適溫度。主廳的燈光略顯昏暗，部分原因是要給客戶一點隱私，不過主要原因是不希望客戶看到其他客戶的水準有多低落。空氣中瀰漫著各式各樣的菸草味，另外還參雜汗水、慾念，以及絕望的臭氣。廳內的桌椅破破爛爛，觀眾零零落落，後方還有幾間以廉價隔板隔出來的包廂，專爲更爲私密的交易而設。這裡的客戶幾乎都是男性，也幾乎都是人類。他們目光飢渴地注視著廳內四個小型舞台，目不轉睛地看著台上的舞孃配合音量過大的音樂擺動身軀。

台上及台下分別有許多女孩對觀眾展現自己曼妙的身材以及能夠做出的姿勢，所有女孩統統赤身裸體，所有女孩皆已死亡。這些死者的亡靈分別爲了不同的理由滯留人間，靠著跳大腿舞給活人欣賞維生。其中有些看起來非常眞實，但是大部分的女孩都是由鬼火、煙塵及迷霧所組成，隨著舞台前方的燈光變幻身上的色彩。女孩們不斷地變換姿勢，跺腳、轉圈、搖胸、挺臀，沿著舞台上的鋼管扭曲身體，臉上隨時帶著毫無意義的笑容取悅觀眾。

鬼魂女孩，死亡舞孃——可遠觀卻不可褻玩的終極表現。

舞廳一旁設有一座簡陋的吧台，此時靠在吧台前方的就是傳奇人物死亡男孩本人。技術上而言，他還沒到可以進入這種夜店消費的年紀。死亡男孩只有十七歲。打從十七歲那年爲了信用卡和手機而遭人謀殺之後，三十年來他始終保持十七歲。他和不爲人知的惡魔簽訂契約，從死亡的世界爬了回來，以殘酷的手法爲自己報仇，結果卻發現契約的條件令他無法回歸死亡世界。於是他行走於夜城之中，附身於自己的屍體上，不老不死，盡力行善，期待有一天他能集滿足夠的善舉，讓天堂的力量解除自己當初簽下的契約。

他身材高瘦，穿著暗紫色大外套、黑皮長褲、小牛皮靴。衣領上別著一朵黑玫瑰，頭上戴著一頂軟皮帽。他的外套釦子沒扣，露出到處用縫線、釘書針，以及膠帶固定的慘白胸口。他不再感到疼痛，但是依然會受傷。如果靠得夠近的話，我還可以看見他額頭上以油灰填補的子彈孔。

他一張長臉透露出縱慾聲色的疲憊氣息，眼中綻放出放縱感官的病態光芒，微微噘起的嘴角沒有一絲血色，留了一頭及肩的油亮長髮。他曾經試過用化妝品掩飾自己的臉色，不過根本已經無可救藥。他看起來冷靜、悠閒，甚至有點無聊的感覺，一手拿著一瓶威士忌往嘴裡猛灌，一手抱著一桶那不勒斯冰淇淋往嘴裡猛塞。看到我走過來，他輕輕點了點頭。

「哈囉，泰勒。」他滿嘴冰淇淋，含糊不清地說道。「原諒我如此縱情聲色，對一個死人來說，沒有極度的刺激根本產生不了任何感覺。我很想請你喝酒，但是我只有一瓶而已。不要跟吧台點任何東西，他們訂價過高，酒更難喝。」

我點頭。這些我早就知道了。我以前來過這裡一次，爲了辦一件案子，當時我點了一杯號稱香檳的東西。那玩意兒味道很像櫻桃可樂。這裡的一切都不能只看表面，就連女服務生都有喉結。

「所以你是這裡的保鏢？」我說著懶洋洋地靠上他旁邊的吧台。

「我是這裡的安全主管。」他糾正我道。「這裡是我罩的。大部分的顧客只要看我一眼就不敢在這裡惹事了。」

「我以爲你有個穩定的工作，專門當歌手『夜鶯』的保鏢？」

他聳肩：「她去歐洲開巡迴演唱會了。而我……還是不要離開夜城比較好。這個工作只是暫時的，等我找到別的更好的機會就走。我們死人也是要吃飯的呀。所以這些女孩才會來這裡工作。」

我點頭。長久以來夜城已經累積了多到數不清的遊魂，而這些遊魂總得找到自己的歸宿。

「這些女孩下班後會去哪？」我問。

死亡男孩露出一個悲哀的神色。「她們從不下班。重點就在這裡。反正她們也不會累……」

「這樣她們有賺頭嗎？薪水不可能很多吧？」

「是不多，但是聰明的女孩可以靠小費過活，而且舞廳老闆保證女孩們不會受到死靈法師和其他靠著死者能量施展魔法的人騷擾。當然了，所有女孩都希望搭上有錢客戶，讓對方成爲常客，然後把油水搾個精光。」

我看了看廳中的觀眾。「今晚有什麼有趣的人來嗎？」

「幾個叫得出名號的，幾個認得出長相的，不過沒什麼值得一提的人物。有幾個名不見經傳的大學教授自稱來這裡研究新潮黑話。當我告訴他們這間舞廳專門幫助人們昇華性靈的時候，他們都覺得來對了地方。」

我配合地笑了笑。死亡男孩聳了聳肩，張嘴喝掉一大口酒。如今酒瓶幾乎已經乾了。

我欣賞著鬼女孩跳舞，暫時不急著告知死亡男孩今天來此的目的。如今女孩們圍著一名杜蘭杜蘭合唱團的老團員，扮演該樂團著名歌曲「電影女孩」中的女孩。身爲鬼魂的好處就是所有女孩容貌都異常艷麗、身段異常柔軟、表情異常迷人。她們的舞步優雅撩人，步伐輕盈，豪乳亂顫，自舞台之上飛昇，舞動在烏煙瘴氣的空氣裡。在觀眾席間的舞孃四處飄動，有時甚至會穿越客戶的身體，爲他們帶來別的地方找不到的奇異快感。有何不可？反正舞台上唯一堅硬的東西只有鋼管而已。

「別被外表迷惑了。」死亡男孩說著放下空酒瓶跟冰淇淋桶。「這一切都是幻覺。你絕對不想看到中場休息時，她們撤掉幻術之後的面目。不幸的是，身爲一個死人，在我眼中她們始終都是眞實面貌。這點眞的奪走了這份工作的不少樂趣。」

一個女鬼踏著迷人的舞姿躍下舞台。她的形體看來十分眞實，但是當她伸手到一名顧客的鼻子前面時，手指馬上化作煙霧被吸入顧客的鼻孔之中。女鬼的手掌分崩離析，完全消失在對方的嘴鼻裡。接著客戶一口氣喘不過來，當場咳出一團煙霧，在女鬼的輕笑聲中再度復原成原來的手掌。旁邊的舞台上有名女鬼的身體突然冒出火光，不過她毫不在意，繼續擺動身體。

「那是我放的火。」死亡男孩正色道。

上城區有幾家夜店專門提供跟死亡有關的服務，從嘗試活埋到體驗成爲木乃伊的過程什麼都有，其中有些服務就連走極端哥德風的人都沒辦法接受。有一家叫作「安息長眠」的夜店提供短暫死亡的體驗，讓客人感受一下死是什麼感覺。還有一家可以跟女吸血鬼、食屍鬼，以及殭屍上床的妓院。世界上總是有人偏好冰冷的肉體、喜愛甲醛（註）的滋味。

我將以上想到的說給死亡男孩聽，結果他只對妓院那一部分感到興趣，甚至還拿出紙筆想抄地址。

「相信我。」我堅定地說。「你不會想去的。小心惹回一身蛆。」

接著一名鬼舞孃吸引了我的目光。她神情羞怯地向一名顧客比了個手勢，然後半飄半走地領著對方穿越昏暗的主廳，朝著後方一間包廂走去。那名顧客身材高瘦，臉上微微帶有一股狡猾的神色。他們兩個進入包廂之後立刻緊緊關上房門。我看向死亡男孩。

「好了，那有什麼搞頭？我是說，既然他根本碰不到她……」

「愛情會自行找到出路。」死亡男孩說。「不能交換體液，他們就交換能量。當然，這種行爲都是經過雙方同意的。女鬼吸取顧客的生命能量——聽說那種感覺很棒——之後就可以凝聚出一定程度的形體，然後再來爲客戶服務。雙方各取所需，其樂融融。女鬼收集越多的生命能量就會變得更眞實，理論上來講，只要吸收足夠的能量，女鬼甚至可以死而復生……有時候會有女鬼不知輕重，把顧客的能量完全吸乾，到時候我們就必須面對火大的鬼顧客不肯罷休地在店裡搗亂。我們之所以在快速撥號裡記錄驅魔服務的電話號碼，就是專門爲了處理這種情況。」

包廂的門開了，剛剛的顧客走了出來。他並沒有在裡面待很久，而且進去的時候很瘦，出來的時候體重卻有明顯增加，連肚子都變大了。死亡男孩咒罵一句，從吧台旁邊彈起身來。

「怎麼了？」我問。

「那渾蛋是個靈魂賊。」死亡男孩簡短地道。「他把女鬼整個吸入體內，希望能夠夾帶出場。我們上吧。」

我們大搖大擺地穿越主廳，所有顧客都急急忙忙讓道兩旁。那胖子一見死亡男孩，立刻自口袋中掏出一個造型複雜的玻璃護身符往地上砸去。玻璃破碎，魔力四溢，死亡男孩當即有如撞上一道隱形牆壁一樣動彈不得，蒼白的面孔十分痛苦地扭成一團。

「這是反附身法術。」他吃力說道。「想要將我逐出我的身體。阻止那渾蛋，約翰，別讓他帶走我們的女鬼。」

我快步上前，擋住胖子的去路。他停下腳步，小心翼翼地打量著我，然後再度將手伸入

註：甲醛是一種有機化合物，濃度百分之四十的甲醛水溶液，又稱為「福馬林」，常用作消毒劑、殺菌劑，或防腐劑。

口袋。我開啓天賦，找出他用以囚禁女鬼的那道法術並且加以解除，接著關閉天賦。胖子全身劇震，東倒西歪，凸出的腹部有如飄在風中的紙片一般不斷鼓動。我走到他的身後，兩手環抱他的腹部，然後使盡全力用力一擠。只見一道煙霧不斷自胖子口鼻之中狂噴而出，瞬間形成一名女鬼的形體。胖子的肚子消了，女鬼也好端端地站在我們面前。她將能量暫時凝聚在一條腿上，對準靈魂之賊的睪丸狠狠踢了一腳，然後頭也不回地離開。我放開雙手，靈魂賊摔倒在地，臉上的表情彷彿希望自己已經死了一樣。

我不再管他，走回死亡男孩身邊。如今的他看起來已經好多了。

「廉價的垃圾法術。」他愉快地說。「簡直侮辱人嘛，用這種玩意就想對付我？我的靈魂可是由專家附入體內的呀！把那個靈魂賊交給我處理，約翰。我一定要讓他嘗嘗同樣等級的侮辱。」

我們走回吧台。吧台的女服務生已經爲死亡男孩開好了一瓶新的威士忌。他伸手正要接過，不過又遲疑了一會兒，然後若有所思地朝我看來。

「你來這裡不會只是爲了噓寒問暖，約翰。你想幹嘛？」

「我需要你的幫助。我母親終於回歸，大便已經擊中風扇了。」

「爲什麼人們只有在需要幫忙的時候才會來找我？」死亡男孩沉思道。「而且通常還要等到事情已經一發不可收拾了才來？」

「我想你已經回答自己的問題了。」我道。「像你這種態度，還想期待別人怎麼對你？」

「把細節告訴我。」死亡男孩道。

我簡短地將事情說了一遍，他邊聽邊搖頭，聽到最後頭都快搖掉了。

「不，不幹。我不跟舊約聖經裡的人物為敵，那些傢伙就連我也沒有辦法對付。」

「我需要你的幫忙。」

「那又怎樣？」

「你一定得幫我，死亡男孩。」

「誰說的？我沒有必要去做任何我不想做的事。反正我已經死了，你能把我怎樣？」

「我母親帶領了諸神之街的大軍入侵夜城，我們一定要阻止她。」

「祝你好運，約翰。記得寄張明信片來報告近況。我會待在北極，藏在某頭北極熊身下。」

「我有計畫……」

「你每次都有計畫！答案還是不要，我才不跟神作對，我有自知之明。」

我冷冷地瞪著他：「你若不是朋友，就是敵人。我的敵人。」

「你眞的要威脅老朋友，約翰？」

「眞的是朋友根本不需要威脅。」

「可惡，約翰。」他低聲道。「不要這樣對我。萬一我的肉體毀滅，靈魂將會無所依歸，到時候等著我的……」

「如果不阻止莉莉絲，夜城將會變得跟地獄沒有兩樣。」

「你了不起，泰勒，你知道嗎？好吧，我加入。但是我一定會後悔的。」

「這種精神就對了。」我道。

「這年頭，就連死了也不得安寧。」死亡男孩淒涼道。

chapter 5 丁格力谷

「那麼……」死亡男孩道。「你眞的計劃好了？」

「喔，是的。」

「而你不打算對我透露計畫？」

「你會生氣的。」

「至少把目的地告訴我吧？」

「如果你眞要知道的話，不過……」

「我也不會喜歡？」

「可能不會。」

「要不是已經死了，我想我的心情一定十分低落。」

我忍不住笑了出來，有話題可笑的感覺眞好。我們穿越一塊較爲偏僻的區域，霓虹燈光黯淡，有如沒受邀請卻來參加晚宴的賓客，就連街燈的距離似乎也比平常還遠。這裡是腐爛街，一個居民偏好黑暗的地方。

我們徒步走了好一會兒，雖然死亡男孩不會累，但是他很容易無聊，而他無聊的時候脾氣就會暴躁。他想要開他的未來之車前往目的地，那是一台來自某個可能的未來、穿越時間裂縫進入夜城，之後挑選死亡男孩作爲駕駛的閃亮銀車。可惜我必須假設莉莉絲在夜城各地都派有眼線，而這些眼線必定在注意這台車的動向。爲了避免死亡男孩幫助他的老朋友，搞不好未來之車一現身就會立刻遭到摧毀。身爲聖經神話人物的子嗣，會有點疑神疑鬼也是情有可原的。我暫時還不打算和莉莉絲的人馬正面衝突，時機還未成熟。於是死亡男孩和我踏入越來越陰暗的巷道裡，爲了是要尋找傳說中的維多利亞冒險家——朱利安．阿德文特。

我已經聯絡過夜城時報的總部，代理總編不情不願地告訴我朱利安沒進辦公室。儘管如今已經身爲報社的總編兼老闆，朱利安始終無法忘懷那段身爲夜城頭號調查記者的日子。每隔一段日子，他都會在沒有告知任何人的情況下自動消失幾天，外出執行個人任務。報社裡沒人會說閒話，因爲他總是能夠帶回最搶眼的頭條新聞。朱利安喜歡親力親爲，藉以提醒自己體內依然保有冒險家的精神。

代理總編甚至還問我知不知道朱利安的下落，因爲整間報社都爲了諸神之街的新聞忙翻天了。他問我有沒有什麼諸神之街事件的內幕，我告訴他有，不過只能跟朱利安透露。代理總編利用恐嚇、咒罵與哭泣等手段想要套我的話，不過最後終於放棄。他告訴我雖然朱利安關掉了行動電話跟傳呼機以免被打擾，不過在失蹤前他曾經提起某間剝削勞力的血汗工廠。

於是死亡男孩和我來到了租金最低廉的地區，也就是腐爛街。路上的人越來越少，我們路過的每一個人臉上都帶有狡猾的神情。有些是衣衫破爛的流浪漢跟乞丐，伸出污穢的手掌，拿著廢紙摺成的紙碗乞討零錢。有些是為了避免曝光而躲在陰暗的巷道裡的傢伙——他們是被附身的動物，眼中綻放光芒，皮膚滿是爛瘡；他們是混血惡魔，願意用自己的肉體、血液與尿水換取金錢。她們是目光蕭索的妓女，是雙唇血紅的妓男。他們是毒梟，兜售所有曾經流傳世間的毒品。除了以上人物之外，巷道裡還有許多更黑暗的怪物，提供更黑暗的服務。

腐爛街。一個夢想逝去、希望消失的地方。在這裡，死亡有時候未嘗不是一件好事。

街道上垃圾滿佈，沿街聳立著兩排搖搖欲墜的廉價公寓。半數街燈遭人打爛，人行道的欄杆不斷淌下噁心的汁液。公寓外牆因為煤煙污染與陳年污垢而骯髒不堪，外加以各種語言書寫的塗鴉，有些語言並非人類所有，而有些字顯然是用鮮血所書。窗戶不是以木板封閉，就是貼上破爛的紙張。公寓房門都有魔法防護，不知道密語無法進入。許多剝削勞力的血汗工廠就位於這些破爛老建築內的擁擠小房間中。這類工廠的工資極低，只有完全找不到別的工作或是有必要避風頭的人才會淪落至此。血汗工廠的老闆壓榨這些絕望者的勞力，以換取所謂的「保護」。可悲的是，夜城裡從不缺乏需要「保護」的絕望者。從某些方面來看，夜城是個非常黑暗的地方。

面目猙獰的工廠守衛悠閒地晃出小巷子，刻意讓我們發現他們的存在。他們打扮得有如幫派份子，毫不掩飾身上攜帶的槍枝及刀械，有些臉上甚至紋了幾個象形文字，表示他們是低階戰鬥法師。有人牽著狗，狗脖子上掛著強化鋼鐵鎖鍊。每一條狗體型都十分巨大，而且脾氣顯然十分暴躁。死亡男孩和我大搖大擺地往街道中央一站，讓所有工廠守衛看清我們的面孔。首先開始感到恐懼的是那些大狗。牠們對著死亡男孩聞了一聞，然後夾起尾巴掉頭就跑。狗兒的主人看了我一眼，然後也馬上向後退開。所有守衛圍成一小圈，迫切地交談了幾句，然後推派出一個代表出來面對我們。

守衛代表一派冷酷、昂首闊步地向我們走來，最後在一段十分尊重我們的距離之外停下腳步。我們不慌不忙地將對方從頭到尾打量一番。此人身穿條紋上衣，白色緊身短褲，頭戴一頂軟呢帽，腰後插著兩把珍珠柄左輪手槍，留了一綹小鬍子，臉上有幾條刀疤。他狠狠瞪了我們兩個一眼——如果不是身上流那麼多汗的話，其實他的目光還滿唬人的。

況且今天晚上還這麼冷。

「你們是來找麻煩的嗎？」他的聲音十分低沉，簡直像是擁有三顆睪丸的男人。

「肯定是。」我道。

「好了，兄弟們！」他回頭對其他守衛說道。「東西收一收，我們閃人了。他們是死亡男孩跟約翰天殺的泰勒。我們的薪水還沒有多到對付這種角色的地步。大家先去油膩喬安咖啡店坐坐，等他們忙完了再回來。」

「你們聽說過我們的名號？」死亡男孩有點失望。

「他媽的沒錯，先生。我應徵的時候只是說好處理簡單的暴力事件。從來沒人說過這個工作需要面對活生生的傳奇人物和長了兩條腿的死神。」

他身後的守衛這時已經一溜煙全跑光了。我看著站在我們面前的這個男人，對方的眼角忍不住開始抽動。

「你在同夥之中似乎滿有影響力的。」我說。「你是什麼人？」

「工會代表，先生。我照顧我的同伴，確保他們都有健保。如果兩位不介意的話，我眞的很想跟他們一起離開。」

我頭還沒點完，他已經轉身跑開。擁有很好……或者說很壞的名聲可以提供很多好處。這時還有一名年輕守衛滿臉困惑地站在街道中央，他叫了工會代表一聲，不過後者完全沒有理他。

「什麼玩意嘛！」年輕的守衛憤怒地吼道。「我們才應該是狠角色，是以目光散佈恐懼，嚇壞所有人的狠角色！我們不能因爲有更狠的腳色出現就夾著尾巴逃跑！」

「他還年輕。」遠方一條陰暗巷道中傳出一個聲音。「什麼也不懂。拜託饒他一命。不然他媽會找我算帳的。」

年輕守衛伸手拔槍，不過死亡男孩已經撲上前去。身為一名死人，他的身體不受正常人類反應時間限制。只見他以迅雷不及掩耳的速度向前急衝，瞬間拉近了兩者之間的距離。對方也不簡單，在很短的時間內開了兩槍，不過兩槍都被死亡男孩閃過。他撞上年輕的守衛，奪下對方手中的槍，然後對準他的臉一頭撞下。接著他把玩了一會兒奪來的手槍，看了看倒地不起的守衛，然後將槍丟在一旁。

「我想應該沒有人要阻止我們了？」我對著四周大聲問道。

「就算有也不是我們。」暗巷中的聲音說道。「你們想做什麼就做什麼，先生。」

「謝謝。」我說。「我們不會客氣的。」

我拉著死亡男孩繼續向街尾走去。一路上完全看不到任何人的蹤跡，不過我很肯定還是有人在暗地裡監視我們。我開啟天賦，張開心眼，找出朱利安·阿德文特的正確位置。我小心限制我的目光，專注尋找我的目標，因為我真的不想看見行走在腐爛街這種地方的隱形生命。另外我也很擔心使用天賦的頻率過高的問題。我的敵人隨時都在注意我的行蹤，隨時準備派出痛苦使者追殺我。我很快就找到朱利安的下落，他正躲在前方不遠的一座公寓中的某個隱密角落裡，監視著一間名叫「丁格力谷」的公司。我收回天賦，招回所有心靈屏障和安全機制，然後將我的發現告訴死亡男孩。

「有時候你實在很可怕，知道嗎，約翰？」他道。「我是指你看穿事物的方式。不管怎樣，我不會太擔心你那些敵人。有莉莉絲跟那一堆神靈的法力在干擾心靈傳遞，他們多半沒有辦法探出你的位置。」

我們一聲不出地走了一會兒。「干擾心靈傳遞？」我終於開口道。「那是什麼意思？」

「我也不知道。」死亡男孩道。「不過你必須承認，這說法聽起來很酷。別管那個了，丁格力谷……聽起來有夠做作，八成是製作蕾絲飾巾或是什麼的……」

我們停在該棟大樓之前，花點時間瀏覽一遍門鈴旁邊的公司卡。這些卡片看起來都是臨時貼上的，顯然裡面的公司經常會更換名字。目前這棟三層樓高的辦公建築裡，有「阿福鈕釦店」、「火柴女孩」、「史納芙莉小姐的時尚屋」、「伯勞鞋店」、「塡充魚公司」，以及「丁格力谷」這幾間公司。

「頂樓。」死亡男孩語氣厭煩地道。「爲什麼要找的地方總是在頂樓？我們要怎樣在不被其他公司發現的情況下到達頂樓？」

「首先，頂樓也不過三樓而已。」我道。「顯然是因爲如果再加蓋一層的話這整棟建築就會直接塌掉的關係。其次，儘管這種鬼地方應該不會有防火梯，但是我肯定後面一定有祕窖出口，以免債主突然找上門來。所以，我們先繞到後面去吧。」

我們穿越一條狹窄的巷子，一面小心不要被裡面的垃圾跟排泄物的味道臭死，一面還要小心不要踩到在地上睡覺的傢伙。我不必施展天賦就找出後門的正確位置，因爲後門就在我認爲它該在的地方。（我本身也曾經歷過一段躲避債主的日子。）死亡男孩稍微檢查一下後門上架設的魔法警報跟陷阱，這個動作沒花多少時間，因爲他只要看著那些裝置，裝置馬上就會失去作用。

「我半死不活的身體狀態足以迷惑所有警報系統。」他開心地說道。

「我也很迷惑。」我同意道。

死亡男孩提腳就要踹門，不過被我拉開。門上依然可能存有我們沒發現的機械式警報器，而我一來不希望吸引不必要的注意，二來也不想讓朱利安·阿德文特的監視行動曝光。於是我短暫地開啓天賦，找出位於門鎖上方的特定一點，然後以手肘對準那點狠狠擊下。鎖頭應聲而開，門也跟著開啓。死亡男孩偏過頭去，不想看我臉上沾沾自喜的表情。我們進入廉價公寓，然後輕輕地帶上後門。

裡面幾乎沒有任何光線，並且充滿貧窮、苦難以及馬桶堵塞的臭味。這棟建築的預算多半全都花在結構之上，所以內部到處充滿了火災陷阱。我們躡手躡腳地走過昏暗的走廊，隨時注意有沒有被人發現，但是整棟建築安靜得有如墳墓一般。樓梯十分狹窄，不容兩人並肩而行，於是我請死亡男孩先走，因爲他承受傷害的能力比我高太多了。一路上到處都是魔法警報和陷阱，不過全都在死亡男孩的面前化作輕煙消散。經過二樓的時候，一張恐怖的大臉突然從塑膠牆的裂縫中凝聚成型，看了我們一眼，叫道「喔，慘了。」然後自行消失。

接下來的樓梯變寬，足夠我們兩個並肩行走。正當我以爲可以放鬆的時候，死亡男孩腳下的台階突然向下一沉，緊接著發出一下輕微的喀啦聲響。我反應迅速，立刻撲倒。只見一根金屬長矛自牆上隱藏的洞裡射出，越過我的頭頂，刺穿死亡男孩的左手。他看著自己的手臂，深深嘆了口氣，然後小心地拔出長矛。我從地上爬起身來，和他一起研究那根長矛。

「爲什麼其他陷阱沒用，這個卻有用？」

「這個完全是機械式的。」我說。「反正你又沒有受傷。」

「沒受傷？這件可是我最好的外套耶！看看袖子上這兩個洞，補起來可不便宜。我的衣服都是交給希臘街上的一個年輕人補的——你想像不到我補衣服的需求有多大——但是衣服只要補過就不一樣了。雖然他聲稱是用隱形補衣法補的，但是我一眼就可以看穿那些補過的痕跡……」

「你可以小聲一點嗎？」我連忙小聲地道。「我們是偷溜進來的，記得嗎？」

他不屑地哼了幾聲，然後繼續和我沿著年久失修的樓梯向上走去，進入頂樓陰暗的走道。這裡每一個房間都分租給不同的業者。我們看到許多衣衫破爛的人們在糟糕的環境裡爲了微薄的薪資無聲地工作。也有些家庭全家人擠在一張木桌旁，沒有任何活動空間，房中的窗戶也封死了。父親、母親、子女，全都在陰暗的燈光下努力工作，賺取完全不合理的微薄報酬。沒有人發出任何聲響，他們全都專心一意地低頭工作。我們沒有看見任何工頭，不過這不表示沒有人在監工。麻煩人物在血汗工廠裡是無法存活太久的。

我從來不曾見過如此悲慘的景象。血淋淋的資本主義剝削勞工的寫照。知道世界上依然存在這種事情是一回事，但是當眞看在眼裡又是另外一回事。我心中燃起一把怒火，只想出手拆了這個鬼地方……只可惜血汗工廠的勞工不會爲此感激我的，他們需要這個工作，需要微薄的薪資，也需要工廠提供的保護，不管他們在躲避什麼……再說，我也不能搞砸朱利安·阿德文特的監視行動。我不能惹火他。因爲我需要朱利安的幫助。

死亡男孩十分討厭偷偷摸摸，因爲不符合他的風格。「我要到什麼時候才能扁人？」他不停這麼問。

「你會有機會的。」我說。「老天，你眞像是個大孩子，接下來你就會開始問『我到了沒』了。」

最後我們來到一扇緊閉的門前，門上貼了一張卡片，其上寫著「丁格力谷」。我握住門把，輕輕一轉，發現門是鎖上的。死亡男孩抬腳要踢，我立刻將他拉開，堅決地搖了搖頭。我側頭貼在門上，傾聽門後的動靜，但是什麼也沒聽到。我站直身體，看看四周，發現走廊底端有一座向上攀升的旋轉梯。我領頭爬上樓梯，死亡男孩則像條不耐煩的大狗一樣一路頂撞我的背部，最後我們來到一條可以俯視丁格力谷內部的廢棄迴廊。而在迴廊的另外一邊，我們看見了穿越時空來到現代的維多利亞冒險家，朱利安·阿德文特。

他身上披了一件老式披風，漆黑的質料使他能夠完美地融入迴廊的陰影之中。死亡男孩和我躡手躡腳地往他走去，不過他還是聽見了我們的聲音。他突然轉身，擺出打鬥架勢，不過在認出我們之後就鬆了一口氣，比了個手勢要我們趴在他身旁。他身材高大，肌肉發達，眼珠與髮色都是墨黑色的，長相比所有電影明星還要英俊，唯一會被扣分的部分就是他嚴肅的個性跟難看的笑容。

朱利安·阿德文特是個英雄，貨真價實的英雄，任何人一看就知道他是英雄。我們曾經合作過幾次。有時候他認同我的作風，有時候則否。我們之間始終處於一個十分奇特的關係。

「你們兩個來這裡做什麼?」他輕聲細語地問道。「我花了很大的精神才能在不被發現的情況下來到這裡,然後你們兩個小丑就……你們怎麼確定自己沒有觸發這裡的警報?」

「因爲所有警報在我眼中都無所遁形。」死亡男孩道。「沒多少東西能夠逃過死人的法眼。」

我盯著他袖子上的兩個洞,不屑地道:「別把自己捧上天了。」

朱利安無奈地搖了搖頭,接著一面監視丁格力谷,一面告訴我們事情的始末。他的聲音小到我必須拉長耳朵才聽得見。

原來丁格力谷是專門製作魔法物品的血汗工廠。許願戒指、隱形斗篷、會說話的鏡子、魔法神劍之類常見的魔法物品。我一直都很好奇這些東西是打哪來的……底下一張大擱板桌周圍站著十幾個渾身發抖的小傢伙,看起來像是營養不足的小孩,不過眼睛很大,耳朵也比較尖。他們是年紀不超過兩歲的妖精,形容憔悴,翅膀乾扁,飢寒交迫,身上佈滿被虐待的痕跡。他們拿起擺在桌上的日常生活用品,以專注的目光在其上灌注魔力,直到修長的臉上流滿汗水爲止。他們將自己本身的法力轉嫁到物品之上,以純粹的意志力製作魔法物品。每灌注一次法力,他們的生命光輝就更加衰減,死亡也就離他們越來越近。

每個小妖精腳上都有沉重的鐵鍊,鍊子的另一端固定在地板上的鐵環上。

根據朱利安的說法，這些妖精是來自另外一個空間的難民，爲了躲避一支惡魔部落的侵襲而逃到我們的世界裡。他們迫切地需要藏身之地，深怕被任何人發現。細看之下，我發現他們全身佈滿許多舊傷，以及新的瘀青和割痕。他們身上套著破舊的麻布袋，背上劃開一個大洞，露出皺皺的翅膀。偶爾我還可以在他們的臉上看見短暫的光輝，看見他們曾經擁有過的野性與美貌。

就在這個時候，一名小妖精耗盡了體內所有魔力，登時自我們的眼前消失。他的衣物緩緩落下，空虛的腳鍊也在地上發出沉悶的撞擊聲。我不記得自己上次感到如此憤怒是什麼時候的事了，怒火在我體內燃燒，緊勒住我的內臟，令我幾乎窒息。

「這簡直是變態！」我勃然大怒，瞪著朱利安．阿德文特道：「你怎麼還能坐在這裡看？爲什麼還不出手解救他們？」

「因爲我還在考慮該怎麼對付那個玩意。」朱利安道。「他們的監工，畢德。」

死亡男孩和我順著他的手指看去，發現一條巨大的形體此刻正從廚房裡走出來。對方起碼八呎高，腦袋頂著天花板，肩膀的寬度以及肌肉發達的程度都超過人類應有的極限。他是人造的產品，由人類肢體拼湊而成，身上唯一的衣物就是許多皮帶，可能是用來固定肢體，也可能是用來提供些許安全感。他一手拿著一只超大的麻布袋，另外一手則捧著一隻烤雞。

他咬了一大口雞胸肉，然後滿臉笑意地在小妖精們面前揮舞油膩膩的烤雞。

兩名野孩子一邊一個站在他身邊，赤身裸體，身上染滿骯髒的污垢和乾掉的血液。一個男孩，一個女孩，兩個都只有十歲左右，但是他們的身材欺負小妖精依然綽綽有餘。

「有夠壯的監工。」死亡男孩道。

「安靜。」朱利安道。「我應該打得過他，但是爲了小妖精的安全著想，我不想做沒把握的事。」

監工走到桌前，所有妖精神情立刻緊張起來，有些甚至無聲地哭了出來。

「現在，耶誕老人的小幫手們有沒有乖乖地製作小禮物呢？」監工大聲吼道。「呵——呵——呵！看來又逃走了一個……不過不必擔心，可愛的孩子們，我們有的是可以取代舊人的新血呀。」

他抓起堆在桌上的魔法物品，隨意塞入麻布袋裡。一名小妖精不小心哭得大聲了點，監工立刻轉過身去。

「你！哭哭啼啼的幹什麼，畏苦怕難的傢伙？」

「拜託你，先生。」小妖精輕聲說道。「我很渴，先生。」

監工在小妖精腦後隨手一拍，小妖精整張臉當場撞到桌上。

「所有人都做到一定數量才有水喝！輪班結束之後才有飯吃！你知道規矩的。」他說到一半突然打住，將一把綻放魔光的匕首拿到眼前細看，接著不屑地哼了一聲，徒手將匕首折成兩半，然後拋開光芒不再的匕首碎片。「廢物！爛東西！都是因爲有人不肯專心才會做出這種玩意兒！別以爲你們可以唬弄我！皮給我繃緊一點，有誰再敢犯錯，我就把他抓去餵寵物！」

野孩子又叫又跳，不斷逗弄著旁邊的小妖精，嚇得他們屁滾尿流。野小孩無聲地嘲笑他們，看起來就跟兩條狗沒什麼兩樣。

「夠了。」朱利安·阿德文特以一種冷靜而又危險的語調說道。「我已經看夠了。」

他身形飄逸地跳下迴廊，背上的披風隨風擴展，有如一雙復仇天使的羽翼，輕輕落在吃驚的監工面前，嚇得對方向後跳開。兩名野孩子一面大叫一面撤退。死亡男孩跟著跳下，重重落在地上，壓碎腳下的地板，一派輕鬆地對著監工微笑。監工拋開手中的布袋跟烤雞，兩隻手掌緊緊握拳。由於我有自知之明，所以沒跟他們一起跳，只是一步一步慢慢地自迴廊上爬下。朱利安·阿德文特逼近滿臉怒容的監工，他的聲音及雙眼中散發出熊熊怒火，逼得這頭巨大的人造怪物不停後退。

「我以爲血汗工廠這種東西早在維多利亞年代就已經被我消滅殆盡。在現代社會裡看見如此殘忍的行爲對人類整體而言簡直是一大侮辱。爲了利益殘害無辜，殘害如此無助的小生命，實在不可饒恕！這一切就在這裡劃下句點！」

監工站穩腳步，不再後退，滿臉不屑地瞪向朱利安，眼中流露出狡獪殘酷的神情。「我認得你，老頑固。你是自命不凡的編輯，悲天憫人的爛好人，風度翩翩的冒險家，活躍於頂級社交圈的男人。如果我把這間血汗工廠和其他類似工廠的老闆的名字告訴你，我敢說你一定認識他們。搞不好他們還是你所屬的上流社會俱樂部的優良會員呢。他們了解夜城的眞實面，深知一切的根本還是奠基在權力跟金錢上，只要不被抓到就可以爲所欲爲。」

「總有一天我會把他們統統繩之以法。」朱利安道。

「但是此刻你身在此地。」監工說道。「這裡是我的地盤，不是你放肆的地方。在這裡，沒有人會去在乎什麼紳士風度。我有權力可以不擇手段地對付所有入侵者，所以……就讓你見識見識我的能耐吧……」

他唸出一句咒語，兩名野孩子立刻開始變形。皮膚上長出濃密的毛髮，骨骼發出陣陣爆裂聲，身體不斷拉長，口鼻向外突起，尖牙自嘴角浮現，轉眼之間已從兩個小孩變成了兩匹野狼。監工放聲狂笑，驅趕寵物向前撲來。小妖精們發出無助的慘叫，死命地拉扯腳鍊，試圖逃過野狼的魔爪。兩頭野狼氣燄囂張地向前逼近，死亡男孩自小牛皮靴中拔出兩把銀匕首，毫不畏懼地迎向前去。

「不！」我立刻叫道。「不要殺他們。我認爲他們和妖精一樣都是受害者。」

死亡男孩看了看朱利安，接著聳聳肩，再度退回原位，不過兩把銀匕首依然握在手中。我擋在兩頭野狼之前，暗自希望自己的判斷沒錯。他們的變形是由監工的咒語所引發，這表示兩個野孩子並非天生的狼人，而是被強迫變形的。我開啓天賦，找出控制變形的法術，輕輕鬆鬆地將之解除，兩匹野狼當即變回原形，再度成爲一男一女兩個孩子。他們感受到自己身獲自由，也很清楚是誰解放了他們。他們對我一擁而上，在我的腳邊不停磨蹭，強烈地表達出感激之意。監工大聲下令，反覆念誦咒語，不過他們只是轉過身去對他怒目而視。我拍了拍他們雜亂的頭髮，試圖安撫他們的情緒，最後終於令他們冷靜下來。

這時死亡男孩、朱利安．阿德文特和我同時將注意力集中到監工的身上。他看了唯一的出口一眼，知道自己不可能及時逃出，於是伸展全身肌肉，試圖以身材和力量來唬人。他伸出比我們腦袋還要大的拳頭，嘴角露出輕蔑的微笑。

「這改變不了什麼！你們根本打不過我，就算一起上也一樣。我會吃光你們的血肉，吸乾你們的骨髓，然後將你們的頭顱插在門外，讓所有人知道惹火監工是什麼下場。別以爲你們的魔法會有用處，我的身體可以抵禦所有魔法攻擊。」

「幸好我不是魔法的產物。」死亡男孩道。「我只是死了而已。」他揮舞手中的匕首，朝監工撲上。監工轉身拔腿就跑，只可惜還沒跑出兩步就已經被死亡男孩追到，兩把匕首分別插入他兩邊腎臟之中。監工慘叫一聲，摔倒在地，接著死亡男孩將他身上拼湊的肉塊一塊塊切下，沒多久就將他給碎屍萬段。監工掙扎尖叫了很長一段時間，我和朱利安默默旁觀著，兩名野孩子雀躍不已，小妖精們則是開開心心地鼓掌叫好。

死亡男孩刀法純熟，比起專業屠夫不遑多讓，傾刻間監工就只剩下噁心的血水和扭動的肉塊。當一切終於結束，監工的眼珠子也不再轉動之後，朱利安自殘骸中揀起一條皮帶，取下套在上面的鑰匙圈，在我的幫助之下解開所有妖精腳上的鎖鏈。妖精們含著淚光不住道謝，聲音有如鳥兒的歌聲一般悅耳。由於腳鐐已在他們的腳踝上留下烙印的痕跡，所以儘管已經身獲自由，他們依然坐在板凳上，彼此相依偎尋求慰藉。其中一名妖精看著朱利安，神情猶豫地舉起小小的手掌。

「求求你，先生，我們都很餓。」

「沒問題！」死亡男孩愉快地說，接著抱起一堆屍塊和內臟走入廚房。「我會做超好喝的雜燴湯！」

朱利安看著我道：「他是認眞的嗎？」

「肯定是。」我說。「幸運的是，我吃飽了。」

爲了方便私下談話，我們向旁邊移動幾步。妖精與兩個野孩子一開始神情不定地看著對方，不過最後男孩緩緩前進，在最接近的妖精面前彎下腰去，伸長脖子，期待妖精來拍他的頭。過了一會兒，妖精伸出小手輕輕地摸了摸男孩蓬鬆的亂髮。男孩像隻小狗一樣咧齒而笑，女孩也跟著來到他的身旁。我暗自鬆了一口氣，然後轉頭面對朱利安。

「我們要怎麼處理他們？」我小聲問道。「我們解救了他們，很好。但是他們依然得想辦法生存。他們不能回到自己的世界，也沒有其他地方可去。如果待在夜城，他們很快就會被生呑活剝的。」

「這個嘛……」朱利安邊想邊道。「他們本來的工作做得不錯，何不直接把生意接過來做？總得要有人生產魔法物品的……他們可以靠此維生。我肯定這兩個野孩子可以勝任保鏢工作。我可以先出資幫他們維持一開始的開銷，然後再找個人代表他們出面交易，這樣就不會有人知道他們的存在了。」

「你眞好心。」我衷心地說道。「但是這棟大樓裡其他的血汗工廠呢？其他爲了微薄薪資而慘遭奴役的人們呢？夜城中這種大樓多到數不清呀。」

朱利安平靜地看著我道：「我知道，跟這裡一樣慘的地方多得是，只是在夜城裡，人們學到的第一件事就是我們沒有能力解救每個人。我們只能……盡己所能地幫助能幫的人，學著不要對自己太過苛求。」

「這座工廠本來的老闆怎麼辦？」我問。「他們不會找上門來嗎？」

「等我在《夜城時報》上批露這件事之後就不會了。」朱利安道。「我會更改一些細節，保護妖精的權益，不過該報導絕對會引起廣泛討論。到時候對方必定不敢承認自己是這間工廠的老闆。我可以引用你跟死亡男孩的名字嗎？」

「我無所謂。」死亡男孩語調輕快地說道。廚房裡傳來一股烹煮食物的味道，香味四溢。

「如果你認爲有幫助的話。」我道。

朱利安．阿德文特考慮了一會兒，說道：「或許我不該提到你，約翰。」

「我了解。」我說。「很多人對我都有這種感覺。」

「你來找我做什麼？」朱利安問。

「啊！」我道。「你多半不會喜歡的，朱利安，但是……」

chapter 6 守護天使

rper than a Serpent's Tooth Sharper than a Serpent's Tooth Sharper than a Serpent's Tooth Sharper than a Serpent's Tooth Sharper than

當你打算去做一件非常危險，或是非常愚蠢，或是既危險又愚蠢的事情的時候，基本上找人一起去做就對了。這樣至少在出事的時候可以推人出來擋。於是我趁著小妖精們開心地圍著大鍋喝湯，野男孩跟女孩也在一旁吞噬肉塊、吸食骨髓的時候，將朱利安・阿德文特拉到一旁小聲商談。

「我需要跟你還有死亡男孩找個安靜的地方談談。」

「要談我不會喜歡的那個計畫嗎？」

「一猜就中。」

「我知道一個好地方。」

原來之前朱利安來這裡探路的時候曾經發現監工居住的私人房間。他帶著死亡男孩和我爬回迴廊之上，打開位於末端的密門，進入一間閣樓密室。這是一間簡樸的木造房間，不過內部的空間比外表看來要大多了。由於夜城裡的生活空間有限，所以這種擴張空間的法術十分常見。監工的起居室裡掛滿五顏六色的布簾和枕頭，角落擺了好幾只插著鮮花的大花瓶，牆上掛了一張安迪・沃荷[註]的複製品，地上有許多大眼貓咪的陶瓷娃娃。

註：安迪・沃荷（Andy Warhol），普普藝術的代表人物。

死亡男孩一進門立刻走到房間內側的酒櫃之前，開了幾瓶酒淺嘗味道，最後拿出一瓶倒出來會冒很多泡泡的藍色怪酒。基本上，就算叫我拿那種酒來清洗梳子我都不幹。死亡男孩就著酒瓶喝了一大口，身體輕輕一抖，然後開懷大笑。

「要讓死人有感覺並不容易。」他愉快地說。「但是這玩意喝起來比濃度百分之一百二的防腐劑還要刺激。」

我從他手中搶走酒瓶，放到一旁。「相信我。」我道。「你不會想喝得醉醺醺地去執行我的計畫的。」

「我已經討厭起這個計畫了。」死亡男孩道。

我們靠著繡花枕頭舒舒服服地坐下，然後我慢慢向他們解釋我的計畫。首先我對他們描述曾經在時間裂縫中看見的那個未來，那個充滿斷垣殘壁、恐怖寧靜，唯一存活的生物只剩一群突變昆蟲的未來。人類死絕、世界毀滅，一個因爲我所犯下的錯誤而導致的未來。朱利安和死亡男孩專心地聽著，沉浸在該未來的細節之中。他們都聽說過這個的謠言，大部分夜城的居民都聽說過，但是我從來沒有對任何人透露整件事情的始末。即使到了現在，我還是沒有全盤托出。他們不需要知道我在那個時空裡找到了世界上最後的人類，剃刀艾迪。他們不需要知道我用他自己的剃刀結束了他的性命，了結他的苦難。

當然，當我說完之後，他們免不了要和我爭論一番。他們都經歷過無數風浪，深信世界上不會只有一個無可避免的未來。命運跟天數從來都不是註定的。

「世界上有數不清的時間軸與可能的未來。」朱利安滿懷自信地說道。「沒有任何未來是絕對的。」

「沒錯。」死亡男孩道。「像我的車顯然就不是來自你描述的那個未來。」

「以前或許沒錯。」我道。「但是我們的未來，也就是我們所處的時間軸即將走入的未來，已經越來越傾向那唯一的未來了。我曾……看過一些事情，一些徵兆及異象，不管我如何努力都無法避免它們成眞。根據時間老父的說法，我們的時間軸可能通往的未來正在逐漸減少，最後終將剩下一個無可避免的未來。」

「因爲你母親的關係。」朱利安道。

「沒錯。」我說。「因爲莉莉絲的關係。她的力量太過強大，足以顚覆一切，重新訂下現實之中的所有法則。」

我讓他們考慮了一會兒，接著又繼續勸說。他們必須了解我的想法，不然絕對不會答應幫我。

「最近發生的事件讓我越來越相信……」我緩緩說道。「我和莉莉絲之間的戰爭將會導致夜城的毀滅，我們將會爲了爭奪夜城而撕裂整個世界。我認爲在沒有取得更多的資訊之前，我絕對不能輕易開啓戰端。而唯一能夠提供更多資訊的人……就是我的敵人，那群打從我有記憶以來就不斷派人追殺我的敵人。」

朱利安立刻向我湊來：「你終於查出他們的身分了？」

「是的。」我說。「他們就是末日未來裡僅存的強者，身處於戰爭末期，比我透過時間縫隙進入的未來還早一點的時間裡。他們是最後的英雄跟壞蛋，絕望地派出殺手前往過去，想要在我做出……無法挽回的事情之前將我殺害。」

朱利安與死亡男孩臉上同時露出震驚的神情。

「究竟是誰？」

「熟悉的名字、熟悉的面孔。」我道。「都是你們認識的人。」

（我沒有告訴朱利安．阿德文特說他將來也會成爲我的敵人中的一員；也沒有提到他會爲了殺我而死，以及他的屍體將會被製作成回到現代來追殺我的恐怖怪物。他不需要知道這些。）

「你之前爲什麼不告訴我？」朱利安終於問道。

「因爲你會將之公諸於世。」我說。「這是你的工作。但是我還沒準備好去相信……所有人。」

「我越聽越覺得事情棘手。」死亡男孩道。「你要怎麼……去跟你的敵人談？」

「藉由時光旅行進入他們的未來。」我冷靜地道。「直接面對他們。他們是唯一知道我究竟做了什麼而導致那個未來的人。他們可以告訴我……什麼事情是絕對不能做的。」

我該怎麼做？殺死未來的剃刀艾迪之前，我曾如此問他。我該如何防止這一切？你自殺就好了。他道。

「但是……他們是你的敵人！」死亡男孩道。「他們一看到你就會格殺勿論的！」

「那我的話最好很有說服力。」我道。「並且要盡快把話說完。」

「要是他們依然執意殺你呢？」

「這樣的話，問題說不定就解決了。」我說。「不過相信我，我不是去自殺的。我打算活著回來，帶回足以對付莉莉絲的方法，拯救世界免於滅亡的危機。」

「身爲死人還是有好處。」死亡男孩道。「否則我現在一定擔心得要命了。」

「時光旅行需要極大的能量。」朱利安眉頭緊蹙。「沒多少人辦得到，願意幫你穿梭時空的更少，約翰。我想我可以替你跟時間老父談談，幫你說些好話。」

「喔，我想他對我的印象還不差。」我說。「他已經幫我安排了一段前往過去的時光之旅，不過由於結果不是很好，所以我想短期內他不會再幫我了。」朱利安目光一轉，嗅出一則新聞的氣息。我立刻搖頭道：「相信我，朱利安，你不會想知道的。」

「好了。」死亡男孩道。「如果不找時間老父，還有誰能找？」

「我一直在想這個問題。」我說。「傳聞收藏家收藏了一系列時光機器；但是他還在為了很多不同的理由看我不爽。」

死亡男孩大哼一聲。「收藏家看誰都不爽；不過也沒人看他爽的。就算他的心臟著火了，我也不會撒尿給他喝。」

「還有年代大師。」我大聲道。「不過他會吞噬你的記憶，雖然都是一些無關緊要的部分。只不過他最近變得非常勢利，沒有大筆鈔票請不動他的。當然還可以找旅行醫生，但是通常需要他的時候都找不到他。」

「我就只能想到這些了。」朱利安道。「還有誰？」

「這就是比較危險的部分了。」我小心翼翼地道。「我想天堂裡有人還欠我一份人情，所以……我打算召喚一名天使下凡。」

我想我這一輩子都沒見過這麼吃驚的兩張臉。死亡男孩的眼睛真的從眼眶裡跳了出來，而朱利安的臉色也在瞬間變得和死亡男孩一樣蒼白。他們同時張口欲言，但是一時卻也想不到什麼可說。

「其實召喚天使跟召喚惡魔也沒什麼不同。」我連忙說道，盡可能地讓聲音充滿信心。「基本的原則不變，只是完全相反而已。這就是我需要兩位幫忙的原因。死亡男孩幫我傳送訊息到亡者境界；朱利安幫忙聯絡神聖法庭。你具有獨一無二的特質，死亡男孩，同時擁有死亡與生命的氣息讓你能夠穿越許多擾人的屏障。朱利安，你發明了一種可以分離體內善惡元素的藥水，然後投身純善的懷抱，變成維護正義的英雄，一道極度純潔的靈魂。至少，夜城裡面再也沒有人的靈魂比你純潔了。你靈魂中的純潔特質將會把我的訊息送到該去的地方。理論上是沒有問題的。」

「就這樣？」死亡男孩過了好一會兒終於開口說道。「這就是你偉大的計畫？你想得沒錯，我不喜歡這個計畫。事實上，我討厭它。你是不是瘋了，約翰？這個計畫有太多漏洞了。你跟朱利安可能會死，我也可能……這個嘛，我也不知道我可能會落到什麼下場，但是我敢說絕對非常悽慘！我反對這麼做……聽著，這又不是敲敲天堂之門就可以要求聖彼得放個天使出來跟你談的！我們全都會被天使變成鹽柱，我知道……」

「這是第一次我完全同意死亡男孩的看法。」朱利安目光嚴厲地瞪著我。「如果我們召喚天使的話，請注意我有強調『如果』，如果我們召喚天使，來的肯定就是貨眞價實的天使，具有完全實力的上帝信差，而不是以受限的型態現身夜城的弱化天使。你應該還記得去年的天使戰爭裡，光是那些弱化的天使就已經造成了多大的損失、奪走了多少人命。重建的工作直到今天都還沒有結束。如果我們召喚眞正的天使下凡，誰能保證對方不會一時興起就將我們全部殺光？」

「首先……」我道。「召喚來的天使會被限制在一個保護結界裡，就和召喚惡魔一樣。其次，有你跟死亡男孩在，保護魔法的力量將會大幅增強。這就是爲什麼我一定要找到你們才敢嘗試的原因。沒錯，這樣做當然還是……有出差錯的可能。召喚靈體就跟釣魚一樣，你永遠無法保證上鉤的是小蝦米還是大白鯊。我上次召喚天使的時候……」

「等等。」朱利安道。「你之前就這麼幹過？」

「一次，當時我很年輕。」我爲自己辯護道。「十分渴望了解我母親的眞實身分。我以爲天使應該知道……」

「結果呢？」死亡男孩問。

「這個嘛……」我說。「你知道璀璨飯店遺址上的那個隕石坑？」

「那是你幹的？」朱利安問。「那個坑到現在還有輻射污染！」

「我眞的不想提那件事。」我語氣嚴肅地道。

「把我的酒瓶還來。」死亡男孩說。「我絕不可能在清醒的時候幹這種事的。」

「我還不確定該不該這麼幹。」朱利安說。「事實上，我還在期待這一切只是作夢而已。」

「老天，你們真是兩個懦夫！不會有事的啦。」我湊上前去，盡可能充滿自信地道。「這一次我要召喚一名特定的天使，加上你們兩個的幫忙，結果絕對不會跟上次一樣的。」

「別擔心。」死亡男孩對朱利安道。「死後的生活並沒有想像中那麼糟，有時候甚至還挺平靜的。」

朱利安幫我推開枕頭跟毛毯，在地板上清出了一塊空地；死亡男孩則跑到樓下去提了一桶監工的鮮血上來。他不太情願地交出血桶，嘴裡碎碎念著什麼本來留下這些血是要拿去做血布丁之類的話。我沒去理他，轉而要求朱利安劃破手指，在血桶裡滴下幾滴他的鮮血，藉以淨化監工污穢的血液。（由於他的身體裡依然殘留當年分離善惡的藥水成分，所以具有淨化污血的功效。）接著我提起血桶在地板上畫出一個很大的血圈，並在圈外塗上所有我認得的保護符號。這道程序花了很長的一段時間，而且幾乎將桶裡所有的血都用乾了。

「這裡面有不少連我都不認得的咒語。」朱利安道。

「算你幸運。」死亡男孩道。我同意他的說法。

最後一切終於準備完畢。我所設下的魔法結界威力十分強大，不過味道頗不好聞。我們三人手牽著手圍成一圈，坐在魔法結界中的第二層小魔法圈裡，然後就靜靜地等待著。沒有念咒，沒有焚香，沒有祭品，沒有舉手揮舞。說到底，大部分魔法最重要的關鍵還是在於施術者的意志。我忙了半天所畫的符號不過是在標明召喚法術的位置，外加一些吸引對方注意的東西，與防止對方二話不說就把我們全部殺光的安全措施。你絕對無法想像這年頭有多少惡魔在過濾電話。如今一切都落在我、朱利安·阿德文特，以及死亡男孩的身上了。我們的意志與決心將會是拯救夜城的關鍵。

「來了。」過了一會兒，死亡男孩開口。「我感覺到能量在四周凝聚。我可以看見……我見到一條光明大道，許多層面不同的現實有如花瓣一般在面前開啓，越來越多，越來越多……我看見人類目光所及距離之外的景象……而我很不喜歡眼前所見的東西。那景象令我害怕，實在太巨大……」

「別再看了。」我立刻說道。「關閉你的視野，強化心靈屏障。繼續專心召喚。」

「我也感受到了。」朱利安說。

「不要感受。」我道。

這時死亡男孩跟朱利安都緊緊閉上雙眼，臉上流滿汗珠，只有我的眼睛依然是張開的。

我們之中起碼要有一個人張開眼睛，而我早已習慣這些平常看不見的景象了。不過我的心靈防禦依然高張，因為世界上還是有些凡人絕對無法承受的景象，比方說屬於純善的光輝境界就絕非凡間肉眼所能直視。如今我們三人都可以明顯感應到有某種實體自無法分辨的方向逼近，沒弄錯的話，應該是來自天上的產物。對方不但力量強大，形體更是大得無以復加，必須將自己的存在限制在一定的範疇裡才能以不超過人類心靈所能接受的形象出現在我們面前。

外圈的結界中爆發出強烈的光芒，令我們三人同時大叫一聲，偏過頭去。在這陣無法逼視的光芒照耀之下，一名天使的形體逐漸浮現。我們只能透過泛著淚光的眼角隱約看見對方的身影。他是由純粹的光芒與能量所組成的人類形象，背上展開一雙巨大的翅膀。光是待在對方的身邊就讓我感覺到自己的渺小與無用，單純與原始，有如「蒙娜麗莎的微笑」旁邊的粉筆塗鴉一般可笑。天使凝視著我們，將我們全部籠罩在目光之下，感覺像是只有些微同情與憐憫的最後審判。

「嗨。」我強迫自己說道。「很高興妳能夠順道來訪。是妳嗎，美麗毒藥？」

「我已經不再使用那個名字了。」一個有如雷鳴的聲音在我腦中說道。天使的聲音盈滿我們的內心，令我們全都忍不住大聲呻吟。「我已經找回本來的名字。就某種程度而言，這一切都要謝謝你，約翰·泰勒。我知道你想幹嘛。基於工作需要，我們無所不知。是的，我會幫你，不過下不爲例。因爲我和我的愛人都還欠你一份情。但是要知道，約翰·泰勒，儘管我有能力將你送入未來，該如何從未來回歸現代就是你自己的問題了。」

「你能幫助我們對抗莉莉絲和她的大軍嗎？」朱利安·阿德文特問道。他竟然有辦法直視天使數秒之久，或許他的靈魂當眞非常純潔也未可知。「妳一定知道她的所作所爲和接下來的計畫。」

「是的，我們知道。但是天堂跟地獄都不能直接干預夜城的事務。截至目前爲止，雙方都有低等的人物曾經自願出手干預，不過全都已經遭遇毀滅的命運。在莉莉絲的精心設計之下，任何踏入夜城的靈界信使都會失去大部分的力量。所以決定一切重要事務的神聖法庭才會下令任何天堂與地獄的居民都不得干涉夜城的未來。想要逃過此劫，夜城就必須自救。約翰·泰勒，我必須扭曲自然界的法則才能幫助你，而我絕對不會幫你第二次的。祝你好運，不要再打這個號碼了。」

我聽得懂她的言下之意。她是在暗示我要趕在其他人召回她之前盡快把該辦的事情辦一辦。於是我立刻開啓天賦，將視野擴及到所有跟此時此地以及決定有關的時間軸。我只能看到立即可見的時間軸，但是即便如此，我眼前所見的景象還是多到令我幾近瘋狂。我侷限我的視野，瞄準我的敵人所在的那條時間軸。許多不久的將來不斷地在我身邊閃耀。我看見我的朋友們爲了對抗莉莉絲的大軍而死去。我看見不同的自己與不同的他們，一次又一次地與莉莉絲對抗，一次又一次地死傷殆盡。我看見我的朋友們加入莉莉絲的陣營，也看見我率領過去的敵人與她的軍團大戰，最後再度同歸於盡。我看見我自己臉上露出不曾見過的神情，和我母親一同坐在白骨堆積而成的小山丘上，志得意滿地看著滿地的怪物發出勝利的呼嘯。

其他版本的未來不斷自四面八方湧來，在我眼前浮現各式各樣不同的夜城風貌。我看見絕非人類所建的建築，綻放出不自然的光芒，照亮著沒有定向的街道，爲違反自然法則的生命帶來溫暖。我看見表層類似活體組織的洞穴建築，其外爬滿了巨大的昆蟲。我甚至看見了曾經在過去見過的一座活生生的食人森林，其內所有的樹木都是血肉構成，所有藤蔓都是一條條的內臟，文明的城市荒廢已久，整個世界都被有智慧的玫瑰統治。

我竭盡所能地專注視線，逼開所有不相關的未來，最後終於找到我的目的地：一個黑暗荒蕪的未來，我的敵人所處的未來。一旦鎖定了這個未來，天使立刻將我撕離現在，送入時間的洪流。世界在我周遭迅速變遷，歲月有如飛梭一般消逝。日復一日、月復一月、年復一年，一切的改變都被我拋在腦後。我看到夜城殞落，建築倒塌，有如沙堡在碎浪之下流失一般。我看見超大的月亮在夜空中爆炸，碎片化作恐怖的隕石雨墜落大地。我看到星星失去光輝，一顆接著一顆，一顆接著一顆……

聲音自四面八方湧來，低語、慘叫以及哀鳴不斷自時間之外浮現。我聽見詭異的身影同聲共語，發出非人的語言，但是我依然可以理解他們想要表達的意思。慢慢地，他們發現了我的存在，聲音中的意念也逐漸轉變爲引誘、警告，以及威脅。我想他們對我懷有恐懼。我拒絕聽取他們的言語，腦中只想盡快到達目的地。最後，時間終於停止前進，我也在瞬間闖入了之前來過的黑暗未來。這裡是夜城的末路，或許也是人類歷史的尾聲。

而這一切都是我的錯。

chapter 7 夜太黑

rper than a Serpent's Tooth Sharper than a Serpent's Tooth Sharper than a Serpent's Tooth Sharper than a Serpent's Tooth Sharper than

情況比我印象中還糟。夜晚有如毫無希望般黑暗，好似愛人拒絕般寒冷，彷彿空虛墳場般寂靜。觸目所及，到處都是建築物的殘骸，不是被壓扁就是被燒光，彷彿曾有一場強烈的風暴席捲夜城，弭平了其中所有一切般。只不過這並非一場無名的風暴。我抬頭看向夜空，月亮已經消失，星光也只剩下寥寥數點。世界末日，生靈末日，希望末日。一切都是因我而起。

寒風刺骨，有如冰火一般燃燒我的肺部，幾乎凍結了我的思緒。環顧四周，目光所及的範圍裡除了曾經高聳的建築殘骸之外，什麼也沒有。殘缺的磚塊，破碎的石版，燒焦的痕跡，空虛的窗框以及有如怪物的大嘴般的深邃門廊。街道上散落焦黑殘破的汽車空殼以及各式各樣的垃圾跟殘渣。陰影，到處都是陰影。我從來不曾見過如此黑暗的夜城，沒有耀眼的霓虹，沒有吵雜的塵囂。世界籠罩在一道暗紫色的光線之下，彷彿夜空本身佈滿瘀青一樣。

儘管如此，我依然可以感到自己並不孤獨。我聽見遠方傳來某種生物發出的聲響。對方體型巨大，大搖大擺地遊走在空曠的街道上。我雙手插入外套口袋，身體微屈抵抗寒意，然後往聲響處慢慢走去。我就是這樣的人。好奇心會殺死貓，但是滿足感可以使貓復活。我小心翼翼地穿越黑暗的街道，繞過滿地的垃圾，一路上不斷查看路過的車輛，但是卻沒有發現半具屍體。每一腳踏出去，腳下都會揚起厚厚的塵土，接著又沉回地面。這個年代連一陣微風都沒有，寒冷的空氣凝止不動，絲毫沒有任何生氣。隨著我越來越接近，遠方的聲響也越變越大聲，而且不只從一個方向傳來。我想起上次來時見過的那些巨大昆蟲，忍不住開始放慢腳步，壓低音量。最後我來到一個開放式的廣場空間，看見了聲音的源頭，然後立刻躲進附近最深沉的黑暗角落，大氣也不敢喘一下，安安靜靜地隱藏自己的行蹤。

對方步履蹣跚地走過廣場，步伐沉重，每一腳都在地上留下裂痕，身型巨大腫脹，彷彿由活生生的癌細胞所組成，身上佈滿紅紫相間的條紋，兩排浮腫的眼睛與嘴巴不斷地流出液體。他的長腳曾經或許是類似動物的骨骼，不過如今已經變得好似昆蟲的節肢。他搖搖擺擺地走在街上，接著突然停下腳步，回頭看向廣場的另外一邊。只見一隻型態模糊的高大怪物自廣場另一邊走來，全身散發著一股不自然的光芒，以極快的速度改變位置，對著路旁所有金屬物品噴灑出有如閃電般的奇特能量。兩隻怪物以恐怖的聲音彼此叫囂，彷彿兩頭宣告地盤的猛獸一般。

怪物的叫聲引來其他怪物。巷道中以及建築物的廢墟裡當即湧出一大堆絕不可能在有理性的正常世界裡出現的龐然大物。怪物們不斷地亂吼亂叫，以充滿利齒的大嘴彼此纏鬥。一頭長有太多利爪的大怪物小心謹慎地在一隻流著黏液的甲殼怪物周遭遊走，不停地凌空揮舞著鋸齒狀的利爪。另外還有一隻外表像是熟透了的水果，不過體型有如公車一般巨大的怪物緩緩穿越廣場，在身後的石版地上留下一條冒著蒸氣的酸液痕跡。

所有怪物的動作都十分迅速、飄忽、詭異。它們的吼叫聲十分難聽，人類的耳朵根本難以忍受。它們對著彼此以及空氣揮出利爪，或者像發情的雄鹿一般以頭對撞，看起來就像完全失去理智了一樣。任何人只要看上這些怪物一眼就可以知道它們已經全瘋了；它們的靈魂已經被外在環境摧毀，在末日中凋零。它們內心早已病入膏肓，充滿墮落與腐敗，逐漸邁向死亡的命運。

我知道它們是什麼怪物，它們過去的眞身。這些恐怖畸形的傢伙就是在大戰中殘存下來的莉莉絲後代，也就是她在諸神之街收入麾下的強大神靈的倖存者。他們都已經失去了過去的光輝與神力，喪失了所有理智，突變成如今這副德性。我慢慢地遠離廣場，遠離怪物，遠離我一手造成的世界。但是最後還是被其中一隻怪物發現了蹤跡。

一開始我還以爲對方只是高大的牆上投射出的一道深邃陰影，但是接著陰影突然自牆上浮出，跳入街道中央擋住我的去路。怪物的身體突然暴漲，瞬間變成一條由活生生的黑暗所組成的巨大黑色鼻涕蟲。它身上沒有反射任何光芒，看不出絲毫可辨認的細節，任何光線只要一到它身上瞬間有如射入無底洞裡一般消失殆盡。它沒有眼睛，但是卻看得到我。它知道我的存在，也痛恨我的存在。我可以感覺到它的仇恨，有如實質存在於空氣中的一股壓力。

那是一種毫無由來的恨意，感受不到良知，述說不出詭異。

我緩緩後退一步，對方立刻跟進一步。我當即停下腳步，它也隨之停步。這時在恨意之旁緩緩凝聚出另外一個實體，非常飢餓的實體。我轉身拔腿就跑，一路閃躲街上的巨大殘骸，而那頭怪物就在身後緊緊追趕。我狂奔起來，沒空去遮掩行蹤，也不在意奔往何處。我挑選了一條最狹窄的巷子，一頭衝了進去，但是對方毫不留情地撞倒兩旁的建築物，腳步不停地直追而來。物質界的一切在它眼前就跟紙紮的一樣，巨大的石塊不斷跌落在它黑暗的軀體之上，但卻沒有造成絲毫傷害。我衝出塵土飛揚的巷道繼續奔跑。我的速度比它快，動作也比它敏捷，但是對方視世俗的一切於無物，根本甩不開。最後，我終於被它逼上絕路。

我轉錯一個彎，跑進一條出口堆滿廢棄汽車的巷子。車子堆得太高，爬不過去，也沒有其他路可繞。我看見旁邊的牆上有扇門，二話不說抓起門把，只可惜門把一抓就從腐敗的木板上掉落。我舉起大腳使勁踢下，但是木門卻好似海綿一樣完全吸收了我的力道。我將腳自門中拔出，接著轉過身去，眼睜睜地看著巨大的黑色鼻涕蟲擋在身前。我身體微微前傾，一面大口喘氣，一面排出積聚在肺中的灰塵。我身上沒有任何道具可以對付這種怪物，把戲用盡，魔法無力，連最後的逃生之道都被阻隔。我開啓了天賦，希望能夠找出一條出路。然而黑色鼻涕蟲只是向前一跨，當即粉碎了我的注意力。

在如此接近的距離之下，我聞到一股強烈的海水臭氣，顯然對方是屬於海底深處的怪物，根本不應該出現於此。它在我的頭上搖晃，身形巨大得無以復加，接著全身停止蠕動，似乎在……打量我。它就在我觸手可及的距離，但是我寧願把手伸到一缸強酸裡也不願意觸摸對方的身體。接下來怪物黑暗的身體表面產生了一道反光，面對著我，緩緩浮現出一幅有如老舊照片或是古老記憶的畫面。那是我的形象。這頭怪物記得我。黑色的表面上出現陣陣漣漪，速度越來越急促，帶動整隻怪物向後退開，沿著原路回去，最後消失於夜色之中。

它認得我。而且它很怕我。

我坐在殘磚斷瓦之間，想辦法平復緊張的情緒。我的心臟跳得有如打樁機一般劇烈，兩手也不斷顫抖。就是在類似這種情況之下我才會希望自己會抽菸。終於恢復冷靜之後，我慢慢開始打量四周。我不知道自己身在何處，因爲這個年代裡所有的地標都已經消失，成爲散落滿地的垃圾跟廢墟。到處看起來都是同樣的景象。文明消失了，如今倫敦街道上只剩下怪物。我的身體突然開始顫抖，只因爲末日世界的氣溫十分寒冷。可惜我還有正事要辦，根本沒有時間休息。我再度站起身來，摩搓痲痺的雙手，然後開啓天賦。附近可看的東西不多，因爲隱藏在現實之下的隱形生物此刻都已經死絕。不過我一開始強化天賦，立刻就找出了敵人巢穴的所在位置。他們的生命之光有如風中殘燭一樣黯淡，然而在如此深沉的夜色之中依然好似燈塔般耀眼。我收回天賦，往敵人巢穴的方向前進。他們離這裡沒有多遠。

我盡量不去招惹那些怪物；或許他們也在盡量和我保持距離。不管怎樣，總之我一路順暢地來到敵人巢穴之前，完全沒有碰到麻煩。這裡和我印象中一模一樣，是一棟看起來跟附近其他廢棄建築沒什麼不同的獨棟公寓。窗戶的玻璃全碎，沒有透露出任何光線，但是我可以感覺到其中藏有光線跟生命，隔絕於外界怪物的感知之外。我緩緩接近，步步為營，微微開啓天賦找出屋外設下的防禦系統及魔法陷阱。大部分的防禦系統都是「別看這邊，這裡什麼都沒有，快點離開」的那種，不過出乎我意料之外的是，所有防禦系統都是專為非人的能量生命而設，就算我大搖大擺地長驅直入也不會觸發任何警報。或許他們已經沒有理由去防禦人類入侵了；也可能他們隨時需要能夠立刻回到屋中。這棟房子就連大門都沒鎖。

我打開大門，輕輕走進昏暗模糊的破爛房屋裡。我的雙眼已經習慣世界末日的黑暗，但是這棟房子內部的光線竟然還能夠更暗。為了辨明方向，我始終將手指保持在牆壁上，而牆上的泥灰則一路在我的碰觸之下化為塵土。我豎起耳朵用心傾聽，最後終於聽見面前走廊的盡頭傳來細微的聲響。我躡手躡腳地走到一扇密門前。密門同樣沒鎖。我側著身體穿過密門，終於在黑暗之中看見了光線，眞正的光線。我停下腳步，讓眼睛適應眼前的光芒。我眼前的牆上還有另外一扇門，暗黃色的光線就是從門縫之中隱隱傳來的。那道光線看來十分溫暖宜人，透露出些許生命的氣息。我來到門前，發現門縫虛掩，於是慢慢推開幾吋，偷偷向內看去。我的敵人們統統都在門後的房間裡，就和我過去利用天賦所看到的景象一模一樣。

房中有一個火堆，火堆上插著一根鐵條，鐵條上插著幾塊看不出是什麼動物的肉。所有人都蹲在火堆旁邊，神情專注地瞪著烤肉，完全沒人注意到我的到來。如此熟悉的名字，如此熟悉的面孔：潔西卡．莎羅、賴瑞．亞布黎安、影像伯爵、皮囊之王、安妮．阿貝托爾。每一個在我那個年代都是實力強大的強者，可惜如今的模樣都十分狼狽。他們相依相偎，爲了感受同伴的慰藉，也爲了在寒冷的環境中找尋一絲暖意。他們骨瘦如柴、衣衫襤褸，營養不良的臉頰上深深刻畫著絕望與恐懼的神情。

潔西卡．莎羅如今已經不再是當年那個恐怖的不信之徒。她的外表看來十分纖弱，盡可能地坐在火堆旁，手中抱著一隻殘破的泰迪熊，緊緊地靠在扁平的胸前，她身上那破爛的皮夾克和皮褲，看起來跟蘇西常穿的那套很像。

坐在她身邊的是賴瑞．亞布黎安，著名的死亡偵探。他遭到自己一生唯一愛過的女人殺害，後來又被當作殭屍召喚回人間。儘管根本沒有繼續存活的意願，但他還是必須活下去，因爲他沒辦法再度死亡。他昂貴的西裝如今殘破不堪，露出其下蒼白噁心的死人皮膚。跟其他人不一樣的地方在於他臉上沒有絲毫疲憊神色，也沒有任何喪家之犬的感覺。他只是看起來很憤怒罷了。

影像伯爵的狀況糟透了。他身上除了幾條皮帶之外沒有穿著任何衣物；皮膚又鬆又皺，到處都是天使戰爭過後留下的縫補痕跡，若不是靠著幾根大型的黑色釘書針固定，他的身體只怕早就散了。皺皺的皮膚上佈滿矽膠結點與魔法線路，這些都是很久以前靠著死靈科技焊入體內，藉以強化他的二進位魔法的輔助設計。他脆弱不堪的身體周遭依然閃耀著電漿光芒，腦袋上間歇浮現的光圈在他扭曲的臉上打出不健康的光線。皮囊之王如今已經變成一個普通人，所有駭人的魅力統統消失。在我的年代裡，他隨便一個眼神就能殺人，但是此時此地，他什麼也不是。他只是一堆皮膚跟骨頭的集合，目光渙散，全然失焦，身穿一件補滿補丁的皮草外套，脖子上用銀鍊子掛著許多強大法器。他不停搖晃著身體，似乎迷失在從前的記憶裡。因爲對如今的他來說，記憶就是僅有的一切。

最後一個是安妮．阿貝托爾，一個極具誘惑魅力的殺手、祕密情報員與謀略家，在我們的年代裡被十幾個國家所通緝。她身穿一襲酒紅色的晚禮服，露出肩胛骨之間所紋的神祕符咒。一直以來不斷有人爲了很充足的理由意圖置她於死地，但是她始終都是一個很難殺死的女人。她身高六呎二吋，渾身上下依然都是肌肉，臉上也還保有一些當年的魅力，只不過整體的氣勢已經大不如前，再也不是從前的她了。

我很有禮貌地咳了一聲，對眾人宣告我的到來。他們全部立刻轉身站起，擺出戰鬥架勢，不過在看到我的時候統統嚇得瞠目結舌，沒人敢相信自己的眼睛。皮囊之王大叫一聲，害怕得有如受傷的孩子，躲到牆角不住發抖。影像伯爵滿臉怒容，全新的能量爆體而出，彷彿身上所有死靈科技都活了過來一樣。

「不要亂來！」我立刻說道。「我有備而來，身上佈滿強大的防禦法術。任何足以突破我的防禦法術的力量都一定會引來外面那些怪物的注意。我想我們都不希望看到那種事情發生，是不是？」

安妮．阿貝托爾兩手各自抽出一把發光的匕首，神情十分困惑。在一陣緊張的對立之後，賴瑞．亞布黎安向前跨出一步，伸出雙手分別放在安妮跟影像伯爵的手上。他們兩人不情不願地點了點頭，然後向後退開。賴瑞．亞布黎安冷冷地看著我。

「我沒看見什麼防禦魔法……」

我微笑：「你當然看不見，我的法術是極品。」

其實我在吹牛，只是他們無法證明。他們不敢冒險暴露自己的行蹤。

「約翰．泰勒。」賴瑞緩緩說道。「你怎麼會出現在這裡？難道你找到方法從墳墓裡爬回來嗎？」

「時光旅行。」我道。「對我而言，莉莉絲的事件才剛剛發生而已。『大戰』尚未開打，我是來這裡尋找答案及建議的。」

「讓我殺了他。」影像伯爵道。「他非死不可。他必須爲自己所作所爲付出代價！」

「沒錯。」賴瑞道。「但是不是現在，也不是在這裡。」

在安妮的安撫之下，影像伯爵終於於火堆旁坐下。皮囊之王依然躲在牆角發抖，臉上流滿淚水，腳下灘滿尿液。看到他那個樣子，我的心裡十分難受。我從來不曾喜歡過他，但是我卻一直很尊敬他。安妮·阿貝托爾和潔西卡·莎羅分別站在賴瑞·亞布黎安的兩旁。他們看我的眼神彷彿在看一個鬼魂，一個恐怖的幽靈，一股源自他們惡夢之中的遠古邪惡。或許，我眞的是。

「我哥哥湯米與你並肩作戰。」賴瑞終於開口道。「在對抗莉莉絲的『大戰』裡。他信任你，即使他完全沒有信任你的理由。然而當他們擊倒他的時候，你卻站在一旁眼睜睜地看他死去，什麼忙也沒幫。」

我無助地攤開雙手。「你指控的都是一些我還沒犯下的罪行，或許我永遠都不會做那些事……這就是我來此的原因。我需要你們告訴我該如何防止這一切發生。」他們默默地看著我，顯然不相信我的話。我向前跨出一步。在跟敵人打交道的時候，信心就是決定一切的關鍵，至少要表現出一副信心滿滿的樣子才行。我比了比火堆上的烤肉串，它散發出一股非常難聞的氣息。「你們似乎正在準備晚餐。我可以一起吃嗎？人胃口最好的時候就是在世界末日之下掙扎求生的時候了。晚餐吃什麼？」

賴瑞哼了一聲，說道：「這是……某隻莉莉絲的後代。這些日子裡，除了人類的屍體之外，我們只剩下這些東西可以吃了。大戰中遺留下來不少人類的屍體，不過我們還沒有退化到必須吃人的地步。暫時還沒。喔，沒錯，人們的屍體依然躺在路邊，即使大戰已經結束數十年也沒有腐爛。你知道，如今屍體已經不會腐爛了，不過建築物依然會倒塌。你跟你媽對抗的最後那段日子裡，各式各樣奇怪的能量統統出爐，導致後來所有自然的法則統統……不管用了。如今自然界有了全新的法則。有時候我們可以好幾個禮拜都不感到飢餓。我們不睡覺，因爲在這個年代裡，惡夢會征服我們的心智，控制我們的肉體。」

「現在要計算時間都很困難了。」潔西卡的聲音像是個嚇壞了的小朋友。「你看，我們根本沒有用以衡量時間的依據。現在沒有白晝，只有永無止盡的夜晚，所有手錶都失去作用了，即使完全沒壞的也一樣。或許你跟莉莉絲在大戰的時候已經連時間都一併毀了……」她像隻小鳥一般側過頭去，但是目光始終沒有離開我的臉。「你怎麼知道要來這裡找我們？」

「靠我的天賦。」我說。「以及一位天使的幫助。」

她的嘴唇微微抽動。「你總是跟一些上流人士交往，約翰。」

「我們已被天堂跟地獄遺棄。」安妮．阿貝托爾尖銳地說道。「已經沒有東西值得奮鬥了。你知道我們是誰嗎？爲什麼要聚集在一起？爲什麼我們身處如此糟糕的世界裡依然不屈不撓，不肯放棄？」

「我知道。」我感到一陣口乾舌燥。「你們就是我的敵人。打從我出生開始就一直派人穿梭時空追殺我，要在我……毀滅夜城之前先把我除掉。」

「還有毀滅世界。」賴瑞語調平淡地道。「別以爲只有倫敦，整個世界都已經變成這個樣子。」

「我們別無選擇。」潔西卡道。「這並非……」

「喔，夠了！」我說。「別跟我說這並非私人恩怨！你們跟你們的痛苦使者已經追我一輩子了！我從來不知道什麼叫作安全感，因爲我從來不敢肯定你們的殺手會在何時憑空出現，爲了除掉我而殺害所有擋路的人！我的一生都因爲你們而變成活生生的地獄！」

「整個世界都因爲你而成爲活生生的地獄。」影像伯爵道。「我們會這麼做還不是爲了要阻止你。」

「我根本什麼都還沒做！」

「但是你會做，約翰。」潔西卡道。「你會的。」

我強迫自己控制情緒，畢竟我是來尋求他們幫助的。有一個問題我還沒問。一個我必須知道答案的問題。

「蘇西呢？」我問。「霰彈蘇西在哪裡？」

賴瑞似乎有點驚訝。「你以爲會在這裡見到她？」

「她跑回來殺我。」我說。這話令我心痛，但是我還是強迫自己說出口。「她說她是跟你們一夥的。我就是因此而穿梭時空來到這裡。我要知道更多。未來並非既定，一切絕非無法改變。告訴我你們所知的一切。告訴我只有你們才知道的事情。」

「她自願讓我們改造成殺手。」賴瑞道。「你知道她是自願變成……那個樣子的吧？」

「是。」我說。「她有說。我們之間向來沒有祕密。」

潔西卡緊緊擁抱泰迪熊，下巴靠在破爛的熊頭上。「她沒有回來。我們假設她死在你手上，就和其他的殺手一樣。她後來怎麼了，約翰？」

「梅林折斷了她的手臂。」我冷冷地說。「裝上眞名之槍的那隻手。接著她就消失了。當時她還活著。我本來希望她……會回到這裡來。」

「沒有。」安妮道。「我們沒見到她。我們必須假設她已經死了。這條命還是算在你頭上，莉莉絲之子。」

「他喪盡天良。」影像伯爵道。「他不是人。至少不完全是。他怎麼會有人類的情感？」

「我能夠穿越你們的防禦系統，還不算是人嗎？」我說。

「那我們得要強化防禦系統。」賴瑞說。

我看向潔西卡。「看來妳的泰迪還在。」

「沒錯。」她說。「是你幫我找回來的。我還記得。他幫我帶回生命以及理智。」

「很高興能幫得上忙。」我說。

她緩緩搖頭。「我希望你沒幫。如果我沒有恢復正常，這個世界就不會像現在這麼難熬。眞希望我還是個瘋子。」

「啊，眞是的。」我道。「好心沒好報。」

「在夜城更是如此。」她道。

我們相視一笑，分享一個只屬於我們之間的默契。

「那麼……」我說著看了看四周。「這就是世界末日，一切都是我的錯。告訴我爲什麼，究竟出了什麼事？」

「戰端都是因你而起。」賴瑞．亞布黎安道。「因爲你在離開五年之後再度回到夜城。你不應該回來的。我們花了很大的工夫才把你趕出夜城——我們身居幕後，誘使不知底細的人們幫我們做事。這樣做當眞花費了我們很大的心力，但是既然所有暗殺你的行動都失敗了……我們只好嘗試其他手段。你應該會受不了打擊而逃往倫敦，逃往正常世界，永遠不再回來。至少，我們都以爲計畫成功了。但是這個未來卻一點也沒有改變。在安妮調查之後，我們才看見你終將回歸的景象。於是我們將假裝房子的怪物引誘到布萊斯頓街，安排了那場陷阱。如果你一定會回到夜城，也必須是在我們的安排下回來。」

「但是如果不是因爲那棟房子，我根本就不會回來。」我說。

「或許……」潔西卡道。「玩弄時間本來就是難以掌控的事情。有時候我認爲諷刺就是整個宇宙運轉的基礎。由於我們干涉了時間，所以才種下了人類滅亡的種子。這不會讓你很想破口大罵嗎？」

「你回來之後，一切就已經開始走向無可避免的道路。」安妮．阿貝托爾說。「只因爲你堅持追查你母親的身分，儘管所有人都警告你不可以這麼做。你的行爲造成連鎖反應，最後導致你們之間的『大戰』。你們像是兩條搶奪骨頭的狗一樣爭奪夜城，因爲你們都不能允許夜城落入對方的掌握。你們施展一個接著一個的強大法術，吸乾了整個世界的生命氣息，只爲了打這場寶貴的大戰。」

「你一再犧牲自己人的性命。」賴瑞說。「不斷把他們送去當砲灰。對你們兩個而言，除了贏得大戰，什麼事情都不重要。於是大戰就這麼一直打下去，直到你們的手下死光，最後只剩下你們母子兩個面對面對決爲止。」

「你們同歸於盡。」影像伯爵道，目光依然沒有離開火堆。「死在眞名之槍的槍口下。但是那時一切都已經太遲了。傷害已經造成，再也無法挽回。」

「所以我們才找回眞名之槍，裝在蘇西身上。」潔西卡說。「雖然我們找槍時付出了慘痛的代價，但是爲了得到這把足以毀滅你的武器，再大的犧牲都是值得的。在我們安裝眞名之槍的時候，她痛得驚聲尖叫，但卻始終沒有絲毫退縮。可憐的蘇西，勇敢的蘇西。」

接著我們全都猛然轉頭，一聲不出，等待著外面的超大怪物緩緩路過。我們直挺挺地站著，用心傾聽，就連縮在角落的皮囊之王也不敢繼續顫抖。怪物每跨出一步，整棟房子就震動一下。腳步聲逐漸遠離，終於消失在夜色之中。在緊繃的情緒慢慢鬆懈下來之後，我終於了解我的敵人們爲什麼都像是快垮掉了。生活在這種恐懼之中，隨時都有可能被發現、被殺害……說眞的，這跟他們帶給我的不安生活也沒多大的不同。只可惜我心裡完全沒有感受到復仇或滿足的快感，因爲沒有人應該生活在這樣的環境之下。

「如今殘存的人類……」潔西卡道。「就只剩下我們這種小團體。我們像是躲在洞裡不敢出門的老鼠一樣自大戰之中存活下來，即使到了今天，我們依然在躲藏，想盡一切辦法只爲了生存下去，期待著……奇蹟發生。然而我們已經有好幾個月沒有聽到來自其他人的消息了。我們試過主動聯絡，但是卻沒有任何回音。所以或許……除了我們之外，所有人類都已經死絕了。我們是人類僅存的希望，而你的死亡就是我們唯一的契機。」

「誰能想到人類的最後希望竟然是掌握在我們這種人手上？」角落中傳來皮囊之王悲傷的聲音。

我們全都轉過頭去聽他說話，但是他想說的都已經說完了。他依然不肯面對我，不過至少已經停止哭泣。

「如今外面唯一的活物就是莉莉絲的子嗣所退化成的怪物。」賴瑞．亞布黎安說道。「體型巨大，外形醜陋，完全沒有理智可言。他們在廢墟中遊走，殺光遇上的所有生命，就連自己人也不放過。有時候我懷疑他們究竟知不知道大戰已經結束了。他們撐不久的。你跟你媽在大戰中釋放出來的能量依然作用於夜色之中，改變著一切，扭曲著一切。要不了多久他們就會死光……我們也逃不過同樣的命運。到時候整個世界就會被僅存的昆蟲統治了。」

「但是我來了。」我堅定地說道。「也跟你們談過了。一切都會不同的。」

「會嗎？」潔西卡問。

「會。」我說。「我必須如此相信。你們也必須相信我。因爲這是我們唯一的希望。人類唯一的希望。使用你們的力量將我送回過去，回到我來時的年代。我跟你們保證一定會找出一個不必全面火拼就能夠阻止莉莉絲的辦法。我絕不會掀起任何足以導致世界末日的『大戰』。」

「你期待我們信任你？」影像伯爵說。「相信一個毀滅世界的魔頭？」

「我們爲什麼要相信你？」賴瑞問。「爲什麼要信任你，約翰．泰勒，莉莉絲之子？」

「因爲你哥哥湯米信任我。」我說。「即使在他完全沒有理由信任我的時候。」

影像伯爵突然起身，直視我的目光。「我們可以殺了你。」他道。「如今你終於落入我們手中了。我們可以殺了你，即使這表示我們全都會死。只要目睹你的死亡，或許一切都值得了，或許到那時候，我們統統可以享受寧靜的安息。」

「你想要復仇還是阻止大戰？」我問。「如果我在此時此刻死去，還有誰有辦法阻止莉莉絲？你們一定知道她計劃以一己的意念重塑夜城，殺光任何擋路的人，弱化人性的意志，讓所有人類臣服在她的腳下。我寧願死也不願過那種日子。我是唯一能夠阻止莉莉絲、阻止世界毀滅的人。如果我能想出辦法在不掀起大戰的情況下擊敗她……這在你心裡總該比復仇還要重要，是不是？」

他們討論了十分鐘之後，終於心不甘情不願地答應幫我。安妮．阿貝托爾劃開手上一條血管，用自己的血液在地板上畫下一道五星結界，其他人則齊心合力凝聚起僅存的力量。潔西卡．莎羅用泰迪熊作爲定位定時的媒介；影像伯爵來回揮舞雙手，在空氣中留下閃爍的能量痕跡，編織複雜的理論及二進制魔法，皮膚上的線路綻放死靈科技的電光。皮囊之王昂然而立，發揮與生俱來的天賦，不斷放送古老強大的魔力。賴瑞．亞布黎安將一切吸入體內，利用自己不死的屍體導引眾人的力量，吸收掉所有負面效果，讓其他人可以專心開啓儀式。

安妮．阿貝托爾伸出血淋淋的手臂比個手勢，我立刻依照指示踏入五星結界。她畫出最後的符號封閉結界，傳送儀式當即啓動。結界外圍的紅色線條綻放出能量的光芒，其外的世界逐漸虛幻模糊。

這時皮囊之王兩眼圓睜地抬起頭來。「他們來了！」他大叫道。「他們跟蹤泰勒，突破我們的防禦。我們只顧著泰勒，完全沒去注意外界的動靜！他們來了！」

怪物同時自四面八方破牆而入。到處都是巨大恐怖的形體，有著飢渴的眼睛與血盆大口。尖銳的利爪撕裂磚牆，擊破水泥；天花板也被某種堅硬黑暗的東西捅出一個大洞。地板向上噴起，裂成無數碎片，有如一顆巨大的眼珠自冥界深淵浮出地面。我的敵人們完全無視怪物的存在，專心一意地施展穿梭時空的傳送儀式。一條荊棘滿佈的觸角自天花板上襲來，緊緊纏上影像伯爵的身體。他鮮血狂噴，肋骨盡碎，但卻依然咬緊牙關念出最後幾個咒語。一根骨頭刺穿安妮·阿貝托爾的身體，將她開膛破肚，但是她始終屹立不搖，至死也不肯倒下。

我消失了，墜入時間之中，沒有看見他們的下場。怪物眞的是跟蹤我而找出他們的藏身處嗎？難道最後他們終究還是因爲我的緣故而死無葬身之地嗎？

不。我還有機會拯救他們，拯救所有人。我會找到方法的，找東西本來就是我的專長。

chapter 8 我不在的時候

rper than a Serpent's Tooth Sharper than a Serpent's Tooth Sharper than a Serpent's Tooth Sharper than a Serpent's Tooth Sharper than

回到現代之後，我發現自己身陷火海，周遭充滿人們慘叫與大樓崩塌的聲響，街上到處都是翻覆的車輛、垃圾殘骸，和一具一具的屍體。一家店面在無聲的爆炸中毀滅，玻璃碎片有如砲彈一般濺滿空中。我雙手抱頭，掩面蹲下，迅速觀察一遍四周的形勢。到處都有瘋狂的暴民使用魔法與武器以及任何可以用來打人的東西殘暴械鬥。四面八方都有漫天火柱，淹沒了僅存的幾棟依然挺立的大樓。空氣中瀰漫著濃煙，帶來焦肉以及血腥的氣味。如今的夜城已經全面淪爲戰區。

印象中我從來不曾見過夜城的街道上完全沒有交通工具穿梭的樣子。燃燒的廢墟、撞爛的車輛，以及疊在一起的交通工具。有些車輛裡面還有屍體，有些車輛本身就在淌血。一道閃電落在數步之外的人行道上，打碎了幾塊地板。我立刻在附近尋求掩蔽，急急忙忙衝到一台翻覆的救護車旁蹲下，背部緊貼著染滿鮮血的車身。我隱約可以聽見救護車死前的呻吟，心裡的一角感受到附身在車中的靈魂正緩緩消逝。我一直很乖……一直都很乖……我好害怕……救護車咳嗽一聲，然後就再也沒有發出任何聲響。我探頭看了看，四周的暴動絲毫沒有減緩的跡象。

我重重嘆了口氣。有時候只要一個不注意，整個世界都有可能瞬間變成地獄。看來莉莉絲沒等我就率先掀起「大戰」了。我環顧四周，試圖在濃煙和四下亂跑的暴民中找出任何可供辨識的地標。過了一會兒，我發現自己已經回到上城區，俱樂部之地——或者說是俱樂部之地的殘骸——的中心。這一區有一半的建築已經化爲灰燼，街尾還有一道火焰風暴持續燃燒，其中有幾棟建築物淹沒在不論溫度或是亮度都高出正常火焰許多的超級大火之中。濃煙中有不少黑影來來去去，其中只有一小部分是人類。許多長有翅膀的生物在天上盤旋，拍擊著巨大的羽翼，不過統統都不是天使。

還是有人試圖幫忙。俱樂部的員工們拿著多年沒有測試過的滅火器到處滅火。魔法火花在骯髒的空氣中亂竄，水元素自下水道中狂噴而出，試圖澆熄附近建築物上的火頭。一群基督教突擊隊員對著一根消防栓念誦聖咒，然後拿著噴出高壓聖水的水管去對付魔法火焰。石魔像衝入烈焰衝天的建築之中，撞毀房屋的地基，以坍塌的建材來壓熄火焰。有些魔像及時逃離自己撞塌的廢墟，有些則再也沒有出來。原先聳立此地的著名夜店全部消失，只剩下一堆焦黑的炭渣與煤灰。

一群手持刀斧的裸體男女大搖大擺地湧入街道，所有人身上都沾滿了靛青與血漬。他們攻擊路過的每一個人，砍下頭顱插在竹竿上，三不五時地對他們的神祉盧烏〔註〕以及毀滅的榮耀禱告，臉上都是瘋狂愉悅的眼神與齜牙咧嘴的笑容。儘管如此，他們之中還是有不少人戴著手錶，這表示他們根本只是假裝失去理智而已。好吧，我想，總要有個起頭的地方。

我自死去的救護車後方站起，對著暴民迎面走去。他們一看到我立刻停下腳步，差點沒有撞成一團。看來這幫傢伙已經很久沒有遇上一看見他們沒有立刻轉身就跑的人了。帶頭的狠狠瞪了我一眼，開始吼叫一些跟瀆神有關的髒話。我不慌不忙地迎向前去，對準他的睪丸就是一腳。這一腳凝聚了我心中的憤怒及不快，當場將對方踢得離地而起。只見他雙眼圓睜摔回地面，張開大嘴卻叫不出任何聲音。看來他必須忙一陣子才能恢復正常呼吸了。我將注意力轉移到其他暴民身上。他們看看倒在地上的大哥，有些人當即露出撤退的打算。

「我是約翰．泰勒。」我露出一個難看的笑容，大聲說道。站在前排的暴民一聽，立刻倒轉腳步向後擠去，不過後排的人不肯讓他們離開。在一片後退的腳步聲中，我揚起音量說道：「不管你們剛剛在幹什麼，現在統統給我住手。我有事要交給你們去辦。」

「要是我們不想幫你做事呢？」一個聲音自後排的暴民之中傳來。「你不可能給我們所有人都來一腳。」

「不錯。」另外一個聲音說道。「我們可以解決他！他只有一個人！」

我忍不住笑了。我就愛聽別人說這種話。「你們或許聽說過我的一個小把戲。」我道。

註：盧烏（Lugh），塞爾特神話中的光神，也是諸神之長，渾身散發耀眼的光芒。

「隔空取子彈的把戲。」

部分暴民開始挺起胸膛，舞動手中的大刀跟斧頭。

「槍？」一個如果有穿衣服一定很美的女人說道。「我們不需要什麼爛槍！」

我臉上的笑容擴大。「同樣的把戲也有不同的應用方式。」我道。

我手指一彈，他們牙齒之間所有的填充物立刻消失，包括牙套、齒冠、齒橋，以及填充膠統統不翼而飛。有些人露出難以言喻的痛苦神情，有些人伸出雙手摀住嘴巴，總之，突然之間所有暴民似乎都恢復了理智，也願意聽我說話了。

「如果再有人廢話……」我道。「我就會施展另外一種不同的應用方式。這一次將會跟各位的內臟和水桶有很大的關係。」

暴民之中登時響起一陣咬字不清的言語，向我保證他們都會乖乖地照著我的話去做，於是我派他們去幫助那些努力救火的民眾。我看著他們投入救火的行列，然後就轉向街頭走去，小心翼翼地避開突出的地板及裂縫。熱風撲面而來，濃煙之中夾雜許多骯髒的煤灰。一路上不斷碰到大打出手的群眾，不過並沒有人跑來管我。我來到脫衣舞廳「不曾消失」前，在舞廳門口停下腳步。女鬼全都待在門外，利用她們身上的迷霧去熄滅店裡冒出的火苗。門房站在一旁指揮眾女鬼，儘管他的聲音中充滿疲憊，但是那音量依然足以蓋過周遭的喧囂。

一看到我走來，他立刻簡短地點了點頭。

「重新裝潢，暫時歇業。」他斜嘴叫道。「我們還會開張的，請密切注意廣告。」

「我上次來是多久以前的事了？」我問他。

「大約一個禮拜前，先生。就在這一切災難發生之前。如果你並不打算幫忙，就請快點離開吧。我跟小姐們還有事要忙。」

我開啓天賦，在夜城的其他角落找到一個正在下大雨的地方，然後將大雨帶入需要大雨的所在。大雨傾盆而下，有如洪水一般沖刷整條街道，淹沒所有火頭，洗盡空氣中的塵埃。人們歡欣鼓舞地大叫，女鬼當街手舞足蹈，享受雨滴穿體而過的快感。我對門房眨了眨眼，然後繼續向街頭走去。我不該如此公然地開啓天賦的。這樣一定會吸引莉莉絲的注意，讓她發現我回來了。然而一來我不能袖手旁觀，二來我就是喜歡把事情鬧大。

接下來，我需要知道過去這一個禮拜究竟發生了些什麼事。因爲我的敵人的時空傳送術顯然不如想像中那麼精確。

□

最後我終於找到我的目的地——夢幻角落，一家專門販售魔鏡、水晶球、顯像池和其他比較沒有名氣的遠距離監視魔法道具的小店。夢幻角落的業務範圍從普通徵信到工業間諜無所不包。門口的招牌明白表示「滿足所有偷窺慾望」。這家店位於一條時隱時現的小巷道中，完全沒有受到最近發生的暴動影響。我來到店門之前，一張模糊的大臉立刻從木門上浮現。大臉以空洞的眼珠瞪我，門上以信箱化成的嘴巴露出不屑的笑容。

「滾開。」大臉以尖銳的聲音吼道。「我們關門了。就是說沒有開門的意思。晚點再來，或是乾脆別來。看我在不在乎。」

我一向不把自大的幻象看在眼裡。「把門打開。」我道。「我是約翰．泰勒。」

「眞是爲你感到高興。那件外套看來不賴。我們還是沒有營業。就算有營業，你也負擔不起我們的消費。」

「讓我進去。」我心平氣和地道。「不然我就對著信箱尿尿。」

大臉眉頭一皺，淒涼地哼了一聲。「沒錯，果然是約翰．泰勒的語氣。我討厭這個工作。當所有人都知道你是幻象的時候，就根本不會有人把你當作一回事。」

大臉沉回門中，一點一滴地消失，接著店門緩緩在我面前開啓。我一踏入店中，店門立刻重重關上。隱形的鈴鐺響起聲音，通知店主有客上門。在經歷剛剛那種混亂的街景之後，店內的景象當眞寧靜和諧，就連空氣聞起來都有檀香跟蜜蠟的甜味。入門的接待廳有點空曠，除了幾張舒適的椅子和一張埋在過期雜誌下的咖啡桌外，沒有其他陳設。店主急急忙忙出來招呼。他是個形容猥瑣，衣著品味極差，臉上帶有虛假笑容的胖子。眼看他摩拳擦掌的模樣，我立刻將雙手插入口袋，以免他想和我握手，因爲一看就知道這傢伙手汗流不停。他給人的感覺就是會跟顧客保證可以免費嘗鮮的那種人。

「泰勒先生，泰勒先生，你的大駕光臨眞是令小店蓬華生輝！很抱歉我們沒有直接讓你進來，泰勒先生，因爲外面實在是亂得可以！絕對混亂，喔，我說得沒錯！小心駛得萬年船……那些笨蛋都不知道自己在幹什麼嗎？這樣搞下去房地產會低迷好多年的呀！」

「我需要使用幾樣你的道具。」我直接切入主題，拒絕參與任何無用的談話。「我需要知道在我離開的這段時間裡究竟發生了些什麼事。」

「這個嘛，我不知道耶，泰勒先生……你並不算是信用良好的老主顧，在現在這種情況下……」

「算在渥克的帳上。」我說。

店主人眼睛一亮。「喔，渥克先生！是的，是的，他是我最重要的客戶之一。你眞的有他的……喔，你當然有！當然囉！沒人膽敢打著渥克先生的旗號招搖撞騙的，是不是？我會全部算到他的帳上……」

他急急忙忙地向內走去，我跟在他身後穿越一扇很不起眼的門，走進一間擺滿鏡子的大廳。所有的鏡子都掛在兩邊的牆上，不過看不出任何明顯的支撐。這些鏡子有長有短、有方有圓、有銀框有金邊，一個接著一個在我眼前開啓，爲我展現最近發生過的重大事件。

我看見莉莉絲衝出諸神之街，身後跟著她的眾多怪物後代以及瘋狂信徒。我看著她命令手下屠殺所有不願意對她宣誓效忠的生命，我聽見她下令摧毀所有路過的建築。「燒垮它們。」她說，「我不需要這些東西。」我強迫自己注視鏡中的血腥屠殺，遠古的建築一棟棟倒下，無情的火焰衝入夜空，死亡與毀滅不斷上演。路邊的屍體就在人們逃命的吶喊聲中越堆越高。

我看見渥克在陌生人酒館之中竭盡所能地組織反抗勢力。藉由梅林·撒旦斯邦的魔法庇佑，他暫時不會被莉莉絲發現。在諸神之街受的傷已經治好了，但是他臉上卻依然因爲壓力與疲倦而憔悴不堪，雙眼下浮現很黑的眼圈。打從我們認識以來，這是我第一次在他臉上看見缺乏自信的神情。我眼看著他一次又一次地試圖聯絡當權者，想要跟往常一樣調動部隊前來支援，但卻始終徒勞無功。他得要靠自己了。

我命令面前的魔鏡找出一個特定的時間跟地點：我要知道我回來的前一天渥克做了些什麼事。魔鏡重新凝聚焦點，依照我的要求呈現影像。

渥克坐在一張靠著吧台末端的桌旁，專心研究著許多信差帶來的眾多報告。這些信差都已經精疲力竭，唯一驅使他們繼續傳遞訊息的只有榮譽、責任，以及渥克的藥丸。渥克的神色憔悴至極，但卻依然一面看著報告，一面以冷靜的口吻下達命令。每個手下接到命令之後都二話不說地奔回夜色之中，爲了夜城的存亡努力奮鬥。

酒館看起來像是遭受圍攻的避難所，燈光昏暗，擁擠不堪，桌面跟地板上統統擠滿了人。人們抱著飲料、擁著傷口，爭取時間休養元氣。有個醫者在角落中成立一座臨時診所，以簡陋的魔法處理傷患，讓重傷之人可以重新站起，再度回到崗位上。地板上濺滿了鮮血以及其他體液，隨時都有人們來來去去，大家的臉上都帶有一種筋疲力竭的失敗神情。有些人在拼湊的床墊上淺眠，儘管在睡夢之中依然不時發出淒慘的嘶嚎。

一支隱形的樂團正在演奏一首龐克經典「他拿電鋸上我，感覺有如接吻」。這可不是什麼好事，因爲艾力克斯只有在心情最糟的情況下才會播放龐克音樂，任何聰明人只要聽見他放這種音樂就會立刻整理口袋中的零錢，並且不碰任何吧台點心。此刻艾力克斯就跟往常一樣站在吧台後方，一邊調著莫洛托夫雞尾酒〔註一〕，一邊大聲抱怨要浪費上好的葡萄酒來調這種汽油彈。他在每瓶雞尾酒裡面都加了幾滴聖水以增強威力；艾力克斯只要認眞起來就會展現一種十分獨特的詭異幽默。

貝蒂跟露西．柯爾特倫站在酒館中央，全身肌肉鼓脹，手中各拿了一根刻滿符文的黑刺李木棒。每隔一段時間就會有傻子爲了討好莉莉絲而試圖突破梅林的防護，盲目地傳送進入陌生人酒館。每當有這種人出現的時候，露西和貝蒂．柯爾特倫就會以極端手段將對方亂棒打死。我不知道她們是如何處理那些屍體的，不過我根本也不想知道。

渥克站起身，緩緩伸了個痛苦的懶腰，滿臉倦容地靠上吧台。艾力克斯用力哼了一聲。

「又休息了，尊貴的閣下？要在香檳裡多加點苯甲胺〔註二〕嗎，沒有信仰的大人？」

「還不用，謝謝你，艾力克斯。梅林還沒有現身的徵兆？」

艾力克斯聳聳肩。「我感覺不到他的存在，不過我絕不懷疑他一直都在關注一切。要嘛他就是在等待機會，不然就是想要暫避其鋒。相信我，等到他眞的出手干涉之時，你一定會希望他置身事外比較好。梅林通常偏好以毀滅一切的手段來解決事情。」

「我對他越來越有好感了。」渥克說。艾力克斯再度大哼一聲。

霰彈蘇西站在酒館外面的巷子底端擔任守衛。一群莉莉絲的瘋狂信徒衝入巷中，對著蘇西一擁而上。蘇西拿出大槍、手榴彈以及燒夷彈招呼對方。爆炸四起，閃光大作，屍體漫天飛灑，手榴彈的碎片有如鐮刀一般截斷了對方的攻勢。蘇西一下又一下地扣下扳機，在不斷擁來的信徒身上炸出血淋淋的大洞。屍體越堆越高，成為蘇西閃避攻擊的掩體。瘋狂信徒必須扯開前方的屍體才能繼續攻擊蘇西。

巷子太窄，一次只能擠進十幾個人，不過沒有人能在死前碰到蘇西。她不斷開槍，不斷從掛在胸前的彈帶中塡充彈藥。當槍管終於熱到無法徒手握持時，她又戴上皮手套繼續開槍，直到所有彈藥統統用盡為止。巷子兩邊的牆上濺滿鮮血及內臟，地上沒死的傷者不停發出慘叫，不過激戰的雙方根本不去理會他們。莉莉絲的信徒一再進逼，但是霰彈蘇西始終堅

註一：莫洛托夫雞尾酒（Molotov cocktail），即燃燒瓶、汽油彈，俗稱窮人的手榴彈，製作容易，材料也易於從日常生活中取得。二次世界大戰以來，常用於戰場上，對付坦克車尤其有效。

註二：苯甲胺（Benzedrine）是一種可以刺激中樞神經系統的藥物。

守崗位，絲毫沒有退卻的跡象。

她看準最多人的地方投出最後一顆燒夷彈。只見一陣火光沖天而起，許多男女當場沐浴在火焰之中。他們四下亂竄，火勢登時蔓延開來，蘇西則趁著空檔拔出一把從時間裂縫中得來的殖民地陸戰隊自動導向精靈槍。她扣下精靈槍的扳機，自動導向子彈立刻以一分鐘一千發的速率對準暴民疾射而出，將巷道中的血腥屠殺提升到另外一個全新的境界。前排的暴民在轉眼之間化爲碎片，屍體的數量激增，越堆越高，當場封閉了整個巷口。到了這個地步，莉莉絲的信徒只好退到一旁研究接下來的行動。蘇西歪嘴一笑，點起一根特大號的黑雪茄。最後莉莉絲的信徒終於認定莉莉絲比死亡還要可怕，於是派出信差回去請求增援，剩下的人則開始清理擋路的屍體，然後繼續前進。

他們不斷擁上，蘇西就不斷地殺。雖然明知自己沒有勝算，蘇西臉上依然帶著愉快的笑容。我想我從來不曾見她如此快樂過。

儘管不太情願，我還是轉向另外一面魔鏡。一來是因爲剛剛那面鏡子的魔力已經耗得差不多了，二來也是因爲我必須看看渥克手下其他人馬又做了些什麼事。首先魔鏡爲我顯現了死亡男孩的景象。只見他大搖大擺地走在一條半毀的街道上，紫色的大衣在強風中翻動，黑色的軟帽緊緊地貼在捲髮上。一群全副武裝的暴民朝他擁上。死亡男孩大聲嘲笑他們，甚至沒有加快自己的步伐。他聞了聞別在領口的黑色康乃馨，拋開一把奧比女巫〔註〕特製的強力藥丸，喝乾了最後一口威士忌，然後順手將瓶子丟到路邊，蒼白的臉上浮現一種恐怖的熱情。

「來吧，你們這群渾蛋！讓我見識見識你們的厲害！用盡全力攻擊我呀！我頂得住！」

暴民有如一根巨大的榔頭一般撞上他的身體。他們用匕首、木棍以及碎玻璃圍毆死亡男孩，但是死亡男孩卻動也不動地站在原地。接著暴民有如巨浪擊中礁岩一般向旁散開，登時亂了陣腳。死亡男孩舉起強壯的手臂，揮出慘白的拳頭擊退身邊的敵人。他的動作飛快，肉眼難察，任何人只要中了他一拳一腳就會立刻摔倒在地，怎麼樣也爬不起來。

暴民對他拳打腳踢，用手邊所有武器無情招呼，試圖靠著數量的優勢擊敗死亡男孩，不過他始終屹立不搖。他死去的身體承受無數打擊，但是他卻完全不會感到疼痛。他勇往直前，對準暴民的中心衝去，臉上的神情有如參加一場盛大的晚宴一般，一邊發出愉快的笑聲，一邊徒手碎人頭骨，插人心臟，將敵人的四肢自身體上硬生生地扯下。他早就已經死

註：奧比（Obeah），非洲黑人的宗教，有濃厚的黑魔法色彩。

了，他的力量已經超越人類血肉的限制。那張臉上染滿鮮血，不過都是別人的血。

最後暴民決定不去理他，從兩旁衝過他的身邊，另行尋找比較好搞的獵物。他只有一個人，沒辦法阻止暴民前進。死亡男孩怒火中燒，在暴民身後大吼大叫，抓起路過的人就扁。暴民很快就學到要跟他保持距離，轉眼之間全部跑光，留他一個人待在原地。死亡男孩孤獨地站在燃燒的街道上，身邊躺滿了屍體跟傷患。他向逃走的暴民叫囂，命令他們回頭再戰，但是沒有一個暴民瘋狂到去聽他的話。死亡男孩聳了聳肩，拿出一條骯髒的手帕擦了擦臉，然後坐到附近的屍體堆上，打開殘破的紫外套，檢視自己剛剛新添的傷痕。

他發現了幾個全新的彈孔，不過暫時還不打算把子彈挖出來，因爲他有收集致命傷口的嗜好。他身上還多了許多切口平整的刀傷，但是沒有任何血跡；有幾個地方被人刺穿了，然而對一個沒有痛覺的死人而言，這些傷口也不過是皮膚上的大洞，晚點用針線縫起來就好了。如果趕時間的話，用強力膠黏一下也行。身體左半部有條又大又深的撕裂傷，暴露出體內好幾根肋骨，肋骨上有明顯斷裂的痕跡。他哼了一聲，從外套口袋中拿出一團黑膠帶，沿著腹部纏了好幾圈；這是在有機會妥善處理傷口之前應急用的處理方式。

「感謝老天發明了強力膠帶，或許我該投資研發工業用釘書針……」他神態輕鬆地聳了聳肩，咬斷一段膠帶，在手掌上攤平，然後瞪大眼睛看著自己的手。「狗屎，我不能再掉手指了啦……」

他在屍體堆裡尋找自己的手指，接著突然抬起頭來。他的感覺或許十分遲鈍，但是本能卻比活著的時候敏銳許多。他發現一個莉莉絲的子嗣正從街頭的方向朝他逼近。死亡男孩站起身來，推開頭上的軟皮帽，仔細打量對方。

來人是瘟疫大君，一個身穿破爛灰袍、外表十分瘦弱的男人。他的容貌憔悴，有如一顆包著人皮的頭骨。空洞的雙眼和陰鬱的嘴角中不斷流出噁心的膿汁，手掌上長滿膿包，坐騎是一匹人骨拼成的死亡神駒。瘟疫大君是瘟疫與疾病的溫床，所到之處人們立刻窒息流血，淒慘緩慢地在數百種不同的瘟疫之中死去。此刻瘟疫大君騎著死亡神駒而來，絲毫不在意橫死路邊的是敵人還是盟友。對他而言，能夠再度離開諸神之街地底的牢籠就夠了；只要能夠再度讓世界淪陷在他的瘟疫之下就夠了。

死亡男孩是唯一看到瘟疫大君出現還依然站在原地不肯退走的人，任何稍有理性的人早就已經跑得不知去向了。瘟疫大君筆直對著死亡男孩前進，臉上散發出有如孩童一般的天真笑容，死亡男孩則神色嚴肅地打量著面前這位古老的神祇。瘟疫大君兩手一翻，傷寒、霍亂、脊髓灰質炎、愛滋、伊波拉，以及青猴病等病毒破體而出，方圓一里內的人當即全身扭曲，摔倒在地。不過死亡男孩依然屹立不搖，他只是面無表情地站在原地，默默等待瘟疫大君接近。瘟疫大君大怒，驅策死亡神駒向前急衝，對著路中間這個始終不肯讓步的傢伙噴灑出更強大的疾病及瘟疫。最後他終於犯下致命的錯誤，進入了死亡男孩的攻擊範圍。死亡男孩出手如風，轉眼之間已將瘟疫大君自馬背上揪下。瘟疫大君摔倒在地，發出一聲駭人的吼叫聲，然後胸口就讓死亡男孩一腳踩下。這一腳踏碎了古老的骨頭，逼得瘟疫大君對準面前這個殘忍的傢伙釋放出所有力量。

所有人類史上曾經出現過，總數超過十萬種病毒在那一瞬間狂洩而出，但是卻沒有一種能夠影響死亡男孩。病毒是用來對付活人用的，根本影響不到死人的身體。在無處宣洩的情況之下，釋放病毒的魔法反撲，全部竄回瘟疫大君的體內。瘟疫大君發出最悽厲的慘叫聲，身體立刻被同一時間襲體而來的病毒生吞活剝。如今他終於嘗到自己一輩子加諸於人的痛楚是什麼滋味了。他的皮膚龜裂，冒出許多膿泡，最後有如泥漿一般離開了他的身體。他的身體慢慢支離破碎，所有內臟都在病毒的作用下溶爲血水，骨頭裂成碎片，接著化成骨灰。到最後，古老神祇瘟疫大君整具軀體就只剩下一顆畸形的頭骨。爲了確保對方不會東山再起，死亡男孩補上最後一腳，將頭骨整個踩碎。

「身爲死人並不是一件容易的事。」他神情嚴肅地說。「不過有時還是有些好處的。」

我又換了一面鏡子，要求它顯現賴瑞・亞布黎安的畫面。賴瑞是著名的死亡調查員，後現代主義私家偵探。我聽說過不少他的事蹟，絕大部分都是令人十分不安的傳聞，不過除了在未來的那次之外，我從來不曾跟他接觸過。如今他出現在我面前的鏡子裡，整個人跟未來的形象完全不同，他看起來……比未來有活力多了。只見他大搖大擺地走在一條煙霧瀰漫的街道上，身穿一件有形有款的古奇西裝，搭配修長的雙手以及整齊的髮型，展現出一種英姿挺拔的氣勢。他給人的印象就是那種總是搭乘頭等艙旅行，一點也不關心世俗之事的人。他是一具死而復生的殭屍，不過我並不清楚他當初到底是怎麼變成殭屍的。

一群獸頭人身的次級小神本來在追逐四散的人群，一看到賴瑞出現立刻圍上來擋住他的去路，他們毛茸茸的嘴角跟尖銳的利爪之上不斷滴下鮮血。賴瑞・亞布黎安在他們圍過來的瞬間突然消失不見，一眨眼就融入空氣中。我不曾聽說他有這種能力，顯然那群小神也沒有。他們氣急跺腳，東張西望，試圖找出賴瑞的身影。他們不喜歡被獵物耍的感覺。

空中突然濺出一灘鮮血，鮮血的來源是一具無頭屍體，屍體的主人是一名小神。他兩腳不斷亂踢，鮮血與生命毫不留情地離體而去。在一片接踵而來的慘叫聲中，越來越多小神遭受攻擊，莫名奇妙地死在看不見的敵人手下。他們一個接著一個倒下，古老的神祇就這麼栽在新進強者的面前。這就是著名的死亡偵探，賴瑞・亞布黎安。

一開始我還以爲他施展了某種隱形的法術，但是魔鏡卻抱持不同的意見，因爲魔鏡有能力看穿各式各樣的隱形法術。於是我叫魔鏡以慢動作重播剛剛的畫面，賴瑞·亞布黎安當即現形。他移動的速度飛快，肉眼根本難以捕捉。他的身影無所不在，出現與消失僅在轉眼之間，以手中閃亮的銀匕首誅殺搞不清楚狀況的小神，接著又在對方倒地之前消失不見。他的肉體一閃即逝，出現的時間之短，就連魔鏡也沒有辦法捉摸他的蹤跡。「我的頭越來越痛了。」魔鏡抱怨道，不過我還是逼它繼續顯像，我必須知道到底發生了什麼事。

所有小神統統死光之後，賴瑞·亞布黎安才毫髮無傷地在屍堆之間憑空出現。由於他的動作實在太快了，古奇西裝上居然連一滴血跡都沒沾染。不過在看到他的手中握有一把妖精魔杖之後，我笑了。我滿足了。許多關於賴瑞·亞布黎安的神奇傳說終於有個合理的解釋了。他利用那把魔杖暫停時間，藉以達成瞬間移動的假象。這是一種非常實用的小道具，而且完全不會惹人疑心，因爲魔杖早就過時了。人們只會假設他和我或是他哥哥湯米一樣擁有某種強大的天賦，根本不會想到是魔杖在搞鬼。

就在賴瑞調整領口上的絲質領帶時，某個遠比之前那堆小神強大許多的怪物已經怒氣沖沖地對他衝來。對方足足有三十呎高，具有兩條鋼鐵鑄成的巨大長腿，腿上有著許多圓轉如意的關節。它以不知名的力量集合了許多機械零件，並且聚起各式各樣的金屬在發光的力量之源外圍不停旋轉。從各方面看來，這頭怪物都擁有強大野蠻的力量。它約略具有人類的外形，不過手腳的比例很不協調，銅製的大頭上突出了兩顆綻放紅光的大眼睛，嘴巴由鋸齒狀的裂縫構成，邊緣看起來比任何猛獸的牙齒還要銳利。

它走路的姿勢十分難看，左右不斷搖擺，每一步踏出都在腳底的屍體和來不及走避的活人身上踩出噁心的血泡。超長的手臂底端頂著跟拆房子用的大鐵球一樣大小的拳頭，沿路不斷捶打路過的建築。我完全看不出這傢伙的來歷，不知道對方究竟是神、是機器人，還是被某種具有遙控能力的靈體所控制的機械概念。或許是出自「過往垃圾機器人之靈」的手筆，我猜。

儘管對方來勢洶洶，賴瑞．亞布黎安卻絲毫沒把這具超大的垃圾放在心上。所有人都神色慌張地逃離它，不過其中有部分人逃跑只是因為害怕對方突然自動解體而已。賴瑞捲起袖口，拍拍肩膀上的灰塵，然後就站在原地等待對方，直到對方整個身體幾乎都已經來到他頭上，他才懶洋洋地揮了揮魔杖，然後消失。巨大的機器向後退開，發出一陣低沉的氣笛聲，前後擺動大銅頭，盲目地找尋不知所蹤的獵物。

怪物的外圍出現一道模糊的殘影，不斷地出現而又消失，肉眼根本無法跟上他的動作。怪物身上的零件開始向四面八方飛出，不到五分鐘，賴瑞．亞布黎安就已經將怪物完全拆散，變成一堆亂七八糟的機械零件。賴瑞在大銅頭旁邊現身，然後將銅頭當作一顆超大足球，一腳將之踢到街尾。我敢說如果街上還有活人的話，這時四周一定已經爆起如雷般的掌聲了。

下一面鏡子顯現了皮囊之王的影像。他如往常一般散發出一股庸俗的氣息，無精打采地走在一條大街上，臉上露出驕傲自信的神情，雙眼綻放出一股恐怖的光芒，一邊前進一邊藉著他駭人的魅力反轉可能，散播噩夢。即使站在鏡子前，我依然無法直視皮囊之王的身影。今時今日的他力量如日中天，乃是夜城中實力頂尖的強者之一，就算只是透過眼角偷瞄他也是一件令人難受的事情。看著他太久，我就會開始看見……心靈無法忍受的景象。當皮囊之王在人前發功的時候，人們就會在他身上看見自己內心最深沉的恐懼，而他則會運用他的力量重塑現實，促使人們心中的惡夢成眞；沒有人能夠面對自己最深沉的夢魘。越來越多恐怖的怪物在皮囊之王周遭現形，有如殘暴的君王帶著助紂爲虐的部隊出門遊街一般。

皮囊之王隨意遊走於圍城之中，圍繞在他身邊的恐怖陰影爲所有目睹他的人們帶來強烈的震撼，有如童年時躲在暗室裡嚇人的怪物一般。他們好不容易自虛幻的限制中解放出來，神氣活現地在夜色裡行走，肆意攻擊觸手可及的所有一切。皮囊之王高興去哪裡就去哪裡，所有莉莉絲的子嗣一看到他立刻抱頭鼠竄，逃得不知所蹤。皮囊之王看著他們暗自竊笑，漫不經心地繼續他的旅程。

直到突然有人從遠處丟了一座大樓過來，將他埋在小山般的瓦礫堆中爲止。我站在鏡子前面盯了很久，但卻一直沒有看見他再度現身。

不過我知道自己一定還會再見到他的，在某個恐怖的遙遠未來之中。

這時所有魔鏡的法力都已經被我耗盡，鏡中的影像越來越模糊，有些鏡子甚至連我的倒影都無力顯示。我嘗試使用水晶球，不過水晶球有距離限制，而且有一半以上都因爲無法承受接收到的影像內容而變得黯淡無光。我別無他法，只好來到顯像池的房間裡。

這是一間燈光幽暗的石室，地上有幾座石頭圍起來的池子，池中裝滿清水。我在第一個顯像池前蹲下，拿匕首在拇指上劃了一刀，於池子之中滴了三大滴鮮血。顯像池是古老魔法的產物，需要付出古老的代價才能使用。池子的清水吸收了我的血液，不過卻沒有染上任何鮮紅之色。血液激起的漣漪不斷擴張，將池水中的倒影轉化爲我想要看的景象。漣漪平靜之後，整座池面浮現了一道難以逼視的明亮畫面。

剃刀艾迪，刮鬍刀之神，默默地走在諸神之街的廢墟裡。從他臉上的神情看來，面前這些焦黑的教堂和傾倒的神廟顯然沒有影響他的心情。他身穿蘊含魔光的破爛外套，神情漠然地走在街上，對躺在路旁的諸神屍首不屑一顧。

一群身上穿有許多鐵釘跟環洞的狂熱信徒發現艾迪接近，立刻放下手邊褻瀆神廟的行爲，跳到路中間阻擋他的去路。他們大吼大叫，放聲嘲笑，根本不知道艾迪的身分，簡直跟群白癡沒兩樣。當這群人發現艾迪臉上沒有害怕的神情，也沒有打算做出拔腿就跑或是乞求饒命之類的有趣行爲時，狂熱信徒登時怒火中燒，手中紛紛拿起尖銳的武器。他們是一群禿鷹，是跟在莉莉絲大軍後面撿拾剩菜的敗類，是憑藉著腎上腺素、嗜血渴望，以及宗教狂熱而燒殺擄掠的人渣。

他們懷著威嚇、謀殺與折磨的意圖衝到剃刀艾迪面前，不斷發出嘲笑及歡愉的尖叫聲，然而刮鬍刀之神只是靜靜地穿越人群。當他從人群的另一邊走出來時，所有狂熱信徒已經全數成爲死屍，除了地上的一堆頭顱外再也沒有其他部分屍骨留存世間，而那些頭上的眼珠子全部已經不翼而飛。我不知道他是怎麼辦到的。沒人知道。或許如今的艾迪是屬於善良的一方，但有時候他行爲實在難以跟「善良」兩字扯上關係。剃刀艾迪是一位謎樣般的人物，同時也是一名神祇；他喜歡這種保持神祕的感覺。

一陣突如其來的吵雜噪音吸引了艾迪的注意。他轉過身去，發現有一隻巨大的節肢動物自一座古老的神廟廢墟之中爬出。它巨大的身軀不斷自廢墟中冒出來，彷彿沒有極限一般，藉由身體兩側數千條粗壯結實的小短腿向前移動。數百碼長的軀體沿著諸神之街爬行，正朝剃刀艾迪直衝而來。對方的身體起碼有十呎寬，一節一節的外殼有如閃亮的碳化矽鑄成，綻放出紅紅的幽暗光芒，彷彿有一百盞燈火燃燒一般。怪物移動的速度奇快，它浮腫的大頭上長有好幾排複眼，結構複雜的口器發出熱切的聲響。它可以感受出剃刀艾迪體內所蘊含的能量，而他此刻非常飢渴。

我不知道這是什麼怪物。有可能是某名在地底沉睡許久，除了土壤中的蠕蟲之外，再也找不到任何信徒的無名古神。

剃刀艾迪迎向前去，眉頭微微皺起，似乎在思考該如何解決這個不熟悉的難題。他手裡的珍珠柄刮鬍刀綻放出有如陽光一般的耀眼光芒。怪物挺起身體，大頭抬到比周遭建築的屋頂還要高的高度，然後突然向下一衝，咬住剃刀艾迪。艾迪掙扎了幾下，無奈兩手受制，動彈不得，轉眼間就被怪物一口吞下。前一秒鐘他還在怪物嘴中，後一秒鐘就整個人消失不見。怪物仰起大頭，一團隆起自喉嚨頂端緩緩下移，最後終於將剃刀艾迪吞入腹中。怪物點了點頭，似乎心滿意足，然後繼續沿著諸神之街行走。

可惜才走幾步就走不動了。怪物的頭前後搖擺，嘴中發出喀啦聲響，接著口中發出有如蒸汽水壺的尖叫，肚子自內而外爆炸開來。光滑的外殼破碎，在剃刀艾迪的剃刀之下化作無數碎片。巨大的節肢動物痛苦地蜷曲身體，四下擺動，摧毀周遭的建築，撞爛石塊以及混泥土，將殘敗的廢墟夷爲平地；然而，不論做什麼都無法擺脫對方的糾纏。最後，剃刀艾迪不慌不忙地走出死去神祇的殘軀敗體，全然無視那些依然在抽動的屍塊。他邊走邊笑，臉上的表情彷彿是在思考該採取什麼手段去對付其他所謂的神祇。

另一座顯像池，另外三滴鮮血，另外一段景象。渥克手下實力不足以單獨面對莉莉絲子嗣或是對付一整群暴民的人馬，聚集在一起攻擊實力較弱的目標，爲捍衛夜城盡一己之力。死靈術顧問珊卓·錢絲，對著四周使勁揮舞一支原始指向骨。任何人只要被指向骨指中就會立刻摔倒在地，再也爬不起來。指向骨的魔力耗盡之後，她又自腰間的袋子中抓出一把墳場泥土抛入空中，她身旁所有莉莉絲的信徒當場如遭活埋一般窒息而亡。

在珊卓身後幫忙的是安妮·阿貝托爾。她全身肌肉賁起，身材高大魁梧，穿著一件上好的戲袍穿梭夜色之中，撕裂敵人的四肢，咬斷對手的喉嚨，狼吞虎嚥般地吃掉暴民的血肉。她微笑的嘴角不斷流出鮮血跟內臟。

夜城中獨一無二的變裝僻超級英雄，命運小姐，一個喜歡穿著超級女英雄服裝打擊犯罪的男人，終於面臨獨當一面的時候了。只見他在狂熱信徒中拳打腳踢，舉止優雅地施展武術擊倒敵人。沒有人能夠擋得了他一拳一腳，甚至根本沒有人碰得到他。每隔一陣子，他就會看準最有攻擊效率的方位抛出一把手裡劍。或許他對夜城整體的形勢幫助不大，但是命運小姐終於有機會化身爲他從小立志成爲的黑暗復仇者了。

三名女戰士施展渾身解數，凝聚起所有的力量共同打擊暴民，解救生命遭受威脅的人們，幫助需要幫助的傷患，爲迷途的羔羊指點明路。只要渥克行有餘力就會派出其他手下來支援她們，但是不管她們如何努力都無法減緩莉莉絲入侵夜城的步調。一座又一座的顯像池不斷呈現出莉莉絲的軍團毀滅夜城的影像。莉莉絲每到一個地方，就有更多人們加入她逐漸壯大的軍團——有些人是因爲無法抵擋莉莉絲駭人的魅力，有些人則是迫切想加入形勢看好的陣營……也有些人單純地只是爲了苟且偷生。

她在夜城中隨意走動，任何建築物只要被她看上一眼就會炸成碎片。火焰在她言語之下燃燒，街道在她腳步下碎裂。屍體越堆越高，只因沒人出面替他們收屍。人們不是忙著尖叫逃命，就是縮在廢墟前不住發抖，所有人都因爲過度驚嚇而失去理智。在莉莉絲大軍的進犯之下，這些發狂跟落單的人們只能不斷撤退，不斷於面目全非的街道之中奔走。渥克的手下運用打帶跑的戰術，故意讓莉莉絲的大軍跟蹤，盡可能將他們引離人多的地方。

幸好夜城是個很大的城市，實際佔地遠比官方記載的面積要大多了。不管莉莉絲的勢力有多強大，短時間內所能造成的死亡跟破壞還是有其極限。渥克的人馬設下路障，堵住狹窄的巷道，並且派出誘餌將莉莉絲引入已經撤退完畢的區域。只要面前還有東西可以摧毀，莉莉絲似乎不太在乎自己身處何處。反正她知道自己遲早會遇上重要的人物及地點的。她一點也不趕時間。暫時而言她只是在玩樂、在享受。如果說她心中有什麼既定計畫的話，渥克顯然看不出來。

我也看不出來。

我看到渥克跟艾力克斯・墨萊西一同討論當前的策略。他們坐在一張小圓桌旁，壓低聲音交換意見。這時的陌生人酒館既安靜又昏暗，不像剛剛看到的那樣擠滿了人。任何還有體力的人都已經再度回到街上繼續奮鬥。剩下的人大部分都躺在血淋淋的床單上，靜待死亡的到來。露西跟貝蒂・柯爾特倫互相依靠在一個角落中，目光呆滯無神，臉上的表情疲憊至極。她們全身染滿鮮血，而且並不都是敵人的血。艾力克斯跟渥克看起來也沒有好到哪裡去。他們形容憔悴，彷彿一夜之間老了十幾歲一樣。酒館中的音樂不再，只剩下酒館外面隱約傳來的怪物怒吼及群眾慘叫。此時的陌生人酒館已經不再是間酒館，反而比較像是絕望的人們跑去等死的地方。

「告訴我你已經擬好計畫了，渥克。」艾力克斯已經累到無力皺眉了。我很驚訝地看著他拿下太陽眼鏡，搓揉疲倦的眼睛。那感覺就像是看到他脫光衣服一樣。他彷彿遭受太多打擊，身心都已面臨崩潰邊緣。「就算你根本沒有半點頭緒，也請告訴我你已經擬好一個非常完美的計畫了，渥克。」

「喔，我有計畫。」渥克冷靜地說。他盡量讓聲音充滿自信，可惜臉上的表情卻不太合作。「還記得布萊斯頓街裡那棟假裝是房子的異界怪物？就是把人們引入屋中，然後再慢慢消化掉的那一隻？泰勒幹掉它之後，我叫手下收集殘骸中的細胞組織回來研究。透過他們在實驗室裡的研究結果，我終於在選定的地點裡種出了一棟全新的房子。當然我們做了一些手腳，弱化了它的食慾，使它只吃我們主動餵食的食物。平常多爲敵人準備一些祕密武器總是沒壞處的。」

艾力克斯看著渥克。「敵人？你是說約翰．泰勒那種敵人？」

「當然。」渥克道。

「你認爲他會回來嗎？」艾力克斯問。

「當然。」渥克道。「凶手總是會回到犯案現場；狗也總是會回到自己嘔吐的地方。總之，我的計畫就是引誘莉莉絲進入異界屋，然後等著看好戲。我不認爲異界屋有能力完全消化她，不過或許可以削弱她的實力，方便日後慢慢對付她。」

「你需要誘餌。」艾力克斯無精打采地看著面前的空酒瓶說道。「她一定會起疑心的。我們有什麼籌碼能讓她明知是陷阱也要硬闖的嗎？」

「我。」渥克道。

隨著池水越顯混濁，酒館中的影像也漸漸淡出。我又滴了幾滴鮮血，但是顯像池顯然不想知道後來所發生的事情。它又累又怕，實在不願意繼續下去；但是它不想，我想。於是我開啓天賦，融入池水之中。在兩道魔力的結合之下，顯像池進入我的心靈吶喊，然後不情不願地投射出後來的影像。我沒時間扮好人了。我還差一點就可以看完所有過去一個禮拜裡發生的大事，如今時間已然所剩不多。池水不安地顫抖，不過最後終歸平靜，再度浮現渥克的身影。

我看見莉莉絲走在看不見盡頭的大軍之前，穿越一塊已成焦土的商業區。我看見渥克走出位於街尾的小巷子，來到莉莉絲面前。莉莉絲突然停下腳步，身後的怪物跟信徒立刻撞成一團。空曠的街道瞬間籠罩在一股沉重的寧靜之中，除了遠方偶爾傳來的尖叫以及建築燃燒的聲響之外，再也沒有半點聲音。渥克身穿西裝，頭戴圓帽，神態自若地站在莉莉絲面前。

彷彿剛剛離開一間茶館還是什麼政客的辦公室，現在來找老朋友閒話家常一般。他以強大的意志掃開臉上的疲態，外表和平常的渥克沒有任何不同。他對著莉莉絲微微一笑，然後很有禮貌地輕點頭上的圓帽。

「渥克。」莉莉絲的聲音有如一杯毒酒。「我親愛的亨利。你眞是無所不在呀，是不是？我以爲上次見面之後你就該知道我們之間已經無話可說了呢。不過你一直都是頑固的傢伙，不是嗎？我不得不說，就一名人類而言，你的傷勢好得還眞快呢。」

渥克輕輕聳肩。「情勢所逼，不得不然。我是來逮捕妳的，莉莉絲。投降吧。沒必要把場面搞得這麼難看。」

莉莉絲咯咯嬌笑，鼓掌叫好。「親愛的亨利，你總是能給我驚喜。你憑什麼逮捕我？」

渥克自外套內袋中取出一把手槍。這把槍通體亮銀，外殼上閃耀著各式各樣不同色彩。渥克表面上看來漫不經心，但目光卻是十分冷酷。「不要逼我使用這把槍，莉莉絲。」

「你太無聊了，亨利。」

「是嗎？看槍。」

渥克說著對準莉莉絲的臉上開了一槍。一顆漆彈正中莉莉絲眉心，在她吃驚的神色中灑上紫色的黏稠汁液。這些液體不但發出惡臭，而且還因爲摻有艾力克斯的聖水而帶來陣陣刺痛。莉莉絲後退一步，氣急敗壞地吐了幾口唾液，兩手幾近狂亂地在臉上猛擦。渥克哈哈大笑，轉身就跑。莉莉絲怒不可抑，二話不說就追了上去。我眞的不得不佩服渥克，因爲我從來不知道他狂奔起來能有這麼快。在莉莉絲還沒來得及加快腳步之前，他整個人已經消失在街尾的轉角後。我想莉莉絲的身體應該很不習慣如此激烈的運動。就這樣，渥克在前跑，莉莉絲在後面追；莉莉絲的大軍茫然不知所措，只能像無頭蒼蠅一樣跟著他們一同向前衝。

渥克在一間沒有半點特別之處的房子前停下腳步，打開一扇不是大門的大門，毫不猶豫地衝入屋內。數秒之後，莉莉絲接著進入房中，房子的大門立刻自動關閉，將莉莉絲的大軍阻隔在外。一名狂熱信徒試圖開門，但是那扇門紋風不動。一名莉莉絲的子嗣率眾而出，伸出巨大的手掌抵在門上用力推去，不過立刻嚇得大叫，因爲他的手差點被門給吃掉。大軍前排的人馬彼此對看幾眼，決定在莉莉絲出來作進一步指示前，暫且待在門外。

顯像池中的影像一轉，當場變成那棟不是房子的房子後面的畫面。渥克以最快的速度衝出後門，穿越雜草叢生的後院，靠在花園的鐵門之上大口喘氣，稍作休息。他回頭看了房子一眼，微微顫抖一下，然後立刻恢復冷靜。房子的後牆似乎突然變高了一點，接著向外隆起，牆面上突出許多黑色的血管，最後整棟房子開始劇烈震動。牆上不斷浮現紫色、黑色的腐敗污點，兩扇窗戶有如皮膚上的膿包一般四處亂竄。傾斜的屋頂上裂開許多像是傷口的大洞；後門向外崩塌，好似骯髒的污水一樣散入地面。在莉莉絲強大的力量之下，異界屋根本一點機會也沒有。她才進去不到幾秒鐘的時間，整棟屋子就已經開始腐爛了。

或許渥克一開始根本不該弱化屋子的食慾才對。

「可惡。」渥克恨恨道。他自口袋中拿出一張陌生人酒館會員卡，大拇指按在印有浮雕的卡面上，念出啓動咒語，瞬間消失無蹤，回到相對而言還算安全的酒館。我關閉池水中的影像，不想看莉莉絲突圍之後的憤怒反應。事實上，我因爲艾力克斯居然會給渥克一張會員卡而感到有點嫉妒。那應該是保留給最親密的朋友與夥伴使用的東西才對，天知道這一切結束之後渥克會如何運用這張卡片。我眞的很不願意看到他擁有隨時隨地出現在陌生人酒館中的能力。

當然，這些都是在假設我們還有未來的情況下才需要擔心的問題……

儘管顯像池已經發出哽咽的聲音了，我還是強迫它爲我展現最後一段畫面——莉莉絲的下一步行動。

栽在渥克手上令莉莉絲怒火中燒，於是她將自己跟整個軍團直接傳送到大殯儀館前。大殯儀館主體外圍設下了層層掩體、防禦工事，以及數十層的魔法防禦網，只可惜這一切在莉莉絲眼前統統都跟沒有一樣。她徒手撕開眼前的空間，摧毀這個世界與大殯儀館祕密墓園之間的重重屛障。在她面前，所有祕密無所遁形，所有地點不再安全。最後一層屛障在淒厲的尖叫聲中消逝，正常世界的石版街道上登時出現扭曲的空間裂縫。藉由這條莉莉絲在現實之中打開的空間裂縫，大殯儀館的祕密墓園清楚地展現在眾人面前，一層層迷霧不斷自其中湧現。莉莉絲指示手下留在外面，然後孤身一人踏入祕密墓園。

影像接著轉入墓園裡。此刻的墓園就和我印象中一樣寒冷死寂，觸目所及盡是一排又一排的墓穴和陵墓。莉莉絲環顧四周，神情中充滿輕蔑與不屑。墓園管理員的大頭自地上浮現，不過在看了莉莉絲一眼之後當即沉回地底，再也不肯現身。它不願意跟莉莉絲有任何瓜葛，因爲它有自知之明。

莉莉絲走在墓地之間，目光掃過整座墓園，最後停下腳步，不耐煩地原地踱腳。當她開口的時候，那聲音彷彿一條勢道疾勁的皮鞭一般劃破死寂的空間。

「所有人立刻給我站起來！我要你們全部離開墳墓，到我面前站好！既然我有用得到你們的地方，你們就不得繼續躺在底下。起來！現在就給我起來！哪個敢讓我等的就試試看！」

她伸出蒼白的手指一彈，所有屍體立刻離開自己的墓穴和陵墓。他們排列成沒有盡頭的隊伍，身穿下葬時的上好西裝和晚禮服，一臉困惑地看著四周。我被眼前的場面給嚇壞了，實在不得不佩服莉莉絲。祕密墓園設有世界上最頂極的防禦魔法，但是對莉莉絲這種強大的實體而言，生命與死亡的差別也不過就是一線之隔罷了。

值得一提的是，並不是所有復活的死者都很滿意當前的狀況。他們在死前就曾爲了避免這種狀況而預付了大把鈔票。不過他們都知道不要違逆莉莉絲。就連死前曾是夜城屬一屬二的強者也知道不要去招惹如今站在他們面前的恐怖實體。

「聽清楚你們的命令。」她道。「我要你們離開此地，回到夜城。即刻行動，不得拖延。回到夜城後，我要你們殺光所有活著的東西，摧毀所有擋路的一切，沒有例外。有問題嗎？」

一個男的舉手發問。莉莉絲又彈了一下手指，那男子當場炸成一千塊抽動的碎片。

「還有問題嗎？」莉莉絲問。「我很喜歡回答問題。」

再也沒有人敢問任何問題。有些人甚至將雙手插入口袋，以免任何不必要的誤會。莉莉絲冷冷一笑，領著新近召募的大軍回到夜城。復生的死者完全不敢違抗她，他們願意爲莉莉絲做任何事，只爲了贏得之後回墳墓的權利；死後的安息是值得付出一切代價爭取的。不過不管怎樣，還是有些死者想要跟其他人討論一下當前狀況，於是他們壓低音量開始交談。

「她說殺光所有人。」一個聲音道。「這表示我們要吸乾他們的腦髓嗎？」

「不，我想那只有電影裡才會這麼演，親愛的。」

「喔，事實上，我還眞想嚐嚐腦髓是什麼味道呢。」

「這太噁心了。」第三個聲音說道。

「我們是要生吃呢，甜心，還是該要加點調味料？」

「這應該要看個人喜好了，親愛的。」

復生的死人有如潮水一般湧入夜城的街道之中，攻擊每一個他們遇上的活人。儘管有些死人較爲狂熱、有些死人興趣缺缺，但是他們莫不臣服在莉莉絲的意志之下。他們不會受傷，不會死去，數目之多足以摧毀任何程度的防禦系統。數百年以來，死在夜城裡的人多到難以計數。渥克派出一隊好手交給珊卓·錢絲率領，試圖限制這些死人的活動範圍。只可惜他們同一時間只能出現在一個地方，而對方卻早已散入夜城各地。

人們心情激動，因爲他們如今必須面對死去的朋友跟親戚，必須對抗這些曾經和自己十分親密的人們。淚水與尖叫聲此起彼落，不斷自雙方人馬之間傳出，然而復生的死者不能違背他們的命令，所以到最後，在世的活人也只好不再容情。死者被燒成灰燼、炸成碎屑、剁成肉醬，但是他們依然勇往直前。渥克的路障很快就被突破，守軍也在沒有辦法的情況下各自逃命。渥克爲了控制局面，逼不得已下令全面撤退。他下令摧毀整個區域，藉以封鎖死者的進路，保護尚未淪陷的地方。這時，整個夜城都已陷入戰火，大火不斷延燒，再也沒有任何人有餘力救火。

不過還是有人有膽量繼續頑抗。惡魔大君幫，一群自稱來自地獄的政治難民，衝出他們所經營的夜店「地獄」，誓死捍衛他們的領土。他們身高八呎，頭上長角，腳上長蹄，膚色有如原罪一般血紅，十足凶神惡煞的樣子。復生的死者在他們面前停下腳步，因爲死人都認得貨眞價實的惡魔。

然而莉莉絲只是哈哈一笑，指著惡魔大君幫眾說道：「小孩子不應該離家太遠。」手指一彈，當場將他們統統送回地獄。

接著她來到時間之塔廣場。廣場上空無一人，不過幾乎沒有被夜城中的混亂景象所波及。莉莉絲走到時間之塔前方，擺出不可一世的狂妄姿態，大聲召喚時間老父出來見她。她有事情要交代他去辦。幾分鐘之後，莉莉絲了解時間老父不肯出來，於是發出一聲憤怒的尖叫。她命令自己的子嗣摧毀時間之塔，揪出時間老父。但是時間之塔的防禦系統就和我之前體驗過的一般強大，率先出手的幾隻怪物全都在碰到時間之塔的同時消失不見，有如強風吹襲的燭火一般當場熄滅。更厲害的強者迎上前去，時間之塔的外牆上突然裂開一隻恐怖的石眼。在石眼的目光瞪視下，所有強者登時動彈不得。他們的生命離體而去，只留下空虛的軀體在原地化爲醜陋的石像。恐怖的石眼緩緩再度閉起。

莉莉絲吼出一聲憤怒的咒語，整座時間之塔當場爆炸，轉眼間變成一堆煙霧瀰漫的廢墟。莉莉絲欣賞著自己的傑作，沉浸在快感之中，而她的手下則在後方戰戰兢兢地等待時間老父的反應。時間一點一滴地過去，時間老父顯然不是已死就是受困塔中。不管是哪一種情形，總之他絕不會出來任由莉莉絲擺佈。莉莉絲咒罵幾句，轉身離開，帶領手下往其他目標前進。

該看的都看完了。顯像池飽受驚嚇與創傷，水面一片模糊，於是我離開石室，留它在裡面默默啜泣。店主人一路跟著我走出店外，不斷抱怨店中的商品遭受虐待。我再度叫他把帳單寄給渥克。

店外的情形和我剛剛看到的景象比起來算是平靜許多。由於能燒的東西都已經燒光，所以火焰也都熄得差不多了。生存者都十分低調，在路旁默默照料自己的傷口。我慢慢走過荒涼的街道，完全沒有人來找我麻煩。這樣也好，因爲我需要時間思考。莉莉絲爲什麼想要控制時間老父？難道時間旅行或是時間本身有可能對莉莉絲的計畫造成威脅嗎？我苦笑一聲，心知這樣空想不會有任何結果。我需要他人的意見與資訊，這表示……我需要找渥克談一談。

我拿出陌生人酒館會員卡，啓動卡片，呼叫渥克。渥克沒有立刻回應我的呼叫，只因爲他要自重身分。他透過卡片看著我，神情十分冷靜，充滿自信。如果不是衣衫不整、外表狼狽的話，或許看來還挺唬人的。

「泰勒！」他開心地道。「終於回來了，假期愉快嗎？我就知道你一定不會錯過主秀的。原來這張卡片還可以當作通訊器材呀。」

原來艾力克斯沒有把一切都告訴你，我有點得意地想道。「我回來了。」我說。「我們需要談談。」

「十分同意，老傢伙。」渥克道。「我要知道你所知道的一切。」

「沒那麼多閒工夫。」我說。我就是喜歡在口頭上討便宜。「現在我們需要取得當權者的援助，他們必須聽取我的情報。我要你幫我安排跟他們會面。」

「我從一開始就一直試圖和他們取得聯繫。」渥克不太高興地說道。「不過到現在都還沒有人回電。」

「再打個電話過去。」我說。「用我的名義和他們訂個約會。我要和他們面對面談，他們一定樂意接見莉莉絲之子的。」

「沒錯。」渥克說。「沒錯，他們應該會見你。很好，我去安排會面，就約在倫狄尼姆俱樂部。」

「當然。」我說。「還能約在哪裡？」

chapter 9 送入狼口

rper than a Serpent's Tooth Sharper than a Serpent's Tooth Sharper than a Serpent's Tooth Sharper than a Serpent's Tooth Sharper tha

我在一條巷子中發現一台死而復生的哈雷機車，於是請它載我前往倫迪尼姆俱樂部，條件是答應幫它從附近的屍體身上擠點精華液放入燃料箱中。我敢說從來沒有人經歷過像我這樣的一天。哈雷機車一路左閃右躲地避開躺在路上的廢棄車輛，帶我穿越夜城。迎面而來的強風又乾又熱，其中夾雜著許多濃煙與灰燼，混有一股濃濁的焦肉臭味。儘管耳中充滿機車狂飆的聲響，我依然可以聽見來自遠方的慘叫。騎車穿越荒涼的街道，沿路霓虹盡碎，只剩下燃燒中的廢墟照亮夜空，實在讓我不得不想起夜城即將面對的那個末日未來。不管我多麼努力，那個未來依然在我眼前逐步成眞。

「你又想要駕馭方向了。」哈雷機車說道。「不要這樣，我知道自己在做什麼。」

「我眞羨慕你。」我說。「眞的。你不了解我有多羨慕你。」

「沒錯，儘管開我玩笑吧，誰教我是不死生物呢。等到來自二十七號空間的神祕吸血鬼大君駕駛深紅飛碟降臨世間，並且任命我爲夜城最高統治者的時候，你就知道了……喔，可惡，我大聲說出口了，是不是？抱歉，我最近常常忘記吃藥。」

「沒關係。」我說。「這種情況下任誰都會心不在焉。」

哈雷機車語帶悲傷地唱著肉塊合唱團的「衝出地獄的蝙蝠」，帶我穿越荒涼的街道。我們沿路幾乎沒有遇到任何活人。人們不是躲起來，就是撤走，再不然就是已經死了。屍橫遍野，屍塊處處。我看見堆疊成山的首級，以及用斷掌排成的奇異圖像，還有人在一排燈柱中央以人類的腸子編出蜘蛛網的形狀。我沒有運起天賦，因爲我根本不想了解這一切究竟有什麼意圖，也不願看見所有在街上遊蕩的新進鬼魂。

哈雷在倫迪尼姆俱樂部門口將我放下，然後以極快的速度消失在夜色之中。顯然它以爲夜城裡還有安全的地方可去，而我不願意剝奪他人幻想的權力。可惜我不能跟哈雷一樣心存僥倖，因爲我深知對方的底細。渥克已經在等我了。他站在俱樂部台階底端，哀傷地看著腳下門房的屍首。倫迪尼姆俱樂部最忠誠的僕人如今四肢大張地躺在階梯上，躺在他守護了數百年的大門前。門房的頭被人扯下，插在門旁圍欄的尖頂之上，臉上是全然的震驚。

「他應該是永生不死的才對。」渥克看著他的屍體說道。「我以爲沒有人能殺死他。」

「莉莉絲回歸之後，從前的規則都不適用了。」我說。「眞可惜。」

渥克瞪著我道：「你明知自己很討厭這個傢伙的，泰勒。」

「我曾經還送過玫瑰給他呢。」我道。

渥克哼了一聲，滿臉不相信地在前領路，率先走入倫迪尼姆俱樂部的廢墟。夜城最古老的上流俱樂部如今殘破不堪。華麗的外牆滿目瘡痍，到處都是裂縫、大洞，以及焦黑的痕跡，看起來就像是城堡的外牆終於在敵人的攻擊下陷落一般。大門被人向內撞飛，整扇門都已經離開門框，靜靜地躺在大廳的地板上，門面上滿是碎屑與爪痕。雅緻的大廳面目全非，雕像破碎、名畫污穢，大理石造的樑柱碎落滿地，天花板上米開朗基羅未公開的畫作染滿煙灰及血跡。

地板上死屍遍佈，大部分都死無全屍，有些身上還有慘遭啃食的痕跡。這些屍體都是在手無寸鐵的情況下被人殺害的。重要人士和僕人躺在一起，或許是背靠著背一同奮戰，在最後的時刻終於分享了相同的地位、相同的死法。

「有人搶先一步了。」我說，純粹是因爲想說點什麼。「你覺得對方還在附近嗎？」

「不。」渥克蹲在一具屍首之前說道。「屍體已冷，血跡已乾。不管這裡出了什麼事，我們都錯過了。」他盯著死者的臉一會兒，輕輕地皺起眉頭。

「你認識他？」我問。

「這裡的人我全都認識。」他說著站起身來。「有些是好人，有些是壞人。不管好壞，他們都不該如此死去。」

他小心翼翼地跨過地上的屍體穿越大廳。我跟在他的身後，隨時注意有沒有人在監視我們，畢竟有人花了很大的工夫毀掉這間夜城的權力象徵。最後，渥克在右手邊的一面牆前停下腳步，神情嚴肅地察看牆面上一個沒有絲毫特異之處的地方。我站在他身邊，瞇起眼睛想在牆上找出隱藏密門或是操控面板的痕跡，但是卻什麼也沒發現。正常情況下我應該是發現這類東西的專家才對。渥克在口袋裡掏了許久，不過最後拔出手來的時候依然是空手。他伸出那隻空手攤在我的面前，五指彎曲，似乎握著什麼東西的樣子。

「這個……」他說。「是一把不是鑰匙的鑰匙，用來開啓一扇不是門的門，通往一個並非總是存在的房間。」

我看著他的空手。「要嘛就是你終於在壓力下崩潰，不然就是你又在耍神祕了。這間神祕的房間……不會又是想要吃我的那種房間吧？」

他微微一笑：「這是眞的鑰匙，不過是隱形的罷了。摸摸看。」

他在我手上放了一樣我看不見的東西。那東西冷冷的，感覺像金屬。「好了。」我說。「這太詭異了。如果密門跟鑰匙一樣是隱形的，我們要怎麼開門？」

「我看得見。」渥克說著取回鑰匙。「由於我爲當權者做事，所以能夠看見任何有必要看見的東西。」

「愛現。」我說。他再度笑了一笑。

他將只有他看得見的鑰匙插入只有他看得見的鎖孔之中，一部分的牆壁立刻自我們眼前消失。我看得張口結舌、目瞪口呆。渥克得意洋洋地走入突然出現的房間，我則嘆了口氣跟著也走了進去。看來即使在夜城最高級的上流俱樂部裡，當權者依然擁有專門用來舉行會議的專屬空間。

「當權者不隨便見客。」渥克小聲道。「你應該感到榮幸。」

「喔，我很榮幸。」我說。「真的，你無法了解我有多榮幸。」

渥克臉上抽搐了一下。「不知怎麼著，你的話給我一種不祥的預感。」

身後的牆壁再度出現，將我們密封在房間裡，然後房間的細節突然變得清晰無比。這間房間具有強大的防禦魔法，有如活生生的靜電一般在我皮膚上亂竄。房內的陳設十分陳腐，具有上流俱樂部包廂該有的所有特質。超級舒適的超大座椅、美麗的家具、豪華的裝潢。和坐在大椅子上那些腦滿腸肥、全身華服、喝大杯美酒、抽大根雪茄的男人比起來，房內家具的品味實在太過高尚了一點。我花了一點時間觀察他們，好好打量著這十個掌控夜城的男人。沒有人知道他們的名字，沒有人見過他們的容顏。這些人早已不在乎世俗浮名。他們臉上都有一種早已習慣予取予求的自大氣息。不必交談就知道和我絕對處不來。

渥克為我跟當權者介紹完畢之後，走到一張威廉．莫理斯〔註〕的海報旁邊站定，兩手抱

註：威廉．莫理斯（William Morris），英國工藝美術運動先驅，同時也是藝術家、詩人。

在胸前，一副接下來發生的事情都與他無關的樣子。或許他只是希望情況惡化的時候不要待在火線上而已。儘管他自己也有很多問題要問當權者，不過還是把一切交給我來處理；至少暫時是如此。

「所以……」我終於開口說道。「各位就是傳說中的神祕人物、商場大亨、從不露面的幕後黑手。說眞的，我一直以爲你們應該……更高大一點才對。說吧，當權者，趁著還有時間，將我需要知道的一切統統告訴我。」

「我是海波，代表所有人發言。」最靠近我的男人說道。他那滿頭黑髮與臉上的皺紋所透露的歲數並不相符，肚子也大到快要撐破西裝了。他的腹部滿是煙灰，但卻始終不肯拍掉。或許在他的世界裡，這種小事都有專人爲他打理。他以一股貪婪的目光冷冷地盯著我看。「我們的祖先在羅馬時代占領夜城時發了一大筆財。數百年來我們家族就利用這些錢來建設夜城。夜城裡所有生意都歸我們所有，所有買賣都必須分我們一杯羹。夜城是我們的。」

「再過不久就不是了。」我說。「如果莉莉絲成功，一切就完蛋了。她可不只是要佔領夜城這麼簡單；她的計畫是要殺光所有人。難道你們愚蠢的腦袋到現在還沒看透這點嗎？」

我一定講得太大聲了，因爲突然之間當權者的保鏢決定在我面前現身。他們在房間的前後憑空出現，乃是兩名具有人型的生物，身材高大，體格壯碩，一個是由純粹的光線構成，另外一個由完全的黑暗所凝聚。兩個都具有令凡人的肉眼難以逼視的氣勢。他們的存在超越肉體，我能夠感受到其體內所綻放出來的強大力量，就像是有人打開火爐的時候剛好站在火爐門前一樣。

「他們本來是天使。」海波得意地道。「一個來自天堂，一個來自地獄。如今他們為我們工作。」

「這些墮落天使還眞是厲害呀。」我必須找點話說，絕不能讓對方以為我在害怕。「我想他們就是太強了所以才會失去羽翼跟光環吧？」

「你絕對無法想像我們失去了多少。」光明的形體道，那聲音有如裂開的冰塊。

「但是我們同時也獲得許多。」黑暗的形體說，那聲音好似著火的孤兒。「我們之所以出現於此，完全是因為我們發展出一股……慾望。我們喜歡屬於物質界的東西。而我們的新主人……能夠幫助我們滿足慾望。」

「我們在此尋求慰藉。」光明道。「藉以彌補永恆的羞愧。」

「藉以滿足無盡的需求。」黑暗道。

「但是為什麼要服侍當權者？」我問。「即使墮落到如今這個地步，你們依然應該了解這些人不值得你們賣命。」

「我們必須服侍主人。」光明道。

「我們的天性就是如此。」黑暗道。

「夠了。」海波道。兩名保鏢立刻閉嘴，不再發出任何聲音。海波瞪著我，我也瞪著他。他提高音量，試圖提醒我誰才是這裡的老大。「正常的情況下，我們都是在外面的世界遙控夜城的一切。我們住在正常的倫敦裡，住在理性的世界中。我們之所以來此，是因爲渥克用你的名義請我們過來。你找我們幹嘛，約翰．泰勒？」

「首先，我要答案。」我目不轉睛地看著他道。「爲什麼你們沒有派兵支援渥克？你們不知道夜城的情況有多糟嗎？」

「我們知道。」海波道。「但是我們又能派誰來對付莉莉絲的大軍呢？我們不喜歡派人進來白白送死。」

渥克終於有反應了。「送死？難道我的手下就該死嗎？」

海波看都不看他一眼。「現在不要插嘴，渥克。我在說話。」

「現在不插，什麼時候插？」我從來不曾聽過渥克用這麼冷酷的聲音說話。「我和我的手下爲你們服務多久了？我們一直在保護你們在夜城之中的投資。難道這就是你們的回報？

將我們送入狼口之中？」

海波終於看了他一眼，不過只是施捨般地給予一笑。「千萬不要以爲我們在針對你，渥克。一切不過是生意罷了。」

「你看起來很緊張。」我突然說道。「你們都很緊張、很不安，你們在流汗，你們不喜歡待在這裡，是不是？」

「如同你們所說，夜城已經變成一個危險地帶。」海波說著吸了一大口雪茄。「渥克用你的名義聯絡我們之前，我們本來已經打算要封鎖夜城，關閉所有出入口，直到一切……麻煩自動結束爲止。」

「你們打算放棄我們？」我問。

「有何不可？你們不過是商業投資罷了。夜城是一棵搖錢樹，是我們壓榨利益的地方。我們知道許多有權有勢的人物都會來到你們的怪物秀裡，享受其他地方享受不到的歡愉與刺激，不過我們……所在乎的只是那些人能夠爲我們帶來的利益罷了。對我們而言，夜城只是一樣商品。對吧，渥克？」

「別問我。」渥克出乎意料地說。「最近我的看法改變了。」

我轉頭看他一眼。他的聲音中透露出一些訊息……但是現在不是管那個的時候。我再度轉頭面對海波。

「一旦莉莉絲征服夜城，整個世界都將淪入她的魔爪。你不可能將擁有那種實力的強者限制在夜城中的。她將會入侵正常世界，到時候你們終究逃不過毀滅的命運。」

「我們也是這麼想。」海波頗不情願地說道。他看著自己的雪茄，似乎不太喜歡它的味道，接著有點憤怒地將雪茄在菸灰缸中壓熄。「所以，看來我們沒得選擇，唯一的辦法就是跟莉莉絲達成協議。非常好，就這麼辦。我們最會談條件了，畢竟那是我們的專長。這就是我們同意跟你見面的原因，約翰．泰勒，莉莉絲之子。你將會代表我們出面協商。去跟你母親談判，答應她……任何條件，只要她願意停戰。我們已經對她透露蹤跡，召喚她來此一起談判。」

渥克身體一挺，離開身後的牆壁。「什麼？爲什麼不先和我商量？你們知道自己做了什麼嗎？一群可惡的笨蛋……」

「現在別插嘴，渥克！」海波還是沒有看他，始終將目光定在我臉上。「我們的財富多過貪婪的夢魘，泰勒。必要的時候，我們可以變通。跟你母親分享夜城好過眼睜睜地任之毀滅。只要找出她想要的東西，談判絕對不是問題……畢竟，我們都是明理的人。我認爲只要有你的幫忙，我們一定可以和莉莉絲達成協議的。」

「莉莉絲可不是什麼明理的人。」我說。「她根本不是人。你們不了解這次所面對的危機。她對錢沒有興趣，對你們認知中的權力也沒有興趣。她只想要剷平夜城，重新開始，她要用自己創造的生命來取代人類。」

房間中的一面牆突然消失，被外來的一股力量強扯而去。我們全都大吃一驚，轉過身去，發現這間密室如今完全暴露在夜城之中。所有防禦統統失效，充滿煙霧及尖叫的街道和我們之間再也沒有任何阻隔。莉莉絲赤身裸體站在我們面前，氣焰囂張，不可一世，身後跟著她的怪物大軍。當權者們自座椅上跳起，滿臉恐懼地向後退去。

兩名前任天使踏步向前，擋在當權者跟莉莉絲之間。他們的力量在空氣之中大放光芒，有如兩股燃燒的濃霧。莉莉絲對他們微微一笑，輕輕說了一聲「回家」，接著光明與黑暗的形體同時消失，被她強大的意念強行驅離物質界。我很清楚她將他們送往何處，也很懷疑會有任何人歡迎他們回家。

「所以……」莉莉絲體態優雅地走入密室之中，聲音中充滿輕浮挑逗的意思。「你們就是當權者。夜城的神祕主人，幕後大哥……終於見面了。只可惜，說眞的，你們在我眼中也沒什麼大不了的，就像是一群頑皮淘氣的小男孩。過來吧，來到媽咪身邊吧……」

她的氣焰張狂，強大無匹，瞬間盈滿整間密室。我閉上雙眼，退回到己身的心靈防禦之後，而夜城中最有權力的十個男人則在莉莉絲面前下跪，有如崇拜女神的十頭豬玀。渥克衝向前去，不過我立刻抓起他的手臂走向隱形門。他取出鑰匙，打開密門，儘管動作沉穩，臉上卻因爲衝突的情緒而露出痛苦的神情。我回過頭去，很快地看了身後的景象一眼。

眼看權勢通天的當權者在自己蒼白的腳下搖首乞憐，莉莉絲忍不住開心大笑。「你們實在太可愛了！我應該吃光你們……不過我想你們會讓我反胃。幸運的是，我子嗣們的胃口向來不錯……」

在她的笑聲之中，怪物們一擁而上。我一把將渥克推入密門，然後隨在他的身後衝入俱樂部大廳。密門關起之前，我又回頭看了最後一眼。只見莉莉絲的子嗣有如闖入羊群的野狼一般，個個神情飢渴地來到當權者身前，毫不容情地將這群最有權勢的男人撕成碎片。

chapter 10 復仇的契機

rper than a Serpent's Tooth Sharper than a Serpent's Tooth Sharper than a Serpent's Tooth Sharper than a Serpent's Tooth Sharper tha

我拖著渥克穿越大廳，來到倫迪尼姆俱樂部門外的台階上。他的雙眼暗淡無神，口中喃喃自語。離開俱樂部後，我立刻環顧四周，確定四下無人後才在台階上坐下，緩緩調適呼吸的節奏。隱形門已經關上，莉莉絲沒有辦法追蹤我們。至少暫時沒有辦法。渥克突然在我身邊坐下，平日那種穩重自信的氣勢蕩然無存。我想，他一定很難接受自己追隨一世的主人在眼前變成一群懦夫人渣，並且淪為怪物口中的食物吧。夜色十分寧靜，沒有人跑來騷擾我們。我看著渥克，看著這個讓我一生充滿麻煩的男人。我常常想要看他垮台，但絕不是像現在這個樣子。他默默地望著深沉的夜色，彷彿從來沒有眞正看過夜城中的黑暗一樣。

「當權者已死。」他突然說道。「我接下來該怎麼辦？」

「做你自己的主人。」我說。「你依然可以下達命令，打擊罪惡，做你擅長的事情。總要有人出面領導反抗勢力。有人比你還有經驗嗎？夜城需要你，渥克。如今是夜城最需要你的時候。」

渥克緩緩轉頭面對我。「你是莉莉絲之子。」他終於開口。「你是未來世界的王；你是傳說中的約翰·泰勒；是每次都能死裡逃生的狠角色。或許你才該出來接管一切。」

「不。」我說。「我不是那塊料。我連對自己都不願負責，哪有可能去顧慮其他人？況且我還有別的事情要辦。別問我什麼事，你不會想知道的。一直以來你都是權力的代表，渥克，你應該咬緊牙關，堅持下去。」

他淡淡一笑。「有時候你的語氣跟你父親眞像，約翰。」他說著站起身來，所有自信與氣勢再度回到臉上。「我想總要有人出來領導你們這群烏合之眾，所以，我要回陌生人酒館了。你接下來要去哪？」

「去尋找幫手。」我跟著也站了起來。「我們需要更強大的火力。」

「要是找不到呢？」

我對他笑了笑。「那就看著辦吧。我總有辦法興風作浪。」

他點頭。「那是你的專長。」

他拿出會員卡，啓動魔法門，回到陌生人酒館。一陣輕柔的聲響與短暫的火花過後，會員卡憑空消失，留下我一個人獨自站在倫迪尼姆俱樂部的大門前。我雙手深深地插入外套口袋，默默看著夜色之中的景象。所有建築物都已變成焦黑的廢墟，屍體隨處可見，尖叫聲不斷自遠方傳來，地平線上不時綻放詭異的光芒。這已經是夜城第三次陷入毀滅邊緣，而我完全想不出任何拯救它的辦法。一定還有某些強者欠我人情，或是可以憑藉三寸不爛之舌讓他們以爲欠我人情……只不過我完全想不出有誰可找。我一個人已經無能爲力了，想要阻止戰爭繼續失控下去，阻止恐怖的未來變成唯一的現實，就需要力量強大或是機智過人的強者幫忙。不幸的是，我的腦中如今只剩下一個名字，一個光想一想就會讓我嚇出屎來的名字。

荊棘大君。上帝爲了監視夜城而親自任命的夜城守護者。他本人鮮少出手干涉夜城中的俗務。他是一切爭端的終極裁判，是夜城最後的良知，是當所有手段用盡，而你也已經活得不耐煩的時候才會去找的人。我一直在等待他主動出擊，懲罰夜城中的所有惡行。不過既然他到現在還不出現，那只好由我出面吵醒他。我眞是太幸運了。荊棘大君住在地底之境，也就是夜城地底下綿延數里的洞穴、陵墓，以及地下通道的大集合，一個只有覺得夜城的黑暗還不夠看的人才會去的地方。數百年來，荊棘大君都沉睡在地底之境裡最深沉黑暗的水晶岩洞中，任何曾經無端打擾他的人都沒有好下場。

我只見過他一面，而那一面已經在我心中留下無可抹滅的印象。「我是令所有人心碎的石頭。」他道。「我是將耶穌釘在十字架上的鉚釘；我是人類成長所無可避免的苦難……」他的體內流竄著上帝的力量，一股超越生死的超然力量。他的言語足以予人救贖，他的眼神能夠奪人希望，他的決定就是沒人可以違背的聖律。雖然在上次會面的時候他的態度還算友善，但是我非常肯定他不認同我這種人的作爲；爲什麼他到現在還沒出面阻止莉莉絲？

我一點也不想爲了跟荊棘大君交談而進入地底之境。那地方既骯髒又危險，而且路程十分遙遠。再說，天知道他是不是已經離開地底去教訓莉莉絲了……我反覆考慮了好一陣子，心裡明白這一切不過是自己不想去的藉口。最後我懷著沉重的心情，嘆了一大口氣，冒險開啓了天賦。不管荊棘大君身處夜城何處，我的天賦都可以將他找出來。

我的心眼，第三隻眼，衝入夜空之中，向四面八方延伸數里之遙，直到整座夜城有如不斷旋轉的地圖一般攤在我面前。許多地方都在燃燒，完全失去控制，怪物漫步其間，暴民四處搜刮。我強迫視線聚焦在一條獨特的靈體之上，心眼向下一沉，景象迅速縮小，瞬間凝聚在黑暗中的一點光明上。我找到荊棘大君了。就和我想的一樣，他已經離開地底之境，來到夜城，然而出乎意料之外的是，夜城之中最強大的男人此刻居然會躲在夜城中唯一眞正的教堂——聖猶大教堂。

我關閉天賦，回到自己的身體內，然後花了點時間重建心靈屏障。在準備好面對莉莉絲之前，我一點也不想讓她發現我的蹤跡。我計劃著接下來的行動。聖猶大教堂距離諸神之街很遠，因爲它是一間貨眞價實的教堂，一個崇拜上帝的古老場所，幾乎和夜城一樣古老，比基督教這個名稱還要古老許多。（如果你不清楚的話，聖猶大乃是迷途聖人。）你可以在那裡向自己的神禱告，而且保證可以獲得回應。這就是爲什麼大部分的人在沒有絕對必要的情況下都不願意去聖猶大教堂的主因。

聖猶大教堂位於夜城的另外一邊，距離任何地點都十分遙遠，要去那裡必須經過好幾英里的危險地帶，步行是絕對到不了的。真希望我剛剛有請哈雷機車不要跑遠。我自口袋中取出會員卡，啓動其中的法術，以命令的口吻大聲呼喚艾力克斯·墨萊西。沒過多久，他的大臉出現在卡片上，不悅地對我怒目而視。

「泰勒！也該是你再度出現的時候了。快趁著世界末日之前來把酒帳結一結吧。你對渥克做了什麼？他幾分鐘前懷著滿腔怒火回到酒館。我從來沒有見過他如此憤怒。他現在就跟吸了毒的寇克艦長〔註〕一樣坐鎮酒館之中，對著所有看得見的人大聲下達命令。」

「可能是中年危機吧。」我說。「叫湯米·亞布黎安來聽電話，麻煩了，艾力克斯。我有事要問他。」

艾力克斯大聲哼了一聲，提醒我他不是任何人的僕人，接著他的影像消失，卡片上傳來超凡合唱團「火焰啓動者」的等待音樂。過了好一會兒，湯米的臉終於出現在卡片之中，滿臉懷疑，眉頭深鎖。

「你要幹嘛，泰勒？」

註：寇克艦長，電視影集「星艦迷航記（Star Trek）」的主角，以獨特的領導風格率領星艦企業號渡過重重危機、探索宇宙的未知領域。

「我要你。」我說。

我伸手進入會員卡，一把抓起他的上衣，當場就將他扯到我的身邊。卡片迅速擴張，讓他通過，不過還是有一瞬間擠得他渾身發痛。在湯米頭昏眼花地跌坐在俱樂部台階上後，卡片立刻縮回正常大小，停止法術作用，或許是在抗議如此粗暴的使用方式。我收起卡片，扶著湯米站起身來。

「狗娘養的！」他道。

「沒錯。」我說。「十分貼切的形容。」

他瞪著我道：「我不知道你能用那張卡片做這種事。」

「大部分的人都不能。」我說。「不過我比較特別。」

湯米哼地一聲，說道：「說『特別』只是好聽而已。」他在自己身上拍來拍去，盡力維持形象，然後看了門房的無頭屍體一眼，向旁邊挪開一點，以免不小心踩到血漬。「看來你忙了好一陣子啦。」

「這次不是我幹的。」我將事情發生的經過說給他聽，至少把我認爲他可以接受的部分都說了出來，然後向他解釋爲什麼我需要盡快前往聖猶大教堂。他非常不喜歡我的計畫，不過必要的時候我也十分懂得說服他人，而當說服力不足的時候，我就會運用威脅的手段。我提到手中握有一捲他跟某名異國舞孃的錄影帶，而該舞孃剛好還是一名狠角色的老婆。此言一出，他心裡突然浮現一股強烈想要幫助我的意願。（其實我根本沒有那捲錄影帶，只是聽說過它的傳言罷了。我不過是虛言恐嚇，是他自己心虛……）

湯米・亞布黎安的天賦在空氣之中凝聚成形，周遭的一切當場變得虛無飄渺。湯米是個存在主義論者，他的天賦讓他可以懷疑一切事物的存在，並以一種非常實際的方式表達出他的懷疑。只要他執意令某事件發生，就可以大幅提高該事件發生的可能性，接著他便能夠依照自己的意念選擇現實。藉由強大的意志力，湯米有能力讓整個世界相信我們不在現在的位置之上，而是身處一個完全不同的地方。

於是，我們轉眼之間離開了倫狄尼姆俱樂部，重新在聖猶大教堂的大門之外凝聚形體。我看見一隻嘟嘟巨鳥悲鳴而過，一群已然絕種的侯鴿呼嘯飛逝，還有一隻雙頭鴕鳥滿臉困惑地打量著自己，不過他們都是湯米以天賦玩弄可能性所產生的幻象。我在他關閉天賦的同時飛快打量了一下四周的狀況。這附近除了聖猶大教堂之外，所有建築都已夷爲平地，地面上瀰漫著厚重的霧氣，隨著無常的風向四下飄移。古老的石造教堂孤獨地聳立在一片廢棄荒原中，四周一片漆黑，除了藍白色的月光之外，再也沒有任何光源。火苗及慘叫聲隱約傳來，不過都離這裡很遠很遠。「大戰」已然席捲而過，除了這座教堂之外，沒有任何東西得以倖免。

「我很想發表一些存在主義的感言。」湯米開口。「但是這地方實在太悽涼了。我很想說點像是……全新的夜城將在灰燼之中榮耀重生之類的言語……但是我心裡根本不相信這種屁話。」

「就算夜城當眞重生，相信跟你我印象之中也有極大的差距，不會是我們想要居住的地方。」我說。「萬一讓莉莉絲得逞的話。」

「天呀，光是站在你身邊就讓我心情沮喪，泰勒。就連我弟的想法都比你正面，而他已經是個死人了。我們是來這裡找誰的？」

「荊棘大君。」

「很好。」湯米道。「我要走了，再見。有消息書信聯絡，我可不要待在這裡……」

「湯米……」

「不要！我絕不可能幫你！不管你說什麼、做什麼都不能逼我跟那傢伙有任何瓜葛！我寧願吃掉自己的腦袋！荊棘大君是世界上唯一比莉莉絲還要可怕的人物！莉莉絲不過是想要殺我而已，荊棘大君還想審判我！」

「那你就走吧。」我說。「不過這裡離所有安全的地點都很遠。想要離開，你就必須獨自一人穿越黑暗。如果你想運用天賦傳送回去……我就叫荊棘大君把你抓回來。」

「你認識荊棘大君？」

「我認識所有人。」我故作輕鬆地道。

湯米在地上踢起一片塵土。「流氓。」他低下頭去，喃喃自語。

「我還要靠你回去，湯米。」我冷冷地說。「如果不願意的話，你不必和我一起進入教堂。待在門口注意狀況就好了。」

「我有不祥的預感。」湯米說。

我輕輕碰觸門板，教堂唯一的大門應聲而開。我把湯米留在外面，自己走了進去。教堂的牆壁老舊樸實，除了幾道當作窗戶用的裂縫之外，沒有任何裝飾。靠牆而立的燭台上插著幾根永世不滅的矮胖蠟燭，為黑暗的空間添上冷冷的審判色彩。教堂裡有兩排木製長凳，不過卻沒有任何坐墊。聖壇只是一塊大石頭，其上鋪著一襲潔白無瑕的錦繡。聖壇後方的牆壁上掛有一根銀十字架。除了以上這些簡單的裝飾之外，整間教堂裡再也沒有其他東西了。會來聖猶大教堂的人都不是為了觀光的。

這是一個祈禱終將獲得回應的地方。至於你喜不喜歡神明的回應，那就是你自己的問題了。

一個衣衫破爛的身影垂頭喪氣地坐在地上，絕望的雙手緊緊抱著聖壇，此人正是荊棘大君。他看起來像是剛哭過，同時也像是剛被人在地上拖行穿越地獄的樣子。他一點也不像我印象中那個舊約聖經裡的先知，反而像是一個逃離戰場的難民、乞討度日的流浪漢。偉大的夜城守護者如今退化成滿身鮮血的普通人，他修長的灰髮及鬍鬚佈滿焦黑的痕跡。我往他走去，他並沒有抬頭看我，但是我的腳步聲卻令他顫抖，有如一條受人欺凌的喪家犬一般。我蹲在他的身前，伸手抓起他的下巴，強迫他面對我。他渾身都在發抖。

「你在這裡幹什麼？」我問。我本來並不打算以如此嚴厲的語氣詢問，但是在聖猶大教堂裡，一切就是如此直接。

「一切都消失了。」他的聲音遙遠而又空洞。「所以我躲起來，躲在這個夜城中唯一不受莉莉絲力量影響的地方。我是這麼相信的。我必須這樣相信。這是我僅存的信念了。」

我放開他的下巴，努力緩和自己的語調。「出了什麼事？」

他直視我的目光，在我心中投射出一道影像。我看見莉莉絲進入地底境界，帶著怪物大軍輕易突破遠古的防禦，命令手下毀滅一切屬於地底的人事物。她要讓地表下的世界遭受和地面上的夜城同樣程度的毀滅，只因為她有能力這麼做。她殺光腐食者一族、隱士一族，以及定居在地底城市與墓穴之中的地底之民。警告聲不斷在地下通道中迴響，有些人出面對抗她，有些人則想辦法躲到更深處的地底，不過這些人最後全都死在她的手下。莉莉絲及其子嗣不斷前進，摧毀了吸血鬼的巢穴、食屍鬼的家鄉，以及古老之民的住所，就連居住在最深處的地蟲也難逃此劫。

荊棘大君帶著滿腔怒火及強大的力量離開了他的水晶洞，意圖以己身的信仰與權力對付莉莉絲。他乃是上帝的代言人，而她不過是來自過去的一個名字罷了。他手握有一根力量之杖。傳說此杖本是原始的生命之樹上的一根樹枝，乃是很久之前由亞利馬太的聖約瑟帶來英格蘭的。荊棘大君站在莉莉絲面前阻擋她，然而莉莉絲只是輕描淡寫地甩出一巴掌，荊棘大君當場飛到一旁。她撿起他的權杖，一把抓成碎片，然後繼續前進，不再理會躺在泥濘中的荊棘大君，就連莉莉絲的子嗣也不屑碰觸他的身體。他無力阻止任何事，只能任由瘋狂的殺戮繼續下去。他強迫自己目睹一切，當作是對自己所做的懲罰。一切殺戮行為結束之後，荊棘大君離開地底之境，來到聖猶大教堂。他躲了起來。

「你必須了解。」心中的景象淡出之後，他開口對我說道。「當莉莉絲出現的時候，我滿心以為自己終於找到存在的目的，終於了解自己為什麼要留在夜城。我以為阻止莉莉絲就是我的天命。但是我錯了，在她面前，我的力量微不足道。我一輩子都在審判他人，如今終於遭到審判……並且發現自己的一生毫無價值。」

「但是……你是夜城中最偉大的強者之一呀！」

「跟她比起來，我什麼也不是。我忘記了……自己不過是個人類，擁有上帝祝福的凡人。在她的存在之前，我的信仰根本算不了什麼。」

「好吧。」我說。「我們需要救兵。能不能借用聖猶大教堂來召喚天堂的援助？直接尋求神力干涉？」

「你以爲我來這裡幹什麼？」荊棘大君道。「夜城最原始的概念就是要設計出一個天堂或地獄都無法直接干涉的樂土。神聖法庭很久以前就已經批准了這項大實驗的運作，因爲他們要知道夜城這種地方繼續發展下去會有什麼樣的後果。我存在的目的就是要觀察這項實驗，維持它的運作。如今夜城的創造者已然回歸，我的時代和存在的目的都已經走到盡頭，不會有外來力量前來幫忙了。想要存活下去，夜城就必須自救。」

「我們組織了一股反抗勢力。」我道。「跟我來，你能夠幫得上忙。」

荊棘大君坐在原地，搖頭說道：「不，我失去了方向，不再認得自己。我必須留在這裡，尋求上天的引導。」

我還想跟他爭論，但是他根本聽不進去，他的心早就隨著他的權杖一起碎在莉莉絲的手上了。於是我離開這個曾經是夜城最可怕的男人，任由他待在自認唯一安全的地方，孤獨無依地對著看不見的力量喃喃自語。

□

我走出教堂，結果發現大門外已經被一群神色嚴肅、全副武裝的人團團圍住。他們一看到我，臉上立刻燃起一股敵意。為首的是珊卓．錢絲，全身上下除了一層深紅色的乳膠之外，沒有穿著其他衣物，不過屁股上那副老式槍套倒是之前沒有見過的配件。她對著我笑，笑容顯然不懷好意。我看了湯米一眼，發現他整個人直挺挺地靠著教堂的石牆而立。

「抱歉，老兄。」他神情苦惱地說道。「他們憑空出現，我連一點腳步聲都沒聽見。」

「你起碼有問過他們的意圖吧？」我問。

「喔，我十分肯定他們想要跟你談談，約翰。事實上，他們堅持要給你一個驚喜。」

「沒關係，湯米。」我說，想盡辦法壓抑逐漸急促的呼吸。「我知道他們的身分，他們都是賞金獵人。你們怎麼找到我的，珊卓？」

「我可以從死人口中問出答案，記得嗎？」她臉上依然保持那股難看的笑容。「而此刻夜城裡面到處都是死人。死人知道許多活人不知道的祕密，他們的視野……比較宏觀。我可以從他們口中套出任何祕密。」

「我知道。」我說。「我也知道妳是用什麼方法套話的。熱愛死人是一回事，但是熱愛得過火就不太好了，妳這個追逐棺材的女人。」

「我沒想錯吧？」湯米問。「你是說她眞的跟死人……」

「喔，沒錯。」我說。

「太噁心了。眞不敢相信我居然還跟她一起野餐。」

「閉嘴，湯米。」珊卓目不轉睛地看著我道。

「或許你們沒注意到，但是如今正有一場大戰在夜城中開打。」我道。「現在實在不是處理私人恩怨的時機……」

「夜城中隨時都有戰爭。」珊卓道。「你應該很清楚，因爲有不少戰爭都是因你而起的。我跟我的夥伴並不在乎這種事情；我們只想取你的首級去領賞金。那是一筆巨額獎賞，夜城史上最高金額的賞金之一。你殺了十三名講理之人，如今他們的家族聯合起來對你下達誅殺令，約翰，他們可不在乎要花多少錢。這筆賞金足夠讓我們所有人遠離夜城，躲到莉莉絲無法接觸的空間之中，建立全新的家園，過著有如皇族一般的奢華生活。我有機會先報仇、再逃跑，然後實現所有的夢想，只要把你的腦袋從身體上切下來就好了。這個計畫不是很完美嗎？」

「妳不是說妳有恩必報嗎？」我緩緩說道。「我在大殯儀館的墓園裡救過妳的性命，記得嗎？」

「你不在的這段期間裡，我一直聽從渥克的命令防守夜城。在我看來，欠你的債早已還清了。我要你的命，約翰。你一日不死，我心裡就永無寧日。你殺死了痛苦聖者，我最心愛的慟哭者。我一定要讓你付出代價。我召集的這群賞金獵人都是業界頂尖的高手，以確保你這次沒有機會死裡逃生。盡量在專家面前施展你的把戲吧，泰勒，讓我們見識見識你的能耐。」

她並非虛言恐嚇。我看著圍在身前的十幾名賞金獵人，發現所有退路都已被截斷。這些人大都不是無名之輩，其中有三人名聲響亮，幾乎是跟蘇西·休特同一等級的頂尖高手。起碼蘇西沒跟他們同夥，不然情況就眞的很糟了。身穿老舊救世軍服的獵人名叫多明尼克·福立普賽，乃是一名短程傳送師。此人擁有可怕的速度與高超的匿蹤能力，能從意想不到的方向攻擊對手。「細語長春藤」是個來自威爾斯的獨行靈，全身都是由花朵和藤蔓組成，天生的形體不定，最常以一個女性的姿態現世，行動時會發出一種類似貓頭鷹的細語聲。冷血·海拉德，身穿黑白對比的服飾，計算能力比電腦還要強大。他總是採取成功率最高的行動，他的邏輯能力無人能及，從來不會被情緒與人性所矇蔽。此刻他兩手各持一把機關槍，從姿勢判斷，顯然也是用槍高手。這三個人隨便一個都已不好對付，何況現在是三個一起上……加上珊卓．錢絲……我考慮轉身跑回教堂，尋求聖堂庇祐，但是我不認爲自己有機會踏出兩步以上。

「如果你躲進教堂……」珊卓道。「我們就殺了你的朋友。」

湯米看著她，神情十分受傷。「我們不久前才合作過耶。妳都沒有半點良心嗎？妳的話深深傷了我的心呀，女士。」

「再不閉嘴，我就會讓你嘗嘗生不如死的滋味。」珊卓道。「看你了，泰勒。投降的話，我保證賞你一個痛快，讓你保有尊嚴死去。硬要我們動手的話，大家一定會輪流對你的身體表達強烈的不滿。」

「想要我的身體就來吧。」我說。「看看你們有多大的能耐。」

「我就等你這句話。」珊卓．錢絲道。「聽好了，各位，他的身體任由你們凌虐，但是千萬不要傷及腦袋。僱主只有在面目清晰可辨的情況下才願意付錢。我想他們是想在他的臉上輪流撒尿。除了他的臉之外，其他隨便你們搞。」

湯米．亞布黎安挺身而出。他本人遠比其他人印象中還要勇敢許多。他啓動了天賦，在自己的言語之中注入強大說服力。

「來吧。」他親切地說道，伸出雙臂彷彿要擁抱在場所有人。「讓我們講講道理……」

「不要。」冷血．海拉德語調冰冷，瞬間朝湯米的腹部開了六槍。湯米在子彈的衝擊下向後摔去，重重撞上教堂的外牆，接著緩緩向下滑落，最後坐倒在地，襯衫的下半截完全被自己的鮮血染成紅色。

「喔，天呀。」他輕聲說道。「喔，天呀。」他使勁咬著嘴唇，試圖集中精神喚起天賦，找出子彈沒有射中自己的可能性，進而將之化為現實。只可惜他的臉色發白，冷汗直流，呼吸急促，出氣多入氣少。我可以感到他的天賦若隱若現，但是由於痛楚與壓力的干擾，他始終無法專心。

不能指望他幫忙，我得靠自己了。

我自衣袖中甩出一顆燃燒彈，對準賞金獵人中間丟去。在一陣爆炸過後，兩名賞金獵人已經血流如注，摔倒在地。剩下的獵人四下散開。多明尼克．福立普賽冷笑一聲，兩手上突然各自現出一把長刀，接著整個人消失不見。幾乎就在他消失的同時，我已經感覺到他在我身後現身。我立刻轉過身，舉起一手擋在身前。他一刀劃下，在我手上留下一條自手腕開到手肘的長長傷口，然後再度消失。我的外套袖子轉眼之間被鮮血浸濕。

冷血．海拉德向前一跨，舉起兩把手槍瞄準我的身體。這時多明尼克．福立普賽早已自我身前消失。我立刻開啓天賦，找出他重新現身的地點，然後往冷血．海拉德衝去。他遲疑了一下，以爲我要耍什麼詭計或是魔法之類的。就在此時，多明尼克．福立普賽在我身後現身，無聲無息地挺刀向前疾刺。我在最後關頭向旁一讓，多明尼克的刀當場插入冷血．海拉德的胸口。海拉德手指一緊，扣下機槍扳機，多明尼克．福立普賽身上立刻多了十幾顆彈孔。兩個人都在倒地之前就已經死亡。

細語長春藤揮出由花瓣和荊棘組成的手臂，在空中劃出一陣植物摩擦的聲響，伴隨如夢似幻的貓頭鷹的叫聲。長滿尖刺的新芽不斷滋長，頓時脹大自己的軀體，不過卻在突然之間停止動作。她聽到一下火焰爆燃的聲響，聞到一股煙霧瀰漫的氣息。她轉動長滿花朵的大頭，以不可思議的角度看向後方，發現湯米趁她不注意的時候拿打火機在她身後點起一把火。眼看火焰迅速蔓延，瞬間淹沒自己的身體，細語長春藤大叫一聲，拔腿就跑，衝入白茫茫的荒原之中，登時成爲黑暗中的一點星火。

我看著剩下的賞金獵人。他們全都呆在原地，不敢相信我竟然在這麼短的時間裡就已經解決三名高手。他們看向珊卓．錢絲，等待著她發號司令。錢絲也不是省油的燈，立刻拋開所有驚訝與害怕的情緒，反手自老式槍套中拔出一把手槍。那是一把奇醜無比的槍，設計上以實用爲主要考量，絲毫沒有任何美學觀念。槍身以藍黑色的金屬所製，槍管特長，外形完全凸顯出本身的用途——一把殺人工具。

「這是一把魔法槍。」珊卓·錢絲冷冷地說。「一把百發百中的手槍。它最早的主人可是大名鼎鼎的西部槍手，槍手狄克。在許多西部小說跟至少一首歌曲裡都曾提到過他的名字。爲了取得這把槍，我挖開他的墳墓，撬開他的棺材，並且折斷了他的手指才能令他放手。我只有在特殊情況下才會使用這把槍。你應該感到榮幸，約翰。」

「最近碰到的人都這麼跟我說。」我道。

話沒說完，她已經對著我的胸口連開三槍。我感覺好像被馬踢了幾腳一樣，撞擊的力道幾乎榨乾了肺中所有的空氣。我向後跌倒，感受到劇烈的疼痛分別自三個不同的彈孔傳來。我腦中浮現一陣巨響，胸口再也吸不進任何空氣。我痛得彎腰向前，抱住胸口，彷彿在向敵人低頭乞憐一般。接著突然之間，我的呼吸恢復正常了。我吸進了一大口無比甜美的空氣，頭腦也在頃刻間完全清醒，疼痛的感覺統統消失。我慢慢站直身子，不太敢相信自己的感覺，於是拉開外套，看著穿在裡面的襯衫。襯衫上多了三顆彈孔，但是卻只有少許血跡。我伸出手指在彈孔中摸了一摸，只摸到一點點脫皮的痕跡。我感覺好極了。我看向珊卓·錢絲，發現她嘴巴大開，呆呆地站在原地看我。

「說眞的。」我道。「我跟妳一樣震驚，不過我想我知道是怎麼回事。我曾經爲了治療蘇西．休特的一道致命傷而在她體內注入狼人之血；後來她又爲了同樣的理由將自己的血注入我的體內。如此看來，我已經具有狼人的自我醫療能力，不過由於血太稀了，所以沒有在我身上產生其他效果，但是……」

「不公平。」珊卓道。「你這渾蛋，泰勒！你總是有辦法死裡逃生。」

我心想銀子彈說不定殺得死我，不過並沒有把這話告訴珊卓。我轉向其他賞金獵人，發現所有人都還跟雕像一樣呆在原地。我對著他們露出一個超級凶狠的笑容，五秒過後，眼前就只看得見他們的背影；正所謂識時務者爲俊傑。我轉頭面對珊卓．錢絲，她立刻又朝我的腦袋開了一槍。我的頭猛力向後甩去，彷彿世界上所有的鈴鐺同時在我頭骨之中響起一樣。接著我感覺到一輩子所經歷過最奇妙的感覺。子彈自腦漿中退出，彈孔隨即開始癒合，將子彈完全擠出體內，掉落地面。一聲細微的喀啦聲響過後，頭骨上已經沒有絲毫彈孔的痕跡，一切就這麼結束了。

我對著珊卓微笑。「噢！」我故作疼痛地道。

她氣得直跺腳。「你從來不照規矩來的嗎？」

「可以不照規矩來的時候又何必管他什麼規矩！」我道。

我們站在原地，彼此對看了很長一段時間。珊卓壓低槍口，不過依然不肯放下槍。我知道她一定是在考慮射擊柔軟的目標，比方說我的眼睛或是鼠蹊部。

「沒必要搞成這樣。」我說。「何必非要你死我活？我不想殺妳，珊卓，夜城裡死的人已經夠多了。」

「我一定要殺你，約翰。」珊卓的聲音十分疲憊。「你殺了我這輩子唯一愛過的東西。」

「慟哭者也不算是眞的死了。」我說。「我只是把他恢復成最初的兩名人類形體罷了。」

「他們不是慟哭者。」珊卓道。「他們不是我心愛的東西，所以我殺了他們。如今我也要來殺你。」

「我眞不知道妳看上他哪一點？」我緩緩說道。「就算妳眞的如此迷戀死亡，熱愛……屍體，妳也應該清楚慟哭者根本不愛妳。愛並不存在於他的天性之中。」

「我知道！我當然知道！只要我愛他……就夠了，他是我這種人唯一能夠愛上的生命。他讓我快樂，我從來不曾快樂過。你剝奪了我快樂的權力，所以我一定要你的命。」

「我不會殺妳的，珊卓。」我說。「妳也殺不了我。算了吧，眼前還有一場戰爭要打。」

「我不在乎。」她說。「讓夜城毀滅。讓人類死絕。反正我本來就活在死者的世界裡。我會再來找你，我會有辦法殺你的，約翰。沒有不可能的事。不管你去哪裡，我都會在陰暗處等著你、獵殺你。有一天，我會自一扇門或是一條巷口突然現身，在你意想不到的情況下取走你的性命。我會親眼看著你在自己的鮮血中溺斃，在我的嘲笑聲中痛苦死去。」

「不，妳不會。」蘇西．休特說。

我們吃了一驚，同時回頭，接著就聽到有如雷鳴的一陣槍響。珊卓的胸口在極近的距離下中了兩槍，上半身登時爛成碎片，落地前便已經死去。蘇西冷冷地點了點頭，壓低手中的霰彈槍，自彈帶上取出子彈重新裝填，然後往我看來。

「祝福彈加詛咒彈。如果一顆打不死她，另外一顆鐵定可以。哈囉，約翰。」

「謝了，蘇西。」我說。我想不出其他話可以跟她說的，因為她一定無法了解。「妳怎麼找到我的？」

蘇西指著珊卓的屍體，說道：「她蠢到以為那筆賞金足以打動我的心，跑來問我要不要一起去殺你。雖然說那筆錢真的很誘人，但是我希望自己已經不再是過去的我，至少我不會為了錢來殺你。後來我想你可能會需要支援，所以就跑來了。」

「狀況都在控制之中。」我說。「妳沒有必要殺她。」

「有必要。」蘇西道。「你也聽到她的話了。她永遠都不會放棄的。這就是爲什麼你需要我在身邊，因爲有些事情你始終下不了手。」

「我不是因爲這個理由才跟妳在一起的。」我說。

「我知道。」蘇西．休特道。「我的愛。」

她對我伸出戴著皮手套的手掌，和我的手輕輕握了一會兒。

「不好意思打擾兩位溫存。」湯米．亞布黎安道。「不過我剛好快要死了。能不能請兩位高抬貴手，幫一幫忙？」

他側躺在地，兩手摀著肚子，似乎一放手裡面的東西就會跑出來一樣。蘇西在他身旁蹲下，推開他的手，以專業的眼光檢視他的傷勢。

「擊中腸子，傷得很重。就算子彈殺不了他，也會死在感染之下。我們必須帶他離開，約翰。」

「我不能夠施展天賦。」湯米道。他的聲音還很清楚，但是目光已經開始渙散。「痛得太厲害，無法集中精神。但是我絕對拒絕死在這種鬼地方。」

「別擔心。」我說。「我們可以用我的會員卡回到陌生人酒館。艾力克斯會治好你的，這筆帳可以掛在我頭上。」

「喔，太好了。」湯米道。「剛剛我還眞的有點擔心呢。」

我拿出會員卡，啓動法術，然後看見莉莉絲的大臉出現在卡片上，嚇得差點把卡片摔到地上。

「哈囉，約翰。」她說。「我的好孩子，我最親愛的骨肉，我沒有忘記你。我很快就會來找你。到時候你會變成我的，身心都會屬於我，直到永遠……永遠……」

我撤掉卡片上的法術，她的臉孔隨即消失。我大口喘氣，彷彿遭到重擊。蘇西和湯米疑惑地看著我，顯然沒有聽見任何聲音。

「壞消息。」我道。「我們得要繞遠路了。」

chapter 11 真相與後果

arper than a Serpent's Tooth Sharper than a Serpent's Tooth Sharper than a Serpent's Tooth Sharper than a Serpent's Tooth Sharper tha

我脫下外套，仔細檢視自己手臂上的傷勢。多明尼克．福立普賽這一刀從手腕砍到手肘，鮮血直到現在依然不斷湧出。之前沒看到傷口還不覺得怎麼樣，如今一看登時感到奇痛無比。這道傷口沒有顯露半點自我醫療的跡象。蘇西以十分熟練的手法包紮我的傷口，動作中透露出無微不至的關懷，不過手上始終戴著手套。我很想大聲呻吟，至少小聲咒罵幾句，但是由於傷勢比我重很多的湯米．亞布黎安都沒有發出任何聲音，我實在不能如此示弱。蘇西將我手臂前後兩端的繃帶綁緊，接著我小心翼翼地伸展了一下。

「待會要把傷口縫起來才行。」蘇西道。

「沒錯，說點讓我開心的話。」我看著多明尼克的屍體。「眞沒想到像他這麼狡猾的殺手居然會用銀匕首。眞高興妳剛好帶了繃帶來，蘇西。」

「什麼剛好？我總是隨身攜帶全套急救工具。身爲賞金獵人，這些都是必備品。只可惜大部分的僱主都不讓我把醫療耗材報帳核銷，眞是一群渾蛋。」

我穿回外套，任由被劃破的衣袖垂在手臂旁邊。「我認爲……」我想了一會兒說道。「他們不讓妳報帳是因爲沒有辦法認定使用那些耗材的是妳還是被妳打傷的目標。」

「別傻了，約翰。你知道我只帶死人歸案的。這樣可以避免不少文書作業。」

我們轉頭看向依然坐倒在聖猶大教堂外牆旁的湯米．亞布黎安。蘇西已經將他的內臟推至定位，並且在他的腹部上纏了將近半里長的繃帶，然而此刻那些繃帶已經再度染滿鮮血。湯米額頭冒汗，臉色發白，雙眼大張，嘴角顫抖。在這種情況下，他絕對沒有辦法憑藉意志力喚醒天賦自我治療的。

「我們必須把他帶回陌生人酒館。」蘇西小聲道。「越快越好。」

「我不能使用我的會員卡，也不能用他的。」我以相同的音量說道。「莉莉絲有辦法入侵會員卡。她已經快要找到我了，蘇西。我絕不能被她找到。」

蘇西看著滿目瘡痍的荒原，只見地平線的另外一邊傳來陣陣詭異的光芒。「我們離酒館很遠，約翰。我們離任何有人煙的地方都很遠。如果要徒步穿越戰區的話，湯米絕對撐不過去。說真的，就連我們兩個都沒有把握能夠走到。外面的情況很糟……不如我們進去聖猶大教堂祈禱奇蹟怎麼樣？」

「不如妳進去？」我說。「湯米和我先待在外面靜觀其變。聖猶大可是以不寬恕罪人聞名的呀。」

「兩位可以小聲點嗎？」湯米聲音沙啞地道。「我快死了，頭痛欲裂。」

「他開始出現幻覺了。」蘇西道。

「真的是幻覺就好了。」湯米道。

蘇西湊到我的身旁，嘴唇緊貼我的耳邊說道：「或許在這裡殺了他還比較仁慈，約翰。強拉著他穿越戰區只是讓他死得更痛苦罷了。他的尖叫聲將會吸引不必要的注意。我下得了手，我的手法乾淨俐落，不會讓他感到任何痛苦。」

「不。」我道。「我不能讓他失望。我不能看著他死。他救了我的命。他在身中六槍的情況下爬行二十呎的距離在獨行靈的身上放火。那是我這輩子見過最英勇的行為。在前往過去的旅程裡，我沒能成為他期待中的英雄。但是如今他卻變成了我的救命恩人。」

我想起賴瑞．亞布黎安在未來的最後據點裡對我說的話。「他信任你，即使在他完全沒有信任你的理由。然而當他們擊倒他的時候，你卻站在一旁眼睜睜地看他死去，什麼忙也沒幫。」

我看向蘇西。「妳是怎麼來的？」

「剃刀艾迪用剃刀憑空劃開一道連結兩地的裂縫。我走入裂縫就過來了。」蘇西目光一冷，語氣堅定地說道：「想要救他就只剩下一個方法。運用你的天賦，約翰。找出一條通往酒館的路。」

「用天賦就跟用會員卡沒什麼不同。」我不情願地說道。「兩者都會引起莉莉絲的注意。老是依賴運氣的話，運氣遲早會用光的，然而……現在這個情況，湯米的存活機會比我要低多了，所以……」

我喚起天賦，集中注意試圖在這一片混亂之中找出一條道路。不是爲了我，而是爲了我的朋友；因爲在我需要幫助的時候，他們都曾爲我兩肋插刀。我使盡全力，咬緊牙關，斗大的汗滴不斷自臉上滑落。我感受到某個機會、某種可能近在眼前，一件我們全都忽略掉的事情。我壓榨天賦到頭痛欲裂的程度，迫使我的心眼找出要找的東西。最後，我的眼前出現了一扇門，或者說一道包含門戶精神的存在。那是剃刀艾迪以他神祉般的意志以及恐怖的剃刀所打開的空間裂縫。那扇門在艾迪不去管它之後就自動關閉了，但是殘留下來的縫隙依然存在，只是正常人看不見罷了。我張嘴大笑，發出有如狗吠一般的笑聲。我終於找到生路了。我感到蘇西來到我的身邊，以她自身的存在安撫我的心靈，但是我看不見她，也聽不到她的聲音。

我將全身所有的意志力加諸在這道看不見的門上，肌肉緊繃，胃痛如絞，一點一滴地重新凝聚起這道已然消失的傳送門。我皮膚不斷冒汗，全身無處不痛，腦袋似乎隨時都會飛離身軀一般。鮮血自鼻孔跟耳朵中滲出，甚至還從眼眶旁流下。我將天賦推入一個前所未有的境界，對身體造成了十分嚴重的傷害。我的呼吸急促而又濁重，心臟彷彿隨時會跳出胸口，視野急速縮小，最後眼前只剩下那扇傳送門。如今那扇門完全現形，就和我本身的存在一樣眞實，只因爲我要它如此。我的手掌失去知覺，就連受傷的手臂也感受不到任何痛楚。一陣可怕的寒意襲體而來。我膝蓋一屈，跪倒在地，但是卻一點疼痛的感覺也沒有。我隱約知道蘇西在我身旁蹲下，呼喊我的名字，但是就連她的聲音也逐漸離我而去。

我在傳送門突然開啓的同時大叫一聲，發出一種刺耳難聽的勝利吶喊。傳送門飄浮在我們面前，有如空氣之中的一扇窗戶。我關閉天賦，傳送門卻沒有因而消失。它已經徹底屈服在我的意志之下。視力、聽覺以及所有感官在轉眼間回到我的體內。我看見蘇西跪在身旁，兩手扶著我的肩膀大聲呼喊。我緩緩轉過頭去對她微笑，張開不斷滲出鮮血的嘴角，含糊不清地說了幾個字。她看出我已回神，於是停止吶喊，從皮夾克內袋中取出一條乾淨異常的手帕擦拭我臉上的鮮血跟淚痕。等我休息完畢後，她扶持著我再度站起。

透過傳送門，我可以看見陌生人酒館中的景象。渥克跟艾力克斯．墨萊西正自另一端看著我們，臉上的表情驚訝到有如漫畫人物一般。我笑嘻嘻地對他們揮了揮手，他們立刻恢復正常表情。蘇西扶著我就要踏入傳送門。

「不。」我強迫自己開口說道。「先帶湯米過去，我會痊癒，他不會。」

她點了點頭，放開我的手。我晃了一晃，不過沒有再度倒下。蘇西好像扛小孩一樣扛起湯米走向傳送門。湯米因爲突如其來的疼痛而哀嚎一聲，不過也僅止於此了。對一個外表軟弱的存在主義論者而言，他算是非常堅強的硬漢。蘇西帶著他穿越傳送門進入酒館，然後又回來扶我。我憑著自己的力量走入酒館，但是這其實是很危險的舉動。這回我把自己逼得太緊了，晚點一定會付出代價的。儘管體內擁有狼人的血液，但是天知道這些血在貝兒跟蘇西體內轉手之後還剩下多少效果？

蘇西緊緊跟在我身邊，隨時準備在我不支倒地的時候扶我一把。

這不就是愛情的最佳表現嗎？

□

傳送門在身後緊緊閉上，我們終於回到了陌生人酒館。這時艾力克斯已經將湯米·亞布黎安安置在一張桌上躺好，露西跟貝蒂·柯爾特倫則急急忙忙地跑去拿取醫療法術。湯米的呼吸聽起來很糟。我本想往他走去，但是卻突然感到一陣冰冷跟火熱的感覺襲體而來，彷彿整間酒館都在搖晃一般。蘇西爲我拉來一張椅子，我立刻滿懷感激地癱坐其上。我吃力地檢視自己的傷勢，發現身上似乎已經沒有地方在流血，所有感覺慢慢恢復，全身開始疼痛不已。蘇西大聲地彈著手指，跟別人要來一塊破布跟一些清水，然後開始清理我臉上的血跡。

冷水灑在皮膚上的感覺真好，我的思緒終於漸漸恢復清明。

剃刀艾迪站在我的身前，神情十分嚴肅，外表依舊骯髒，他幾近病態的雙眼之中散發出深邃的目光。他手中拿著一瓶沛綠雅礦泉水，身邊圍繞著無數蒼蠅。在如此接近的距離之下，他的體味簡直臭到無法忍受。

「你重新開啓了我劃開的傳送門。」他終於鬼氣森森地開口道。「我不知道你有這種本事，我從來沒想過任何人有這種本事。」

「是呀，這個嘛……」我故作輕鬆地說。「有媽媽在身邊的時候總是能激發人類的潛能。」

渥克幫我拿來一杯苦艾白蘭地。雖然我比較想喝冰涼暢快的可樂，不過還是接下了酒杯。我點頭表達謝意，他也對我點了點頭。這大概就是我們之間情感交流的極限了。不管我們喜不喜歡，我倆之間的關係都比之前還要親密許多。蘇西停止擦血的動作，看了看手中鮮紅的抹布，點點頭將抹布丟到一邊。她面對我坐在桌沿，然後開始清理霰彈槍的槍管。

不遠處的一張桌上，湯米．亞布黎安在艾力克斯的法術作用之下突然痛醒。貝蒂和露西．柯爾特倫使盡吃奶的力氣壓住他的身體，湯米則不斷地叫罵著一些存在主義論者不應該會說的髒話。艾力克斯的法術通常都是極其猛烈，不過立即見效的。只見他一面念誦古老的薩克遜咒語，一面在湯米曝露在外的內臟上灑下黏稠的藍色液體。死亡男孩站在他身後，興致盎然地看他施法。

「喜歡的話，我可以借你幾捲膠帶。」他說。「我一直認為膠帶的效果很棒。」

「離我的病人遠一點，你這個怪胎。」艾力克斯頭也不抬地道。「不然我就拿這些強力膠封住你的嘴。」

「強力膠？」湯米倒抽一口涼氣。「你在用強力膠黏傷口？我要別的醫生！」

「好吧，你也是個吵鬧的傢伙。」艾力克斯道。「現在閉上鳥嘴，讓我專心做事。越戰的時候也沒看到任何大兵抱怨強力膠，反正你也不需要所有的腸子……好了，搞定了。等個幾分鐘讓強力膠乾掉，自然就會和法術融為一體，到時候你就可以起來了。子彈都在我這，你想要留作紀念嗎？」

湯米告訴艾力克斯該把那些子彈塞到哪裡去，在場所有人都忍不住笑了出來。我看了看四周，觀察著還待在酒館裡的人。他們就是對抗莉莉絲的最後盟友了。說真的，人數有點少。我看向渥克，他對我聳了聳肩。他已經恢復了往日的風采，但是臉上依然充滿疲態。

「我其他的手下都在外面執行任務，剩下的不是失蹤就是已經死亡。你看到的……就是僅存的所有戰力了。」

剩下的人有拿著一塊骯髒抹布擦拭手中血跡的艾力克斯．墨萊西。那是一塊黑色的抹布，專門用來哀悼自己身爲艾力克斯．墨萊西所必須錯過的美好生活。他對我怒罵了幾聲，抱怨著我把他的酒館搞成這副德性，但是看得出來他根本罵得心不在焉。湯米．亞布黎安這時已經在桌上坐起，淒涼地看著身上破破爛爛的襯衫。他勉強擠出一個笑容，對我點了點頭，然後豎起一根大拇指。貝蒂跟露西．柯爾特倫挑了兩張可以將酒館中的景象盡收眼底的椅子，一邊坐著休息，一邊隨時注意提防入侵者。她們的身材還是跟往常一樣壯碩，不過眼睛下方各自多了兩個超黑的眼圈。

死亡男孩搭配著寬鬆的紫色外套擺出一個悠閒的姿勢；命運小姐則一身超級英雄裝扮，包括面具跟披風，擺出一個英勇無比的姿勢。站在命運小姐身邊，身穿過大黑皮衣的乃是我的青少年女祕書，凱西．貝瑞特。我停下來，專注地打量她。

「凱西……妳戴個黑面具做什麼？」

「命運小姐讓我擔任她的跟班！」凱西開心地說道。「我該取個綽號叫死亡之牙復仇者或是……」

我忍不住閉上雙眼。青少年……

剃刀艾迪就和往常一樣遠離其他人獨自站在一旁。艾迪向來不是一個合群的人。朱利安．阿德文特一手拿著香檳酒杯，一手拿著長長的大雪茄，渾身上下散發出濃濃的維多利亞氣息，只不過身後的披風已經佈滿了破洞跟焦痕。他集合了魁梧的身材、無比的勇氣，以及不屈不撓的精神於一身，在我們這群人之間看起來最像貨眞價實的英雄，因爲他實實在在就是一個貨眞價實的英雄。賴瑞．亞布黎安，身穿破破爛爛的古奇西裝，站在自己哥哥身旁，在我目光掃過的時候對我微微點頭。

「你救了我哥的命。」他道。「謝謝你。」

「不必客氣。」我說。

我沒有捨棄湯米不顧，這個想法爲我的內心帶來一股暖意。這表示我終於打破了一個現在跟未來之間的明顯環節。這種感覺眞好，實在太好了。不過一股罪惡感隨即湧上心頭，因爲拯救一個捨命救我的人，對我來說居然還不如打破未來的環節來得重要。我一直想要成爲好人，但是有時候，生活實在太過複雜了……

「我們都很高興看到你回來，泰勒。」渥克語氣冰冷地說道。「但是你最好還有什麼很棒的計畫，因爲我們所有的辦法都已經用盡了。我們在節節敗退，約翰。」

我聽見酒館外面傳來陣陣火焰燃燒、槍砲爆炸、腳步奔跑、人類慘叫，以及怪物嘶吼的聲響。梅林的防禦魔法依然有效，但是「大戰」的戰火已經越來越接近了。我突然發現這裡或許就是夜城僅存的安全避難所。我想起我的敵人躲在最後基地裡彼此擁抱的景象，忍不住打從心裡顫抖起來。

「還有什麼能做的嗎？」渥克道。「我們試過正面衝突、設置路障、打帶跑、游擊戰，所有策略都只能稍微減緩莉莉絲前進的速度而已。如今只剩下我們這些人了……我們各有所長，任誰都有能力獨當一面，只可惜對方是莉莉絲。就連她的子嗣都被人當神膜拜了數百年之久。莉莉絲代表了一股人類完全無法理解的強大力量，而她手下的大軍也在日益壯大。我很希望大部分的人都只是基於恐懼才加入她的麾下，只要有機會就會想盡辦法脫離她的掌握，只不過……」

所有人都朝我看來，酒館中登時一片寧靜，但是我完全無話可說。我沒有計畫，沒有想法，所有機關都已經算盡。

「你不能用天賦找出莉莉絲接下來會採取的行動嗎？」凱西問。我很難面對她的目光，因爲她依然對我保有信心。「你的天賦沒辦法找出擊敗她的方法嗎？」

我緩緩搖頭。「我知道妳想幫忙，凱西，但是我的天賦不是那樣運作的。再說現在這個情況下，施展天賦就等於是在跟莉莉絲暴露我的確實位置。」

「但是你運用天賦的方式總是能夠推陳出新。」

「越清楚的問題就可以得到越完整的答案。」我疲憊地說道。「過於模糊的問題是得不到任何有意義的答案的。」

「你是從哪得來這項天賦的？」命運小姐問道。「眞希望我也擁有這類天賦。我必須透過嚴格的訓練才能造就今天的我呀。」

「我的天賦是從一場撲克牌局上贏來的。」湯米．亞布黎安突然說道。

「這是眞話。」他的兄弟賴瑞說道。「而且他還是唬贏的，那把牌他只有一對三而已。我眞的很不敢相信。」

「我的天賦是從非人的母親體內遺傳而來的。」我說。「我唯一得到的遺產。」

「這就有趣了。」朱利安．阿德文特說道。「爲什麼會遺傳這項獨特的天賦，爲什麼沒有遺傳其他的能力？我是說，你的母親是一名遠古的神祇，是聖經中的神話人物。我認爲就算以機率來判斷，你也應該可以承襲她一半的力量才對。既然你只遺傳了這項單一的天賦，就表示她只希望你得到這項天賦。她不要你擁有足以對抗她的力量，但是卻給了你這項可以找尋東西的天賦。爲什麼？」

一陣突如其來的地震撼動了整間酒館。桌子猛搖，椅子亂晃，整個地板都在喀啦作響。牆上浮現裂痕，吧台出現木頭爆裂的聲音。人們彼此扶持，以免站立不穩。酒櫃中的酒瓶紛紛跌落，四周的光源瘋狂晃動。一開始我以為這是莉莉絲終於找上門來，爲了突破梅林的防禦所產生的撞擊。然而震動很快就消失，一切再度回歸寧靜。所有人統統站在原地，擺好架勢準備面對任何可能的威脅。

「地窖！」艾力克斯突然叫道。「我聽見有東西在動，在地窖裡！」

我們全部一聲不吭，靜靜傾聽。會從陌生人酒館的地窖裡出來的，絕對不會是什麼好東西。最後，我們聽見一陣細微但又清晰的腳步聲響，緩慢、堅定而無情，一步又一步地自吧台底下的樓梯中接近。接著，吧台後方地板上的暗門突然爆開，古老的巫師梅林終於現身酒館。來自坎莫洛特的梅林，魔鬼唯一的子嗣，帶著滿身的泥濘爬出墳墓來到我們面前。我就知道只要他有心，那根超大十字架根本困不住他。

梅林好整以暇地自吧台後方走出，慢慢地欣賞著人們臉上驚恐的神情。艾力克斯目瞪口呆。他從來不曾見過自己這位祖先，因爲截至目前爲止，梅林每次都是透過附身在他身上出現的。然而這一次他是眞的現身了，梅林的屍體爬出墳墓，藉由他強大的超自然意志力再度行走世間。

梅林．撒旦斯邦。一個出生自地獄卻成爲天堂戰士的男人。不論是天堂還是地獄的使者都對他懼怕三分。

他的臉形很長，骨架很深，長相其醜無比，空洞的眼眶中飄蕩著兩團火焰（傳說他的雙眼遺傳自父親……），頭髮和鬍鬚沾滿黏土，又硬又長，皮膚乾硬龜裂，渾身長滿青苔。儘管如此，對一具被埋在地下一千五百年的屍體來說，他的身體狀況算是保持很好的了。他身穿下葬時的魔法師長袍，袍色深紅，領口處滾有金邊。我記得這件長袍，當年被我殺死的時候他身上穿的就是這件長袍。長袍的胸前大開，露出其下紋滿德魯伊刺青的胸口，不過胸口上有一個大洞，我就是從這個洞裡徒手挖出他的心臟的。當時我有十分充足的理由挖走他的心臟。據我所知，他並不知道心臟是被我挖走的。

梅林大搖大擺地走入酒館，路上的桌椅全都自動讓道兩旁。他的屍體不斷發出細微的喀啦聲響，墳墓中的塵土也不停自他身上落下。他沒有呼吸。剃刀艾迪架勢十足地站在原地，手中的剃刀綻放出強烈的光芒，但是梅林沒去理他。霰彈蘇西的槍管始終沒有離開他的腦袋，但是梅林也不理她。梅林完全忽視死亡男孩、朱利安·阿德文特，以及其他所有人的存在，筆直對我走來。他的嘴角向後揚起，發出一個陰鬱至極的微笑，露出口中泛黃的牙齒和灰白色的舌頭。

他在我身前停下腳步，微微低頭鞠躬。「終於到這個時刻了。」他的聲音親切無比，彷彿是個大家最喜愛的長輩一樣。「兩個有著不凡父母的兒子，一輩子都只希望脫離父母的影響、開創自己的命運。我生來就是毀滅基督教的王，但是我違背天命，堅持走出自己的道路。我的選擇是對的。一直以來，我們都有很多相同之處，你跟我，約翰．泰勒。」

「你爲何而來，巫師？」我問。我憑藉強大的意志力才勉強讓語氣聽來冷靜而又輕鬆。（在夜城生存的第一守則——永遠不能示弱，不然立刻就會被人騎到頭上。）「在這麼多世紀之後，是什麼讓你再度離開墳墓？」

「我要來告訴你一些你該知道的事情。」他臉上依然帶著那股令人不安的笑容。「我知道爲什麼莉莉絲只賜給你一項天賦，而不讓你成爲夜城中最偉大的強者。我既古老又睿智，知道許多我根本不該知道的事情。死亡無法阻止我聆聽、無法阻止我學習。莉莉絲之所以只留給你那項天賦，是因爲當她回歸的時候會用到那項天賦，你的天賦將會幫她找出一樣足以控制夜城的關鍵物品。」

「我以爲你早該想到了。如果她眞有能力憑藉一己的意志重塑夜城，有什麼理由到現在還不重塑，是不是？在她缺席的這段時間裡，夜城不斷地成長改變，如今已經演化成一個超乎她想像的地方……如果不是這樣的話，她何必組織大軍來征服夜城？」

「你之前爲什麼不現身？」渥克突然問道。「你可以提供幫助。爲什麼要等到現在，一切幾乎都太遲了的時候才出現？」

「我現在才出現是因爲你們終於問對了問題。」梅林目光始終不離我的臉。他拉過一張椅子，在我身前坐下，那姿態以及氣勢使一張普通的椅子轉眼間變成不可一世的王座。他的出現支配了一切，吸引著所有人的目光。「如今我再度現世，莉莉絲將會知道我回來了。她會知道該上哪兒來找我。她必須面對我，因爲我才是唯一足以與她抗衡的人物。除非親眼見證我的毀滅，不然她永遠不能感到心安。」

「你能夠阻止她嗎？」朱利安．阿德文特問。

梅林不去理他，還是盯著我。「我在這間酒館四周設下的防禦法術不可能永遠阻擋她，她很快就會來了。如果她來的時候我還是這種狀況，那她只要以一個眼神加一句咒語就能將我擊倒。到時候她就會入侵你的軀體，約翰，讓你成爲她的傀儡，將你的天賦據爲己有。她從一開始就是這麼打算的。」

我考慮了很長一段時間，任由四周的沉默越來越凝重。「但是你出現了，爲了拯救夜城而來。因爲你心裡也有個計畫，對不對，梅林？」

他點頭。「是的。我有個計畫。」

「當然了。你是梅林．撒旦斯邦，面對任何情況都有萬全的準備。」

「別扯到我父親。」梅林道。「你知道我們從來都處不來。現在，約翰．泰勒，我需要你的天賦。我要你幫我找出我的心臟，並且帶來給我。我會將心臟放回我的胸口，然後……啊，然後……我將會讓你們見識作夢也想像不到的景象與奇蹟！我將會再度復活，擁有全新的肉體與生命，取回所有的古老力量！我將會成爲這個年代最偉大的魔法師，離開這座酒館，獲得最終的自由……然後出面教訓莉莉絲，讓她明白自己錯在哪裡。」

一段很長的沉默過後，我看了看四周。顯然除了梅林之外，沒有任何人認爲這是一個好辦法。

「你或許能夠擊敗莉莉絲。」我終於開口道。「或許不能。就算你眞的擊敗她了……誰又能保證你不會給夜城帶來相同的威脅？」

所有人都看著我，然後又看向梅林。他緩緩自椅子上站起，全身骨骼喀啦作響。我站在原地，絲毫不肯示弱地面對他的目光。

「我可以強迫你幫我找回心臟。」梅林道。

「不，你辦不到。」我說。

我們兩個一動也不動地瞪著對方。我看著他眼眶中的兩道火焰，感受一股前所未有的寒意。最後，梅林率先偏過目光，神情凝重地坐回椅子上。爲了不讓別人看出我的雙腳抖得有多厲害，我也立刻就坐了下去。四周不斷傳來讚嘆的聲響，不過我只能渾身僵硬地微微點頭。整間酒館裡只有我可以肯定自己是在裝腔作勢。

「我受夠了。」我大聲說道。「我已經聽說太多猜測、太多警告，以及太多末日預言。現在該是直指重心、揭發眞相的時候了。妳說得沒錯，凱西，唯一找出眞相的方法就是運用我的天賦。所以，天賦，莉莉絲爲什麼把你賜給我？」

我原以爲必須面對另一場挑戰，再度將意志力提升到幾乎喪命的程度，但是到最後，這一切竟然就像深呼吸一口氣一樣那麼簡單。似乎我的天賦一輩子都在等我問出這唯一重要的問題一般。只見我的影子走到我面前，離開了我的身體，凝聚出實際的形體，變成和我一模一樣的分身。除了眼眶裡一片漆黑之外，所有細節鉅細靡遺。天賦倚著一張桌子而立，兩手橫抱胸前，對我露出嘲弄式的笑容。

「你終於想到要問我了。」它說。它的聲音很輕柔，充滿自信，只帶有一點點的挑釁意味。「好了，我來了，約翰，你的天賦化身。想問什麼就問吧。」

「很好。」我感到口乾舌燥。「你是如何運作的？爲什麼你總是能夠找出其他人找不到的東西？」

「很簡單。我直接接觸現實本身，藉以看穿一切存在的事物。我的能力其實遠比你想像的要強大許多，約翰。」

「可惡。」湯米小聲說道。「這實在……太詭異了。」

「莉莉絲爲什麼將你賜給我？」我問。

「因爲她要利用你來找出世界上最強大的武器，眞名之槍。這把槍原本是爲了殺害天使與惡魔而創的，不過它的能力遠不止於此。莉莉絲將會利用眞名之槍來把夜城重塑成她想要的樣子，讓一切回歸到最原始的概念，回歸到人類入侵、矇蔽夜城的天性與目的之前的夜城。這把槍是很久很久以前由她打造出來的。當初亞當利用自己的肋骨與血肉創造出夏娃；而當莉莉絲自地獄回歸，與無數惡魔交歡，生下無數怪物之後，她也靠著驅邪工匠的幫助，利用自己的肋骨與血肉創造出眞名之槍。」

「沒錯。」蘇西突然說道。「眞名之槍的槍柄上有刻：『驅邪工匠。老字號。自渾沌最初便開始幫您解決問題。』舉凡跟武器有關的東西我都記得特別清楚。」

「非常好。」我的分身說道。「現在閉上嘴，用心聽，說不定妳會學到點什麼。驅邪工匠是世界上第一個殺人犯——該隱的後代子孫。若非如此，你以爲什麼人能夠打造出如此非凡的毀滅武器？」分身停了停，又道：「你們應該知道我現在說的話乃是寓言，我所代表的是一個更加複雜的現實！很好，我可以繼續說了。眞名之槍是設計用來將創造之語反向發音的。創造之語是用以定義事物本質，並且給予所有獨立個體一個祕密的原始之名的語言。藉由反向發音原始之名，眞名之槍可以將所有事物反創造，進而抹煞世間的一切。不過，眞名之槍還有另外一種用途。當它被握在用自己的血肉賦予它生命的強者手中時，眞名之槍就可以將萬物的原始之名重新發音，進而改變萬物的本質，重新創造出世。莉莉絲將會利用眞名之槍重新唸出夜城的原始之名，利用自己的意念將夜城重塑成她想像中的一切。基本上，我個人是非常樂見其成……」

「夠了。」我說著撤回天賦。天賦沒有反抗，乖乖地退回黑暗中，再度成爲我的影子。我想從此以後我都不能平心靜氣地看待自己的影子，再想到天賦原來就像一隻寄生蟲一樣寄生在我的體內，或許我永遠也不能再毫無保留地信任它了。

「那麼……」渥克終於開口道。「眞名之槍在誰手中？我的手下已經跟丟好一陣子了。」

「我上次是在這裡看見眞名之槍的，當時是在來自未來的蘇西．休特手中。」艾力克斯面帶歉意地看著蘇西道。「最後兩者都被梅林逐出我們的年代。」

「別看我。」梅林道。打從被我瞪輸之後，他的氣勢就已大不如前。「我只是將他們逐出這裡而已。他們可能出現在任何地方，也可能在任何年代。」

「我最後一次在這個年代見到它的時候，是在艾迪手上。」我說著看向艾迪。所有人都和我一起看向艾迪。艾迪緩緩點了點頭。「當時是在天使戰爭的時候，你拿了眞名之槍對付來自天堂跟地獄的天使。」我說得小心翼翼，盡量避免流露出任何挑釁的語氣。「你後來如何處理它的，艾迪？」

「送人了。」剃刀艾迪冷冷地道。「送給時間老父，他是我所能想到唯一有能力控制眞名之槍的生命。」

「我以爲你唯一關心的事情只有懲奸除惡！」蘇西道。

「不。」剃刀艾迪道。「我想要贖罪。這兩者是不同的。持有眞名之槍的期間裡，我隨時都感到它在試圖控制我，想要用它對死亡與毀滅的無盡渴望來誘惑我。但是我早已接受過那些誘惑，也曾嘗到誘惑的後果。如今，我已經超越那種層面了。」

「根據手下的報告，時間之塔已經被莉莉絲摧毀。」渥克沉重地道。「整座塔都成爲廢墟。時間老父已死，眞名之槍也被埋在地底。」

「不。」我說，心中燃起一道希望。「時間的領域根本不在夜城之中。時間之塔只是方便人們找他談話的門戶而已。要找時間老父還有一條別的途徑……那麼，有誰想要一起執行最後自殺任務的？請不要全部一起舉手。」

chapter 12 影子瀑布的最後列車

arper than a Serpent's Tooth Sharper than a Serpent's Tooth Sharper than a Serpent's Tooth Sharper than a Serpent's Tooth Sharper tha

我說出了心中的計畫。所有人都瞪大了眼睛看著我，顯然沒有人認同我的計畫。

「你瘋了！」賴瑞．亞布黎安說道。

「如果你以爲我們會跟你一起瘋，那你才眞是瘋了！」死亡男孩道。

「全都安靜。」渥克舉手說道。所有人當場閉嘴，有如學生在老師面前一樣安靜。「讓我先搞清楚你的計畫，約翰。你要我們全部跑到滿是暴民和怪物的街道上，冒著生命危險幫你誘敵，好讓你可以安全抵達最近的地鐵站，搭乘火車離開夜城？這就是你的計畫？我這樣講沒有錯吧？」

「我眞喜歡看你挖苦人的樣子，渥克。」我說。「不過事實上，差不多就跟你講的一樣。聽著，時間老父住在影子瀑布，一個隱藏在世界之後的小鎮，是讓所有遭人遺忘的超自然生命前往等死的象墳。他只是通勤來到夜城工作而已。莉莉絲摧毀時間之塔，只不過是切斷了時間老父進入夜城的門戶罷了，他依然安安穩穩地和眞名之槍一同待在影子瀑布裡。只要我能順利進入地鐵站，我就可以搭乘火車直接去找他，請他交出眞名之槍，讓我們對付莉莉絲。」

「你也可以棄我們不顧，獨自一個人逃跑。」賴瑞冷冷地瞪著我道。「只要躲進影子瀑布，就連莉莉絲也不敢輕易跑去追殺你。」

「雖然他是個死人，但是說的話也不無道理。」渥克道。「你向來都不是個值得信任的人，泰勒。爲什麼我們要爲了你這個自私的傢伙去冒生命危險？」

「喔，要有信心。」我說。「我們需要眞名之槍，而唯一能讓時間老父把槍交出來的只有我。你有方法可以聯絡影子瀑布嗎，渥克？有辦法省下這段旅程，直接和時間老父對話嗎？」

「沒有。」渥克不太情願地承認道。「所有對外聯繫統統遭到干擾，不管是科學還是超自然的訊號都沒有用。我們與整個世界都已經失去聯絡了。」

「所以我就得要親自跑這一趟，不是嗎？」我道。「這裡還有誰自認能讓時間老父交出世界上最強大的武器的？沒有？我想也是。」

「他爲什麼願意交給你？」朱利安．阿德文特問道。這個問題由他來問十分合理。

「因爲我是莉莉絲之子。因爲他知道我是唯一可以阻止莉莉絲的人。」

「聽我說！」湯米．亞布黎安突然叫道，把我們統統嚇了一跳。「我想到一個好主意！泰勒，你何不請時間老父再將你送回過去一次，回到這一切發生之前，警告你自己接下來會發生的事情？」

「辦不到。」我耐心地說。「因爲我到目前爲止並沒有收到來自未來的我的警告。」

湯米皺起眉頭，噘起嘴唇。「我並不認爲這個做法沒有轉圜的餘地。」他說著自口袋中拿出一本筆記本，在上面寫下許多方程式跟維恩圖〔註〕，口中喃喃唸道一些分歧時間軸、相對可能性、試驗性假設，以及某人的披薩裡有沒有加鯷魚之類的變數。我們決定不再理他，隨便他去算他的。依據我個人的經驗，時間旅行只會把事情搞得更加複雜罷了。

「重點是要取得眞名之槍。」我強調道。「那是唯一對莉莉絲肯定有用的武器，因爲那把武器本身就是用她的血肉製造而成的。我可以用眞名之槍來反轉她的原始之名，將她徹底抹煞。」

「或許重新塑造她？」渥克道。「讓她變成一個可以接受的生命？再怎麼說她也是你的母親。」

「不。」我道。「只要她還活著，對夜城就是一項威脅。她非死不可，爲了她曾經做過的一切，也爲了她如今心中的企圖。她從來就不是我的母親，從各方面來看都不是。」

艾力克斯從吧台後方取出一張又髒又縐的地鐵系統地圖，外帶十幾張計程車公司的名片、一隻塡充玩具貓和兩隻死甲蟲。在眾人七嘴八舌的爭論和小心翼翼地測量過後——因爲

註：維恩圖（venn diagram），數學中用來說明集合之間關係的圖。

陌生人酒館附近的街道常常會無端消失——我們終於認定最近的地鐵站入口是在前尼路上。正常情況下，那地鐵站是在步行可達的距離之內，可惜現在不是正常情況。不過，不管怎麼說……我還是有可能安然抵達那裡的。

「我不喜歡這個計畫。」命運小姐說。「外面已經淪爲戰場了呀。」

我們安靜下來，默默傾聽外面傳來的混亂聲響。即使在窗戶緊閉、大門深鎖、梅林的古老防禦安然健在的情況下，我們依然可以聽見來自街道上的尖叫怒吼、火焰燃燒，以及建築物倒塌的聲音。街上已經被仇恨佔據，我們再也分辨不出哪些聲音發自人口，那些又屬於怪物所有了。

「那麼……」我盡量讓聲音充滿自信。「誰要跟我來？」

「我。」蘇西．休特道。「不過你早該知道了。」

「當然。」我說。「我的愛。」

「我要吐了。」艾力克斯道。

「我不能跟你去。」渥克道。「我必須對手下負責。我還有不少人馬在外奮戰。萬一你回不來的話，總要有人留在這裡主持大局。我會盡力派人引開莉莉絲的注意，讓你安然抵達影子瀑布。」

「我跟你去，老傢伙。」湯米．亞布黎安丟開筆記本道。「我已經好多了，眞的！我欠你太多，一輩子也還不完。之前我眞的錯怪你了。」

「你去的話，我也要去。」他弟弟賴瑞立刻說道。「你需要有人幫你看緊身後。你總是如此。」

「你不准去，不要再說了！」湯米大聲道。「我不管你死了沒有，總之我們要有一個人活下來照顧母親。」

賴瑞嘴裡念念有詞，忿忿不平地退到一旁。剃刀艾迪喝掉最後一口礦泉水，將水瓶往身後一丟，對我點了點頭。

「我也去。我一直都想見識影子瀑布。」

「我不去！你們不能逼我！」艾力克斯．墨萊西道。「我有酒館要顧。不行，你也不能帶露西跟貝蒂去。我需要她們守護這個地方。」

基於酒館本身的詛咒所限，艾力克斯本來就不能離開陌生人酒館。我們大家都知道這一點，也知道他叫這幾句不過是爲了維護名聲罷了。

「我不能前往影子瀑布。」梅林道。「我也不打算告訴你們原因，總而言之……那種驕傲、古老的傳奇城鎭對某些事物始終抱有……一種奇怪的幽默感。我會留在這裡，吸引莉莉絲的注意。我可以施展幻術，讓她以爲泰勒一直都和我一起待在這裡。至少短時間內不會被她發現……」

我轉頭看向朱利安．阿德文特。「這回我眞的需要你的幫忙了，朱利安……」

話還沒說完，他已經開始搖頭。「很抱歉，約翰。我的責任是保護夜城，而不是將希望寄託在如此渺茫的機會之上。我會幫助渥克組織反抗勢力。我的眼線遍佈夜城，欠我人情的強者之多，只怕有不少連渥克都不知道。」

「我可不這麼認爲。」渥克道。「不過還是謝謝你了，朱利安。我需要能夠冷靜思考的人在這裡幫忙。」

「他在看誰？」艾力克斯大聲說道。「我不知道他在說什麼，不過倒是很想看看他要怎麼管理如此低級的酒館。我覺得我的人生就要面臨轉捩點了。」

他是在用自己的方式鼓舞大家的士氣。我趁凱西開口之前搶先對她看去。

「不行。」我說。「妳不能跟我來。一旦出了酒館，不是殺人就是被殺，我絕不願意背負看妳殺人或是被殺的責任。」

她很不自然地點了點頭，眼中淚光閃閃，但卻始終沒有落淚。「你一定要安全歸來。」她道。「不然我絕不原諒你。」

「我會照顧她的。」命運小姐道。「她比你想像的要堅強多了。」

「你一定要確保她的安全。」我道。「不然我就算變成鬼也要回來讓你不得安寧。」

「我相信你會的。」命運小姐道。「我很想跟你去，但是我有自知之明。祝你好運，泰勒。」

就剩下死亡男孩了。他皺了皺眉，搖了搖頭，最後聳肩說道：「喔，管他的，有何不可？反正我也需要找點刺激。那捲膠帶放到哪去了……」

「我可以用天賦將你直接傳送到地鐵入口。」湯米突然說道。

「不行。」我說。「莉莉絲會發現。萬一讓她知道我要去影子瀑布，她一定會立刻趕來阻止我的。」

就這樣。所有人喝完手中的飲料，說完最後的道別，然後開始準備接下來即將面對的決戰。霰彈蘇西將我拉到一邊，嚴肅地看著我。她伸出一隻戴著手套的手掌靠在我的胸口，有如一隻貼在牆上的蝴蝶。

「我想要有一點兩人獨處的時間。」她語氣冰冷地說道。「因爲……你我隨時都有出事的可能，我們或許再也沒有機會好好說聲再見了。我們一同經歷過許多大風大浪，如果一切就到此爲止了，我……我有些話一定要跟你說，約翰。你……對我而言很重要，已經很久沒有人能在我心中佔有一席之地了，就連我自己也無關緊要。或許，對我而言最不重要的人就是我自己，但是，你……讓我有想要再活一次的衝動，因爲我想要跟你分享我的生命。我關心你，約翰。我要你知道這一點。」

「我一直都知道，蘇西……」

「閉嘴，讓我說完。這對我來說並不容易。我愛你，約翰．泰勒。我會永遠愛你。」

她強迫自己擁抱我，兩手環繞我的身體，發出陣陣皮革聲響，胸前的彈帶也壓得我幾乎喘不過氣來。她湊過腦袋，刻意用沒有受傷的那半邊臉貼上我的臉頰。我溫柔地抱著她，深怕把她嚇跑，深怕將她擊碎。我可以感受到她的努力，也很明白如此簡單的親密舉動必須花費她多少心力。我深深地爲她感到驕傲。

「如果我們都能在這場戰爭中生存下來。」她嘴唇緊貼我的耳朵，十分小聲地說道。「我不保證能夠永遠爲了你而當一個女人，約翰。但是我一定會努力嘗試的。」

「蘇西……那不重要……」

「重要！對我來說很重要。你愛我嗎，約翰？」

「我當然愛妳，蘇西。現在愛妳，以後愛妳，永遠都愛妳。如果有必要，我願意爲妳而死。」

「我比較希望你爲我而活。」

她放開雙手，向後退開。我立刻也放開我的手。我知道不能給她壓力。她看著我，臉上完全沒有任何表情。

「我知道關於未來那個蘇西的事情，我知道在這間酒館裡面所發生的事情。這地方是藏不住任何祕密的。不要讓那件事情困擾你，約翰，未來是由我們開創的。」

「我就是擔心這個。」我道。

□

最後我終於帶領勇敢的英雄團隊離開了酒館。霰彈蘇西、剃刀艾迪、湯米．亞布黎安，以及死亡男孩。我無聲地打開酒館大門，所有人躡手躡腳踏入狹窄的石版後巷。

這裡的氣味十分難聞。之前死在蘇西手下的那堆屍體已然不在原地，但是血跡和內臟依然存在，濺得小巷的牆上、地上到處都是。空氣又悶又熱，煙霧瀰漫，加上一股難以忍受的末日氣息，似乎萬物都已經走到了盡頭一般。四周不斷傳來吶喊、尖叫與怒吼，彷彿所有代表死亡與毀滅、恐懼與憤怒的聲響統統出籠。或許這會是夜城最後一次淪陷，不過夜城顯然不打算輕言放棄。我無視於腳下四濺的血跡，踏出沉穩的步伐走入小巷，試圖爲伙伴帶來信心，並且在他們心中燃起強烈的使命感。

蘇西手握霰彈槍，走在我的身旁，面帶微笑，滿臉歡愉，彷彿正要去參加某個超棒的派對。湯米、艾迪及死亡男孩則跟在我們身後。一行人最後來到小巷子的巷口，小心地探頭出去觀察大街上的景象。

火舌自四面八方湧現，交通工具的殘骸躺滿整條街道。一台靈車的外殼全毀，內臟流落滿地；隔壁的計程車橫倒在地，引擎蓋上被人插了一根木樁。瘋狂的暴民在建築物的火光以及半毀的霓虹燈下來回遊走，不停摧毀觸目所及的一切。他們發出的聲音已經完全不像人類了。理性已然離開他們的內心，因爲他們迷失、他們恐懼、他們無法抗拒莉莉絲的意志。他們空虛迷惘，心裡只剩下最基本的本能與情緒。人們自相殘殺，彼此呑噬；怪物肆無忌憚，瘋狂殺戮。莉莉絲大軍未到，恐懼先行。她十分享受這種爲世人帶來恐懼的快感。

「我們要怎樣穿越這種地方到達前尼路？」湯米問。

「我建議用跑的。」蘇西道。

「我同時也建議殺光所有不是我方的人。」死亡男孩道。

「我贊成。」剃刀艾迪道。「只不過……儘管我不喜歡成爲團體之中唯一理性的聲音，但是我眞的不認爲這樣成功的機會有多大。暴民太多，我們人太少。再強壯的獅子也敵不過一群土狼。直接硬闖的話，我們肯定會在到達前尼路前統統陣亡。」

「不能正面衝突。」我道。「事實上，我們甚至不能被人發現。莉莉絲一定有派人專門在找我。只要她知道我離開了陌生人酒館，離開了梅林的守護，她一定會立刻出現在我面前。所以，湯米，該你出場了。」

「什麼？」湯米道。「你說什麼？」

「運用你的天賦隱藏我們的蹤跡。至少，隱藏我們的身分。這樣少量使用天賦應該不會引來莉莉絲注意。」

「沒錯。」湯米過了一會兒說道。「我想我辦得到……」

他皺起眉頭，集中注意，花了一點時間排除雜念，忽略周遭的瘋狂與恐懼，專注在一件事情上。最後他終於喚起天賦，將存在主義的力量灑入世界。一點一滴，一分一秒，我們逐漸在他的意志影響下變得模糊不清，直到整個世界都無法肯定我們的存在。即使世界依然認定我們存在於世，也沒有任何人能夠看穿我們的身分。湯米的天賦圍繞在我們四周，有如一團充滿可能性的迷霧。我彷彿透過一層火熱的游絲看著世界，所有的一切都和我們不同步調。我將這個現象視爲一個好兆頭，然後把所有心思放在唯一重要的事情之上——前往前尼路地鐵站。

我深吸一口氣，領頭走入大街，不慌不忙，一派從容，盡量避免吸引任何注意。其他人跟在我身後，保持一定的距離，不過也不會過於分散。沒有人轉過頭來注意我們，瘋狂的暴民四下奔走，路過我們身邊的時候腳步絲毫沒有停歇。我帶領眾人走向街尾，穿越一片混亂、殺戮，以及各式各樣不堪入目的勾當，不過始終沒有任何人注意到我們。

有時候他們會自動讓道兩旁，但是卻不知道自己為什麼要讓路。蘇西一直走在我身旁，其他人則是跟在後方。我試圖用眼角確認他們的蹤跡，但是在湯米天賦的影響之下並不容易。他以天賦在我們身旁產生的不確定力場讓我完全無法肯定任何事。我看見許多恐怖的事情，但是似乎沒有一件是真實發生在我們附近，沒有一件具有實質威脅——直到一張熟悉的面孔自路旁的巷口中狂奔而出為止。

那是在老鼠後巷照顧流浪漢，試圖盡一己之力拯救世人的嗎啡修女。她是亂世中的一個好人，關心所有被世界遺棄的可憐人。如今她的修女服殘破不堪，染滿自己的鮮血，獨自一人在夜色之中逃命。她疲憊的臉上滿是淚痕，然而表情卻因為見過太多的恐懼而麻木。一群暴民在其身後追趕，大聲威脅著要取下她的人頭。她衝出巷口，兩道目光筆直對我射來。就連湯米的天賦也抵擋不了她真誠的眼神。

「約翰！約翰・泰勒！救救我！看在上帝的份上，救救我！」

暴民從她身後撲來，一把壓在地上，接著她就淹沒在一大堆人群之中。刀鋒在黑夜裡綻放出耀眼的光芒。她的叫聲不斷，即使在早該無力尖叫了之後依然劃破夜空傳入我耳中。儘管內心不停交戰，但是最後我還是認定當務之急是要前往前尼路地鐵站。我眼睜睜地看著一切發生，任由一個好女人死在暴民手中，只因爲我有更重要的事情要做。我繼續走向街尾，沒有加快步伐，沒有東張西望，盡可能地避免吸引注意。修女的尖叫聲終於停止了，但是我知道那聲音一輩子都會在我腦中揮之不去。蘇西和其他人微微向我靠近，但是沒有人發表任何言論。他們都做了和我相同的決定。

前尼路地鐵站就在前方，我已經可以看見街尾的招牌。正常情況下，只要再過幾分鐘就可以到達。但是此刻傷害已經造成了。由於嗎啡修女指名道姓地叫出我的姓名，使得湯米製造的不確定性大打折扣。慢慢地，四面八方不斷有頭往我們的方向轉來，而且並非都是人類的頭，並非都是保有理性的頭。或許失去理智也讓他們更容易發現我的存在。有人伸手指向我，有人口中念出我的名字。約翰・泰勒的名號迅速在街道上蔓延開來，所有人類與怪物都放下手邊的事情，開始找尋我，找尋莉莉絲之子。

「怎麼辦？」

「跑！」我說。

於是我們開始奔跑，死命地向前推擠，穿越層層群眾，撞開來不及走避的人們。越來越多人朝我們湧來，我們前進的速度也越來越慢。在我開口要求之前，同伴們已經在我身邊圍成一圈。蘇西一馬當先，用霰彈槍對著前方的群眾轟出一條血路。在她裝塡彈藥的時候，剃刀艾迪就轉到陣前代替她的地位，有如一條憤怒的鬼魂一般飄忽滑行，在微光中恣意揮灑手中的珍珠柄刮鬍刀。艾迪眼也不眨地隨手亂砍，沒有任何人能在他的刀口之下存活。

蘇西保持穩定的速率對著任何接近的人開火，邊跑邊裝塡彈藥，不過彈帶上的子彈已經快要用光了。她看準人多的地方丟出手榴彈和燃燒彈，然而從她謹愼的態度看來，手榴彈應該也所剩不多。儘管如此，她臉上的笑容依然歡暢，似乎在享受一生中最快樂的時光；或許，此刻眞的是她一生中最快樂的時光也不一定。死亡男孩攻擊著觸手可及的一切，湯米則一面狂奔一面集中精神發揮僅存的天賦。他的天賦顯然在發揮作用，因爲到目前爲止都還沒有任何暴民碰到我們的身體。

我們全都竭盡所能地向前狂奔，但是地鐵站入口似乎還是和之前一樣遙遠。我心跳急促，呼吸不順，腳上不斷傳來劇烈的疼痛。對我而言，今天實在是個漫長的一天，我的體能已經被逼到極限了。我犧牲了這麼多，卻始終不能休息，這個世界實在是太不公平了。我低下頭來，任由汗水自鼻頭上滴落，然後繼續專心一意地向前奔跑。我可以的，我曾經在古不列顛的森林裡面逃出獵人赫恩的狂野狩獵，和那次經驗比起來，跑這點路根本不算什麼。

暴民與怪物自四面八方同時撲來，有的心懷仇恨，有的嗜血成狂，更有一些只是害怕莉莉絲的懲罰。她知道必須盡快阻止我，不然我就會阻止她。我死命向前，大家都死命向前，盡量聚在一起努力對抗面前的敵人。首先落後的是死亡男孩。一群暴民抓住他的外套，利用數量的優勢與重量將他扯倒在地。他依然極力頑抗，不斷揮出拳頭，每一拳都爲周圍的暴民帶來死亡，只可惜暴民實在太多了。

我們繼續奔跑，將他一個人留在後面。儘管沒有選擇，我還是忍不住回頭去看。我看見暴民圍成一團拳打腳踢，不斷以各式各樣的武器肢解死亡男孩。我知道他不會感覺到任何疼痛，但是這景象依舊慘不忍睹。在我回過頭來之前，他始終沒有停止掙扎。我很確定有聽到他大聲叫我繼續前進。我幾乎可以肯定有聽到他這麼叫。我轉過頭去，繼續奔跑。

剃刀艾迪放慢腳步，轉而掩護我們的後方。或許他認爲後方的敵人比前方多；或許是因爲就連他也會有感到疲憊的一刻。不管怎樣，面對他那把惡名昭彰的刮鬍刀，再瘋狂的人也必須退避三舍。他化身爲一條猙獰恐怖的灰色鬼魂、黑暗神祇，於瘋狂之中砍殺出一條理性的道路，沒有任何人類以及怪物膽敢接近他。這時街上已經擠滿人潮以及各式各樣不是人的傢伙，每條小巷子中都不斷湧出人，手中拿著各種武器，口中不停以詛咒的語氣吶喊我的名號。怪物在人群中聳立，猛獸在夜空中飛翔。我看見尖牙、利爪、巨大無比的翅膀，以及毫無理性的身影衝出崩塌的建築物，彷彿世間的一切都不存在。

接著我聽見夜空中傳來母親的聲音，以一種比人類的語言古老許多的腔調唸誦出一個力量強大的咒語。一道傳送門自剃刀艾迪的面前憑空出現，一條連接世界的大洞，一個通往別處的通道。通道中甩出一條條巨大的觸角，其上覆有鱷魚般的硬皮以及吸盤般的利嘴，瞬間將剃刀艾迪緊緊纏住。他狠狠地揮刀猛砍，但是每當他砍斷一條觸角，通道中立刻又再噴出十幾條補上。觸角終於將他兩條手臂纏住，向身體兩邊分開，然後把他整個身體拖入洞中，離開了我們的世界。他一聲不吭，始終沒有發出任何慘叫。傳送門瞬間關閉，剃刀艾迪就此消失。

我繼續奔跑。我們全都繼續奔跑。刮鬍刀之神有能力照顧自己，他一定有辦法找到路回來的。我相信他。我必須相信他。

前尼路地鐵站的入口已經近在眼前。暴民有如潮水一般湧現，絕望地想要阻擋我們。子彈不斷自蘇西的槍管中射出，濃煙也不停從她握槍的皮手套上冒起。湯米口中依然念念有詞，但是言語之中已經不再具有任何意義。如今的他純粹憑藉一己的意志力在維持天賦的運作。他面色發白，呼吸濁重，兩眼張大到幾乎要脫眶而出。他將我們三人籠罩在一股不確定的迷霧之中，令暴民們無法肯定我們的位置。然而在我們狂奔而過的同時，一棟建築物突然倒塌，焦黑的牆壁向外傾倒，有如一把大鐵鎚一樣對著我們當頭壓下。蘇西和我以急快的反應向外衝開，但是湯米卻因爲太專注在天賦之上，根本沒有意識到外界所發生的事情。磚瓦有如潮水一般傾洩而下，轉眼之間將他吞沒，很快地就只剩下一片四下翻騰的黑暗煙塵。

我停下腳步，回過頭去。塵埃落定之後，我看見湯米的身體有一半被埋在瓦礫中。他身受重傷，但是意識未失，依然活著。蘇西站在我身邊，拉著我的手臂，呼喚我的名字。我看向湯米，他也對我望來。他的天賦失去作用，所有暴民都發現了我們，四周不斷傳來我的姓名。在蘇西使勁拉扯之下，我終於丟下湯米，繼續前進。地鐵站入口就在眼前了。我聽見湯米叫了我一聲，接著暴民擁上，他的聲音當即轉爲尖叫。

我丟下湯米．亞布黎安在身後等死。我根本沒有拯救他的性命。而這時我心中所想的，卻只是該怎麼向他弟弟交代？

來到前尼路地鐵站入口之後，我立刻衝入地下道。過了一會兒，我才發現蘇西沒有和我一起下來。我轉過頭去，發現她站在地下道頂端，把守著入口通道。她朝我看來。

「去吧，約翰。我幫你擋著。」

「蘇西，不要……」

「在你上車之前，總要有人擋住他們。現在就只剩下我了。別拖太久，約翰。我的彈藥所剩不多，骯髒的把戲也快用光了。」

「我不能丟下妳不管！」

「當然可以。你必須這麼做。快點走，約翰。別擔心。我可以照顧自己，記得嗎？」

她笑了一笑，接著暴民就趕來了。她拿出霰彈槍和一把手榴彈迎接對方的到來；我則繼續往下的腳步，進入地鐵站。她之前的預感果然沒錯，我們沒有機會好好說一聲再見。

□

地鐵站中的時間似乎遠比凌晨三點還要晚。整個地方人滿爲患，到處都是鮮血、汗臭與絕望的氣味。滿身鮮血的人們在地下道台階上擠來擠去，所有人都縮成一團隨著人群移動，彷彿唯一支持他們活下去的動力就是能夠搭火車離開夜城的希望。我一路向下擠去，完全沒有人看我一眼。地下道中擠了更多人，全部都是大戰中存活下來的難民。地板骯髒污穢，又濕又黏，充滿了各式各樣的排泄物。牆上有一幅塗鴉寫著「末日即將來」，句子的最後一個字被一抹乾枯的血液所取代。

我擠過越來越擠的地下道，走下已經停止運作的電扶梯。半數的燈泡都已經壞了，空氣又悶又熱，異常潮濕。月台上的人們已經擁擠到所有人都背貼著背的地步，但是我依然努力向前擠去，沒有人還有力氣阻擋我的去路。對面牆上的沿途停靠站牌上寫著諸神之街、血田、卡可沙城、影子瀑布。我的目光在月台上掃過，想要找出一塊可以坐下來休息的空間，但是完全找不到。月台上除了人還是人，所有人都緊緊貼在一起，目光黯淡，面無表情。他們體內沒有活力，也找不到希望。他們找到了一個可以暫時遠離大戰、遠離恐懼的所在。這對他們而言已經足夠了。本地居民和觀光客同聚一堂，分享著相同的創傷、相同的迷惘，爲彼此帶來僅存的慰藉。每當街道上傳來特別響亮的尖叫和爆炸聲響時，所有人就會同時顫抖，更加用力地彼此擁抱。

空氣中瀰漫著許多灰塵，加上濃厚的黑煙氣味，令我忍不住口乾舌燥，只想來一杯清涼飲料。月台上的自動販賣機早就被人砸爛，裡面的食物跟飲料也統統被搶光。不過由這裡的人數看來，只怕這些食物根本不曾離開販賣機多遠的距離就被吃掉了。一個女人滿臉淚光地對著一支手機講話，但顯然電話的另外一端根本沒人回應。沒有人吵鬧喧譁，也沒有人推擠打鬥，甚至連大聲說話的人都沒有。這裡的人都已傷痕累累、疲憊不堪，再也沒有力氣掀起任何麻煩。月台底端有一塊專門爲傷患和垂死者而設的角落，由幾名護士以及醫生盡力看顧，雖然他們也都只是在盡盡人事罷了。地板上堆積了許多血液、內臟和類似的東西，絕望的氣息瀰漫著整座月台。

我詢問身旁的人們下一班火車還有多久進站。大部分的人都沒有理我。有些已經喪失理智，根本聽不懂我的問題。最後，一個身穿破爛西裝，手裡緊抱公事包的男人告訴我已經很久沒有人看見火車進站了。一般相信，打從大戰開打的那一刻起，所有列車就已經停駛。我了解。因爲火車都會害怕——或許這些火車一開始都只是單純的機器，但是在運轉多年之後，他們全都發展出了生命與意識。這時他們大概都躲在外面的某處，沒有一輛膽敢進入夜城。

我開啓天賦，找出最近的一輛火車，召喚它前來我身旁。我不需要擔心莉莉絲藉由天賦找出我的位置。因爲等她趕來的時候，我應該早就已經離開了。在得知天賦的眞相之後，我似乎更能輕易地發揮天賦的力量，好像天賦……已經停止抗拒我了一樣。我發出召喚，火車立刻開來，儘管一路上都大聲發出抗議的聲響。我收回天賦，火車也馬上安靜了下來。

當火車終於進站的時候，整座月台都因爲它的抵達而震動。那是一輛閃閃發光的銀色子彈列車，外表冰冷，沒有任何裝飾。長長的鋼鐵車廂側面完全沒有車窗，閃亮的金屬外殼上唯一凸起的部分只有車門。車廂表面佈滿磨擦的痕跡，有些地方甚至還有十分嚴重的凹痕。人們不安地低聲討論，紛紛發出驚愕的神情。長久以來，從來沒有人在這些火車的外殼上看過任何刮痕。第一節車廂完全停止，車門十分精準地在我面前開啓。

我走入車廂。月台上的人立刻跟著要上車，但是在我回頭瞪視之下，所有人都停下了腳步。車門再度關起，人們在車廂外用力敲門，越來越多人發出咒罵與哀求。

我找了個位置坐下，完全忽視外面的人潮。我要去的地方不是他們能跟的。能夠坐下來眞好。我靠在皮椅上放鬆背部，感覺腳上的壓力頓減。我好累，好累……我低下頭去，下巴頂在胸口上……但是我不能就此睡去。我必須隨時保持警覺。火車已然開動，將所有憤怒又失望的難民留在後面的月台。

車廂內的空氣十分清新，而且冷得有如身處冰箱。我深深地吸了一口氣，貪婪地享受著新鮮的氣息。儘管地板上有幾處灑有鮮血，對面的車殼上也有一些燒焦的痕跡，不過和我之前目睹的景象比起來，這點景象根本算不了什麼。我身體放鬆，深深地沉入黑皮座椅之中，接著放開音量，開口說話。

「你知道我是誰，火車，所以不要和我爭論。直接帶我前往影子瀑布。不要停靠任何車站，也不要繞路。」

「不想。」隱藏式喇叭中傳出一個細微的聲音，聽起來像是一個驚嚇過度的小孩。「這條路上已經不再安全了。跟我來，我們躲到支線裡去避避風頭。只要呆在黑暗中，就可以確保我們的安全。」

「再也沒有安全的地方了。」我無奈地說道。「我必須前往影子瀑布。」

「荒原已經遭受入侵。」火車哀傷地道。「地鐵站與站之間的空間已經被大戰打亂了。不要逼我，約翰·泰勒。」

「我也不想逼你。」我道。「我和你一樣害怕。但是只要能到達影子瀑布，我就有機會阻止這一切。」

「你保證？」

「我保證。」我撒謊道。

火車提高車速，離開了夜城。

□

荒原裡的情況果然很糟。在地鐵站之間的空間裡，火車一而再、再而三地遭遇攻擊，所有停戰協定、保護條款統統失去了約束的效力。一開始我只聽到一些吵雜的聲音，以及幾下火車撞上不該出現在軌道上的東西的撞擊，但是沒過多久就開始有東西猛力擊打我的車廂。對方的形體顯然十分巨大，也十分具有份量，車廂的強化外殼都被撞出一道很大的凹痕，將我自半夢半醒之間驚醒。車廂外不斷傳來撞擊的聲響，一開始集中在左邊，接著轉而向右，有時甚至從車頂撞下，在天花板上留下一個個的凹洞。撞擊的力道越來越強，凹陷的痕跡也越來越深，車廂內的空間越來越小。儘管全身肌肉痠痛，爲了避免萬一，我還是站起身來走到兩排坐椅中央的走道站著。

左邊的車殼突然出現一條縫隙，向外翻開，迅速擴張成一道從地板開到車頂上的大裂痕。這時一陣來自車外的聲音傳入我的腦中，大聲吶喊著「讓我們進去！讓我們進去！」聲音中沒有任何屬於人類的情緒，因爲如此微不足道的東西根本不配存在於這樣強大的聲音裡面。他們聽起來有如巨大的山脈對撞，好似古老的神明發飆。外殼的裂口越裂越大，因爲外面有一股力量不斷撕扯著這道裂口。透過這道從車頂開到地板的裂口，我看見一顆巨大醜陋的眼睛，以某種方式跟隨著列車的步調，惡狠狠地瞪著我看，目光之中除了瘋狂之外什麼也沒有。

我一邊瞪視著大眼睛，一邊向裂口走去，等到距離夠近後，我使盡全力對準大眼揮出一拳。一陣有如氣笛般的瘋狂尖叫過後，大眼隨即消失無蹤。車廂外只剩下一片漆黑，以及轉眼間就在我臉上留下一層薄霜的冰冷空氣。聲音就此消失了，車廂外也不再傳來任何撞擊。

火車拋開適才的騷亂，繼續向前急駛。全新的寧靜似乎帶有一股強大的壓力，彷彿寧靜本身就是某種怪物即將到來的預兆。我不想呆坐在位子上，於是在走道中間來回踱步，三不五時就透過裂口察看外面的景象。接著我們駛入另一個階段，另一個空間，車廂中當即湧入一道強烈的光芒。光芒越來越強，越來越亮，到了後來，皮膚只要一接觸光線就會冒出白煙。我趕快向後退開。然而此時車廂外殼已經佈滿細小的裂縫，到處都有灼熱的光芒滲入，幾乎沒有地方可以躲藏。

車外傳來一種我無法辨識，甚至不能歸類的聲音。硬要形容的話，那種聲音有點類似一大群機械鳥發出的鳥叫聲，又像指甲刮擦黑板的聲響，令人忍不住頭皮發麻。車外的壓力越來越大，空氣不斷自裂口湧入，帶有一股壓碎的蕁麻味道，濃重至極，令人難以呼吸。這種味道在我的嘴巴和鼻孔中燃燒，使我帶著一股想要嘔吐的衝動遠離車廂的裂縫。我大聲命令火車加快速度，然後整個人在地板上縮成一團。

我們離開了那裡，進入另外一個區域。空氣中的毒素緩緩稀釋，和那陣恐怖的機械鳥叫聲一同消失。火車的備用空氣開始作用，為車廂中注入一股陳腐的氣味。我大口地呼吸著不太清新的空氣，緩緩地伸展四肢。由於剛剛短暫地暴露在光線之中，此刻，我手上和臉上的皮膚依然疼痛。我爬到最近的椅子上，整個人好像沒有骨頭一般癱坐其上。短時間內發生了太多事件，加上完全沒有休息時間，就算是我也經受不起這種折磨，實在是太累了……我想我願意為了一夜好眠而出賣自己的靈魂。

幸運的是，沒有人聽見我這個想法。

我感到車廂中的空氣品質突然提升，於是抬起頭來看看發生了什麼事。如今車廂裂口外灑入一道溫暖和煦的陽光，外帶一股全新的甜美空氣，氧氣量十足。空氣有點濕熱，氣味香濃，彷彿自一千種不同的花瓣中萃取而出的香水。額外的氧氣讓我整個人感覺輕飄飄的，多吸幾口之後臉上就開始露出傻笑。我自椅子上站起，慢慢晃到裂口旁。就在此時，數百條多刺的藤蔓同時自車外竄入。藤蔓表面有許多鮮肥的花朵散佈其上，有如一張張飢渴的嘴巴。它們帶著強大的力道四下飛竄，散發出陣陣的恐怖氣息。

越來越多的藤蔓湧入車廂，在狹小的空間裡來回甩動，佔領了越來越大的空間，將我一步一步地向後逼開。我的腳不小心在地板上發出一點摩擦的聲響，所有藤蔓立刻對著我的方向竄來。花朵般的大嘴發出邪惡又飢渴的刺耳叫聲。我抽出生日時凱西送的祭祀匕首揮舞，細長的刀鋒毫無滯礙地砍斷最接近的藤蔓，所有花朵頓時發出痛苦的怒吼。藤蔓的斷口處噴出一道清澈的樹汁，不過被砍下來的那部分還是不斷對我掙扎而來。此刻半節車廂都已經被藤蔓佔據，還有更多藤蔓不停自裂縫處湧入，將那條裂縫越擠越大。

我用匕首劃開一張皮椅，扯出其中的填充物，然後以一道平常只用來幫朋友點菸用的元素法術將之點燃。填充物瞬間冒出大火，在充滿氧氣的空氣中噴出一道猛烈的黃焰。我將這道火焰丟入藤蔓堆中，當場燒著了十幾條藤蔓。火勢蔓延得很快，所有花朵齊聲尖叫，沒被燒著的藤蔓當即撤退，任由其他的夥伴在車廂內焚燒死去。花朵在火燄中發出有如受詛咒的靈魂一般的淒厲慘叫。

車廂中滿是濃密的黑煙。藤蔓和花朵死光了，但是火勢卻已經蔓延到車廂內的坐椅上。隨著火勢越來越大，隱藏式喇叭中開始傳來火車的尖叫聲。我大聲命令火車繼續前進，不過話還沒說完就已經被濃煙嗆得劇咳起來。我自持續蔓延的大火之前退開，沿著地板爬到還有空氣的地方。我的雙眼劇痛，不斷湧出淚水，儘管什麼也看不見，但是我依然可以聽到火勢逼近的聲響。

就在此時，車廂傳來一陣巨震，整輛列車突然緊急煞車。車門吃力地試圖開啓，我則以匍匐前進的姿勢朝車門爬去。我用盡最後的力量將車門拉開足夠的縫隙，然後跌出車外。我貪婪地吸取車外的空氣，雙眼依然被淚水所矇蔽。我感到身體伏在十分堅硬的地板上，於是向前爬行，盡快遠離身後的濃煙與大火。我聽見車門關閉的聲響，接著火車揚長而去，繼續踏上找尋避難所的旅程。

火車的呼嘯聲逐漸消失，他遺留在我心中的尖叫也隨之遠去。可憐的傢伙。不管怎麼樣，在母親的驅策下，該做的事情總是得做。我躺在硬地板上，全身反射性地顫抖，靜靜地等待我的肺部和腦袋恢復冷靜，並且祈禱自己已經到達影子瀑布。

□

我終於坐起身來，環顧四周。這裡顯然不是什麼地鐵月台。我身形微晃地站了起來。火車將我丟在一個超大型的舊式大廳，廳裡有著巨大的木板牆壁和高到超乎想像的天花板。這座大廳向左右兩邊延展開來，空間大到足以在裡面舉行足球賽。如此巨大的廳堂理應給人一股沉重的壓力，但是不知道爲什麼，這裡並沒有給我這種感覺。眞要說起來，這裡甚至讓我有一種……心曠神怡的感覺。彷彿是在一段漫長的離鄉背井的日子之後，終於回到家了一樣。四周籠罩在一股金黃色的光線中，不過卻看不到任何明顯的光源，也見不到半點陰影。大廳沒有窗戶，沒有大門，沒有畫像，也沒有裝飾。只有一座壁爐坐落在我面前，安安靜靜地燃燒著溫暖的爐火，彷彿是專門爲了迎接我的到來而設的。我似乎隱約可以聽見外面傳來激烈的風聲。儘管不知爲何，但是這陣風聲讓我感到毛骨悚然。

我知道這裡是哪裡。這裡不可能是別的地方。我閱讀過很多描述影子瀑布的書籍，夜城的居民大都讀過，因爲影子瀑布是世界上唯一比夜城還要詭異、神祕以及危險的所在。這裡是傳奇人物前來等死的地方。當世界不再相信他們，或是他們不再相信自己的時候，他們就會來到影子瀑布……由於人類世界曾經相信過許多奇怪的東西，加上並非所有來到這裡的傳奇都已經做好死亡的準備，所以這個位於世界盡頭之後的小鎭，就成了一個比夜城還要恐怖的地方。我們全都讀過所有關於影子瀑布的資料，因爲我們都害怕有一天自己會淪落到這個地方來。

我如今身處的地方乃是全知聖堂中的骸骨長廊。這裡位於世界的心臟，乃是時間老父居住的地方。

壁爐架上放著一隻木頭貓，貓的肚子上有個簡單的時鐘。隨著時鐘的滴答聲響，木貓的紅舌頭不斷縮吐，雙眼也不停轉動，看起來就像是在嘉年華會裡贏得的廉價獎品。木貓身旁各站了一個風格獨到的純銀雕飾，一隻是獅子，一隻是獨角獸。這兩隻雕飾的身旁又擺了兩排讓我聯想到西洋棋棋子的小人像，不過它們顯然並非西洋棋子。我走向前去，仔細觀察。

人像的材質是一種十分澄淨、近乎透明的木頭，而我一眼就認出這些他們的身分。剃刀艾迪、死亡男孩、渥克、霰彈蘇西，我心想如果繼續看下去……會不會看到我自己？我故意不再繼續看，轉過身去，發現大廳中央出現了一具造型傳統的巨大沙漏。沙漏比我還高一呎有餘，直徑約莫兩呎，除了清澈發光的玻璃之外，那骨架還是剛剛那種半透明的木材打造。大部分的沙都已經落到底下的玻璃漏斗中，不知爲何，這個現象讓我感到非常哀傷。

我繞著沙漏外圍漫步而行，卻發現有人自反方向迎面走來。我很肯定之前那裡並沒有人才對。我立刻停下腳步，對方亦然，接著我們兩個都以懷疑的神色打量對方。對方十分高瘦，兩條手臂上的肌肉糾結，是個青少女龐克族。她身穿破舊的黑色皮衣，上面掛滿金屬釘飾與鎖鏈，皮衣底下還穿了一件骯髒的白上衣，下半身是一條褪色的牛仔褲。她的髮型是標準的黑色沖天龐克頭，兩旁頭顱剃光，臉上塗滿黑白分明的顏料，完全分辨不出本來面貌。她的一邊耳朵上別了一根安全別針，另外一邊耳朵上卻掛了一把明晃晃的刮鬍刀片，目光凶狠，黑色的嘴唇露出一個憤怒的嘴型。她瞪視著我，兩隻大拳頭緊握在腰間，指節上分別紋有仇恨的字樣。

「我是梅德〔註〕。」她突然發出刺耳的聲音說道。

「看得出來。」我盡可能保持冷靜的語調回道。

「梅德是梅德琳的簡稱，你這白癡！」她揚起右手，手中突然多了一把彈簧刀，而且刀片還在十分駭人的聲響中彈起。我想她這個動作應該是用來嚇唬我的，但是我跟剃刀艾迪和霰彈蘇西認識太久了，對於這種動作早就習以為常。

龐克女大聲吼道：「你笑什麼？你以為我在虛張聲勢？這裡是時間的地盤。我是時間的守護者，畢竟……總要有人看著他，不然他就會到處亂跑……聽著，我們不喜歡不速之客，所以請你立刻回頭離開。不然的話，不要怪我不客氣。」

「事實上，恐怕我被困在這裡了。」我道。「我是坐火車從夜城來的。」

她不屑地哼了一聲：「那座糞坑？我死也不會踏入那裡一步。」

「是的，沒錯，很多人都有這種感覺，但是……我真的需要跟時間老父談談。」

「可惜他不需要跟你談，所以快點滾吧，不然我就把你剁成肉醬。」

我考慮了一會兒。「我可以和本人談談嗎？」

「不行！我要生氣了！」

「我知道，這點剛剛已經討論過了……還有沒有什麼在照顧妳，以確保妳不會傷害自己之類的人物？」

「好了！我受夠了！我要把你分裝在三十七個調味瓶裡送回夜城！」

就在情勢一觸即發的時刻裡，時間老父終於決定現身。他憑空出現在我們面前，外表就和上次在時間之塔裡見面時一模一樣。年近六十、身材高瘦，穿著打扮跟朱利安·阿德文特如出一轍，完全是走維多利亞年代的風格。他身穿合身剪裁的黑外套，搭配灰色上衣與深色背心，背心上橫掛著一條金錶的錶鏈，全身上下唯一的色彩則是來自脖子上的杏色領帶。他的五官端正，外表傳統，臉頰微凸，目光深邃，花白的長髮整整齊齊地散落腦後。一股不凡的權威氣勢有如斗篷一般籠罩在他的身邊，不過眼神中卻隱約透露出一點茫然的情緒。

「沒關係，梅德琳。」他輕輕地說道。「我認識這個人，也一直在等待他的到來。去別處找點事做吧，這樣才乖。我要跟這位紳士討論一些他肯定不想聽的事情。」

梅德琳又哼了一聲，收起彈簧刀說道：「既然這樣，那我就不管了。你確定可以信任他嗎？」

「絕對不可以。不過這麼多世紀以來我也沒碰過值得信任的人。」

梅德琳沿著沙漏行走，最後消失在沙漏後方，將我們兩人留在偌大的大廳裡。他低頭看了看自己，然後對我露出一絲短短的微笑。

註：梅德（Mad），憤怒之意。

「我眞的應該改變一下造型，畢竟我是一名神靈……只不過，最近有很多人類都很認同這種造型。我想我知道爲什麼，都是那個名叫旅行醫生的傢伙害的……」

「沒錯。」我說，純粹只是因爲在這種情況下總得要做點回應。「很抱歉打擾你，但是……」

「是的，是的，孩子，我知道。莉莉絲終於回歸，夜城危在旦夕。然而不幸的是，我不能干涉這件事情。我沒辦法幫你，誰也幫不了你。」

「啊。」果然不是我想聽的。「我來這裡是爲了……」

「喔，我知道你爲何而來，約翰．泰勒。我知道你找我做什麼。東西就在我這裡，但是你不會喜歡的。」

他淡淡地伸出左手比了個手勢，一個小小的黑色箱子立刻憑空出現在我們之間的空中。箱蓋自動開啓，露出放置其中的眞名之槍。這把人類有史以來最醜陋的手槍此刻正安安靜靜地躺在鮮紅色的天鵝絨布上。光是看上一眼，我馬上感到一種瘋狗闖入大廳的感覺。這把槍乃是血肉、皮膚以及骨頭所製，槍身內佈滿了幽暗的血管以及軟骨碎片，全部包裹在一張慘白的人皮之中。這是一把由活生生的肉體組織構成的殺人工具。槍柄乃是骨頭打磨的骨板，其外覆蓋了一層濕淋淋的皮膚；扳機是一顆尖銳的犬齒。構成槍管的鮮肉散發出潮濕的光芒。我不禁懷疑我母親究竟使用了多少血肉來製造這把醜陋的工具，所謂的眞名之槍。在如此接近的距離之下，我聞到槍上散發出一種野獸發情時的味道，甚至還可以聽見它在盒子裡的呼吸聲。

「我並不想將如此強大的武器交給惡名昭彰的約翰．泰勒。」時間老父明白表示。「這把槍對任何人類而言都是難以抗拒的誘惑，更別說是你了。但是……我還是會把槍交給你。」他說著看了大沙漏一眼，又道：「一方面是因爲夜城已經沒有時間了；一方面也是因爲我找不到其他更合適的人選託付這把槍……但其實最主要的原因是有一個未來的我跑回來囑咐我把槍交給你，而我眞的很不喜歡看到自己做出這種事來。」

箱蓋突然闔起，黑箱隨即飄到我的手上。時間老父重重地嘆了口氣，搖了搖頭，然後輕彈手指。轉眼之間，我已離開了影子瀑布。

chapter 13 母愛

arper than a Serpent's Tooth Sharper than a Serpent's Tooth Sharper than a Serpent's Tooth Sharper than a Serpent's Tooth Sharper th

我回到夜城，出現在時間之塔廣場上。

四周一片平靜，我緩緩轉頭觀察附近的狀況，但卻沒任何人回應我的目光。暴民與怪物統統已經離開此地，或許是因爲廣場上已經沒有任何東西可供破壞，沒有任何人可供殺戮了。建築物都只剩下焦黑的輪廓，有的向內傾倒，有的向外碎散，滿地都是磚塊與瓦礫。觸目所及處處躺滿屍體，男人、女人以及其他怪物，每具屍體都殘缺不全、面目全非，根本認不出他們本來的身分。他們看起來就和被人玩膩了而丟棄的玩具沒什麼兩樣。所有東西都一動也不動，再也看不出任何生氣，就連在屍體旁邊食腐的老鼠也不見蹤跡——或許所有老鼠都已死絕了也未可知。廣場外的遠方，大戰依然持續。我可以聽見細微的尖叫和爆炸聲，有時候還可以看到突如其來的強光，擠開夜城中的黑暗。但是不論如何，此刻我身處的時間之塔廣場始終一片死寂，沒有任何動靜。

我忍不住想起已經見過太多次的那個末日未來。那個死亡境地、破碎世界，一切都要歸咎於我的完全毀滅。不管我做出多少努力，那個未來依然還在步步逼近，越來越眞實，越來越無法避免。或許，有些未來從一開始就是註定會發生的。

漸漸地，我開始聽見一陣細微的聲響，於是轉過身去，看見了我的母親，莉莉絲，坐在被她摧毀的時間之塔廢墟中。她蒼白的手掌上捧著一顆人頭，人頭的臉皮已被剝離，留下一片模糊的血肉，但是她似乎一點也不在意。她一顆接著一顆地拔下人頭上的牙齒，然後拋到一旁，嘴中念念有詞，無聲地說著「他愛我，他不愛我……」，接著她突然抬起頭來，直視我的雙眼，露出開心的微笑，自廢墟中站起，若無其事地將人頭丟到腳邊。

「約翰，親愛的！我最寶貝的兒呀……」

「不要繼續前進了。」我說。「我有武器，眞名之槍在我手中。」

「當然在你手中，親愛的。我就是爲它而來的。」

她對著我走來。我將黑色箱子高高舉起。她在觸手可及的距離之外停下腳步。她看起來很平靜、很鎮定，一派輕鬆的模樣。我越看越是火大，十分用力地比著滿地的屍體、殘敗的建築，以及遠方的戰火。

「妳怎麼做得出這種事？」

她毫不在意地聳了聳肩。「夜城是我所創，我可以爲所欲爲。」

「妳的子嗣們呢？」我問。「妳那些怪物後代？寶貴的信徒？手下的瘋子跟殺人犯呢？」

「他們都有事在忙。我不需要他們跟來。我認爲該是你我私底下面對面好好談談的時候了。」

我皺起眉頭，想起一個問題。「妳怎麼知道要來這裡找我？就連我也不知道我會出現在這裡。」

她對著我手中的黑箱子點頭說道：「眞名之槍呼喚我。我一直都知道它的下落。畢竟，它是我的血肉，就和我的孩子一樣，就跟你一樣。這把槍是你的哥哥，約翰，從各方面來講都是。謝謝你把它帶來給我，我有用得到它的地方，就和我有用得到你的地方一樣。」

我打開黑箱，抓起眞名之槍，槍口對準莉莉絲。她面無表情，毫不畏懼。在裝槍的箱子掉落地面的同時，眞名之槍的意識已經竄入我腦中。槍身又濕又黏，它的意識更有如瘟疫一般纏入我的心靈，邪惡、憤怒，好比一條試圖掙脫束縛的瘋狗。它在我的掌心大力呼吸，極度渴望被人使用。它有殺戮的需求，想要摧毀整個世界以及所有活在世界上的生物。眞名之槍痛恨一切，但是卻不能在沒有人使用的情況下主動開槍，而它最痛恨的就是這一點。它邪惡的思緒入侵我的心靈，四處找尋可供搧風點火的仇恨與憤怒……但是我曾經見識過它腐化人心的本性，我有辦法反抗它的意志。我如此拚死拚活可不是爲了到最後關頭在一把充滿恨意的武器之前低頭的。

即使在這股瘋狂與憤怒的強烈情緒之中，我依然可以感到眞名之槍渴望回到我母親的懷抱。它想要前往她的身邊，躺在她的掌心，爲她做出各式各樣可怕的事情。我緊緊握住槍柄，直到整條手臂開始疼痛，但是目光始終不曾離開莉莉絲。她無聲地嘲笑著我，向前踏出一步。我小心翼翼地舉起眞名之槍瞄準，然後扣下扳機。

什麼也沒發生。

我一次又一次地扣下扳機，但是眞名之槍上的犬齒說什麼也不肯擊發。我猛力搖晃槍身，甚至出手捶打它，但是一點用也沒有。我可以聽見它在心裡嘲笑我的聲音。

「眞名之槍對我無效，約翰。」莉莉絲冷冷地說。「它絕不會違逆創造者的意願。這是我一開始就已經設下的防禦措施。它愛我，你知道，它想要爲我服務，渴望討我歡心。眞是個好兒子……跟你一點也不像。把槍給我，約翰，這把槍不是你該使用的。我將會用這把槍來唸誦你的原始之名，將你重新塑造成一個尊敬我、服從我的好兒子。」

她攤開手掌，眞名之槍立刻在我手中劇烈震動，似乎極度渴望回到能夠讓它爲所欲爲的人手中。

我絕不能讓她搶走眞名之槍。於是我開啓心眼，強迫天賦找出一個足以毀滅眞名之槍的方法。答案非常簡單：只要讓它說出自己的原始之名，抹煞自己的存在就好了。天賦抗拒我，眞名之槍也抗拒我，但是過去幾年中我經歷過無數風浪，通過許多艱困的挑戰，或許那一切都是爲了眼前的景況做準備。我竭盡靈魂深處的所有意志來對抗天賦和眞名之槍，一點一滴地擊垮它們的力量，最後終於迫使眞名之槍吐出一個可怕的單字。在一陣絕望的嚎叫聲中，眞名之槍的存在遭到抹煞，徹底被反創造，恢復成最原始的材料，莉莉絲的血肉。

隨著手心一空，我整個人也因爲適才透支的精力而虛脫，重心一失，差點跌倒在地。我覺得自己好像徒手舉起一座高山，然後再將它搬到旁邊放下一樣。莉莉絲發出一下驚訝的叫聲，一手摀住自己的腰側。我小心翼翼地觀察她的反應，但是她卻只是看著我微笑。

「謝謝你，約翰。你把我的血肉跟骨頭都還給我了。我差點忘了自己有多懷念那根肋骨呢。你總是爲媽媽帶來最好的禮物。」

「眞名之槍沒了。」我道。「少了它，你就無法重新塑造我，也不能重新創造夜城。這就表示一切都結束。妳處心積慮策劃的陰謀已經失敗。解散妳的大軍吧。這裡已經不再是屬於妳的夜城了。妳不屬於此地。快點……離開吧，不要再來煩我們了。」

但是我話沒說完，她已經開始搖頭微笑。「你的視野總是如此狹隘，約翰。眞名之槍對我來說從來都不重要。我只是想要拿它來讓你好過一點罷了。它是比較……仁慈的手段，卻不是唯一的手段。現在我只好採用痛苦的方法來對付你了。你可不准哭呀，這是你自找的。眞名之槍從來都不是對付夜城的主要武器，約翰。你才是。畢竟，當初生你就是爲了這個目的呀。」

「妳說什麼？」我問。事情實在太多轉折，搞得我內心幾乎麻痺了。「我不懂……」

「你當然不懂。你在我的安排下繼承了一項獨一無二的天賦，約翰，好讓我在適當時機得以取用。我會強迫你執行自己與身具來的使命。我會要你利用天賦找出夜城的完美型態，也就是未受污染的原始夜城。等你找到之後，我將會將那個夜城擴展到全世界。」

「我不幹。」我說。我試圖偏過頭去，避開她深邃無比的目光，但是卻辦不到。「我絕對不會幫妳。」

「只怕由不得你，親愛的。我在你出生之前就已經決定了你的命運，於子宮之中塑造好你的一生，並且利用出生後的前幾年在你內心埋下一道羈絆，好在今時今日用以對付你。那道羈絆將你的意志屈服在我腳下，壓抑著童年的記憶，讓你無力想起和我共同度過的日子。儘管在我完全控制你之前就被迫離開了親愛的家庭，但是羈絆的力量已經足以完成日後的任務。我看得到，羈絆依然深埋在你心中，圍繞你的靈魂深處。」

「妳眞的很喜歡聽妳自己的聲音，是不是？」我道。永遠不要讓對方看出你的恐懼……

「爲什麼之前當我質詢我的天賦的時候，它沒有告訴我這些事情？」

「因爲它不是你的天賦，是我的天賦。是我把它賜給你的。」她緩緩旋轉腳跟，伸出雙臂，環顧一切，嘴角露出微笑，有如嘴中叼著小鳥的貓咪一般。「我認爲重新裝潢的時候到了。這個古老的地方已經遭受嚴重的污染。我將會把完美的夜城擴展到整個世界，讓大地脫離天堂與地獄的掌握。我會從這兩個暴君手中偷走世界，讓地球永遠成爲我的遊樂場。所有存活於世的生命，包括惱人的人類在內，都將會消失，由我所屬意的物種取代，包括你在內，我最親愛的兒子。等我依照我眞正的形象將你重塑之後，你將會比現在快樂許多。你將會跪在我的身邊，永生永世地歌頌我的功績。這樣不是很好嗎？母親跟兒子同聚一堂，永不會分離了。」

而我竟然把唯一有機會阻止她的眞名之槍給毀了。

除非……我上一次面對莉莉絲的時候，在很久很久以前，夜城初創的時刻中，曾經發現過一個可以傷害她的方法。我不禁心下竊笑。我是約翰．泰勒。永遠都能死離逃生的約翰．泰勒。我開啓天賦，以僅存的意志無情地驅使著它，試圖找出莉莉絲與我之間的連結，存在於世間每對母子之間的肉體、心靈，以及魔法的連結。我曾經利用這套把戲吸取她體內的生命能源。

但是當我沿著連結深入她的內心時，卻發現她早就在那裡等我了。她的意志衝擊著我們之間的連結，將我摔到一邊。在她面前，我的力量根本微不足道。我大聲喊叫，摔倒在地，任由她自我體內吸取能量，再也沒有任何方法能夠阻止她。她低下頭來，看著我微笑。

「你不會眞的以爲可以一再以同樣的手法來對付我吧，是不是？我花了這麼多年來計畫這一天、這一刻，難道我會沒有考慮到這種細節嗎……可憐的孩子。這不是你的故事，約翰。這是我的故事。我認爲改造你的時候到了。這一定很有趣的，我們將要一起撕毀你曾經所相信的一切。張大嘴巴，叫聲『啊』吧，約翰！不會痛太久的……」

chapter 14 爲愛付出的犧牲

rper than a Serpent's Tooth Sharper than a Serpent's Tooth Sharper than a Serpent's Tooth Sharper than a Serpent's Tooth Sharper thar

時間突然變慢，一切幾乎凝止。莉莉絲的手在我面前幾吋的距離外停了下來，聲音也變成一陣拉長的低吼，最後完全沉默。

收藏家駕駛著一台奇怪的機器憑空出現在我們面前，相信就是因為這台機器的力量導致時間暫停。收藏家是一名騙徒、一名盜賊、一個惡名昭彰的匪類，喜好收藏任何具有收藏價值的物品，只要不是被釘死在地上或是有凶猛野獸把守的東西他都一定要弄到手。我們認識很久了，不過從來沒有成為朋友過。事實上，我認為收藏家應該已經沒有任何朋友了，因為朋友只會阻撓他收藏的嗜好而已。

他是個腦滿腸肥的中年人，此刻身穿一件藍白相間的運動上衣，領子上別有一個刻有六號字樣的大型徽章。他坐在奇怪的機器之中，盤旋在十分接近我頭頂的上空。那台機器看起來像是一具由石英和水晶組成的複雜攀緣架，在夜空中綻放出亮麗的色彩。整台機器骨架不會超過十呎寬，但是卻給人一種無盡向外延伸的感覺，似乎不只是存在於三度空間之中。它排出的廢氣為空氣中帶來一股十分濃厚的臭氧氣味。

收藏家從機器中伸手出來，一把抓起我的外套衣領，將我拉入機器之中。一進入機器的範圍內，我立刻恢復了行動能力。我抓起手邊的水晶柱，藉以穩定身形，卻發現柱子扭動不定，似乎並非完全存在於我們的世界裡。我實在不能肯定自己是不是從一缸油鍋裡跳進了一把爐火之中，因爲大家都知道收藏家向來獨來獨往，從來不跟任何人站在同一陣線。在我們的腳下，莉莉絲緩緩轉過腦袋，往我們的方向看來。

「狗屎！」收藏家道。「力場開始崩潰了。抓緊，泰勒，我們走！」

他雙手緊握一根造型有如一朵水晶花的控制桿，整台機器立刻滑入空間的縫隙中，時間之塔廣場轉眼之間消失無蹤。我們不斷旋轉，眼前出現了許多異界空間。我試著閉上雙眼，但是卻絲毫沒有好過一點。周遭的變化透過基本的精神層面傳入我的感知，而我的內臟強烈排斥這種感覺。我無助地抓緊手邊的水晶柱，但是水晶柱卻似乎蓄意想要脫離我的掌握一般。我耳中依然聽見莉莉絲的聲音，大聲叫著「不……」那聲音彷彿永遠都不會消失。水晶機器在她的怒意之下扭曲變形，許多堅硬的水晶紛紛開始碎裂。收藏家一邊駕駛一邊謾罵，接著在一陣劇烈撞擊之下，我整個人飛出機器，跌落在陌生人酒館的地板上。

我在地上坐了好一陣子，享受著不會亂晃的堅硬地板，然後十分痛苦地站起來，似乎這一輩子都不曾感到如此疲憊。我轉頭看向收藏家，發現他正圍著水晶機器來回走動，口中不斷發出難聽的髒話。他氣得胡言亂語，狠狠對著散落一地的零件踢了好幾腳。

「爛東西！我絕不會再弄一台了！上次去的時候還說幫我安裝什麼額外安全裝置……這趟旅程最好值得，亨利！」

渥克走過去拍了拍他的肩。「思考策略的部分就交給我來處理，馬克。我最擅長這種事了。你一直沒說這東西到底是什麼玩意？」

「這個嘛，一開始它是專爲三十世紀的小孩設計的四度空間攀緣架。我趁著沒人注意的時候據爲己有，然後又把它改造成具有跨空間旅行功能的工具。基本上它不如我其他的時間機器精準，但是它詭異的特性卻正好用來出其不意地偷襲莉莉絲。現在看看它！我最好是能夠獲得金錢補償，亨利。」

「我會提供你正確的申請表格。」渥克道。「現在的情況如何，泰勒？」

「糟透了。」我說著癱倒在最近的椅子上。「你爲什麼派這個傢伙來救我？」

「因爲你顯然沒有能力自救，不知感恩的渾蛋！」收藏家叫道。「當梅林感應到你從影子瀑布回來之後，我們就一直透過他的法術觀看你和莉莉絲對話。一發現情形不對，亨利馬上請我去救你。如果你在懷疑爲什麼像我這麼有自知之明的人會願意加入這個無望的反抗活動，我只能說我是遭人情感勒索了。」

「我只是指出了一個事實，讓他了解一旦莉莉絲控制了夜城，世界上就不會再有任何值得收藏的東西留下了。」渥克道。

「可惡的野蠻人！」收藏家道。「我花費一生的心力收藏了世界上最偉大的寶藏，可不是爲了要毀在那個蠻橫的白婊子手中。女人永遠不能了解收藏品的眞正價値……」

「我知道只要我找你幫忙，你一定會來的。」渥克道。「老朋友是幹什麼的！」

收藏家冷冷地看著他。「別想太多，亨利。你明明知道我們已經有二十年不是朋友了。自從聖保羅大教堂的意外事件之後，你就一直想要將我逮捕歸案。可惡，打從查爾斯的葬禮之後我就再也沒有見過你了。」他看了我一眼，然後又轉回渥克臉上，語氣微微轉緩。「你老了，亨利。穩重多了。」

「你卻變肥了。」

我不想打擾這兩個老朋友的重逢，於是強迫自己離開座位，跌跌撞撞地來到吧台之前。莉莉絲當眞搞得我心力交疲。艾力克斯站在吧台後方的老位置，手裡拿著一杯苦艾白蘭地迎接我的歸來。他在酒杯上多插了一把小雨傘，只因爲他知道我有多討厭這種裝飾。他可不想讓我以爲他心軟了。我丟開小雨傘，喝了一大口酒，然後感激地對他點了點頭。他也朝我點頭回應。我們都不是喜歡在公共場合情感流露的人。

「和我一起去的人有沒有回來的？」我終於開口問道。

「只有我。」蘇西．休特道。

我轉過身去，立刻看見了她。蘇西．休特身上的黑皮衣幾乎已經爛不成衣，到處染滿乾枯的血跡，彈帶上沒有任何子彈，皮帶上的手榴彈也統統用光，就連霰彈槍也不在背後的槍套裡。她半坐半癱在我隔壁的高腳椅上，面前擺了一瓶琴酒。我實在過於疲憊，只能回以微微一笑，讓她知道我有多高興看到她還活著。她點頭回應。

「你該看看她剛剛回來的時候狀況有多糟。」艾力克斯道。「我一共施展了三道最好的醫療法術才治好她的傷勢。那些都算在你的帳上，泰勒。不過從當前的情勢看來，你最好現在就趁著還有機會的時候把帳付清。」

「我的霰彈槍壞了。」蘇西完全忽略艾力克斯的存在，說道。「彈藥用盡之後，我只能把槍當棍子用。我最好的一把匕首也留在某個渾蛋的眼睛裡了。所有武器都沒了，我覺得自己好像沒穿衣服一樣。」

「妳怎麼能夠在那麼多暴民的圍攻之下逃回這裡？」我問。

「一堆鈍器加上無人能敵的壞脾氣。」蘇西道。

「有看到其他人嗎？」

「沒有。」蘇西說著看向桌上的酒瓶，但卻沒有伸手去拿。「不過死亡男孩本來就已經死了，剃刀艾迪又是神。所以我想他們最後總是會找到路回來的。」

「但是湯米．亞布黎安回不來。」我說。

「沒錯。他弟弟賴瑞一聽說出了什麼事，馬上就跑出去找他，到現在都還沒有回來。」

「朱利安．阿德文特也出去了。」艾力克斯道。「基本上是去集結渥克的人馬，以便對莉莉絲的大軍展開最後的攻擊。」

「不行！」我立刻離開吧台，衝到渥克面前。他故意忽略我的存在，繼續跟收藏家談話。我一把抓起他的肩膀，將他整個人轉過來面對我。我也分辨不出誰的反應比較驚訝，因爲已經很久沒有人膽敢這樣對待渥克了。「你不能組織軍隊跟莉莉絲的大軍正面衝突。」我以最堅決的語氣說道。「這樣的話，夜城就會在雙方爭奪的過程中遭到毀滅，最後終將沒有贏家。我見過那個未來。」

「你確定？」渥克問。

「喔，確定。我跟未來的人們談過，大戰的倖存者，世界上最後的人類。他們都是你認識的人，但是相信我，渥克，你不會想知道他們是誰的。你一定要相信我，正面衝突贏不了這場戰爭。」

「那你有什麼建議？」渥克問。即使我剝奪了他最後的希望，他的聲音依然跟往常一樣冷靜。「除了正面衝突，我們還能做什麼？」

「你必須採取行動。」梅林的聲音十分刺耳。「而且必須要快。我的防禦魔法不斷遭受攻擊，只怕再也維持不了多久。」

我尋著說話的聲音看去，卻花了點時間才找到這個古老的巫師。他獨自一人坐在角落的桌旁，形容十分憔悴，即使對一具死了一千五百年的屍體來說，他看起來依然老邁而又疲憊。他臉上的肌肉死灰鬆垮，眼眶中的火焰幾乎接近熄滅。

「與莉莉絲的力量相抗衡，將她隔離在外，幾乎掏空了我所有的一切。」梅林頭也不抬地說道。「我快被吸乾了，泰勒。我需要我的心臟。現在還有時間。找出我的心臟，將它帶來這裡，放入我的胸口，我就能夠恢復強大的實力，重新賦予自己生命，找回往日的光榮，開門出去正大光明地面對莉莉絲。」

「我不這麼認爲。」我道。「你是撒旦之子，生來就是毀滅基督教的王。我不能冒險讓你這種人回歸夜城。」

「沒錯，用家族背景來評判我！你應該很清楚我們這種人並非永遠都是父母的孩子。你要我求你嗎，泰勒？那我就求你！不是爲了我自己而求，我是爲了夜城而求，爲了我們所有人而求。」

「我辦不到。」我說。「我知道你的心臟在哪，但是我沒有辦法幫你取得。」

「那我們就死定了。」梅林道。「不但死定，而且永遠都將受到詛咒。」

「聽著，如果他沒有能力保護我，那我就要離開這裡。」收藏家道。「好了，亨利，我會來這裡都是因爲你向我保證這間酒館比我所有的避難所都安全。我會同意拯救泰勒都是因爲你說他是我們活下去唯一的機會。」

「閉上你的鳥嘴！」我吼道，心中一股怒火油然而生。「你沒資格抱怨，收藏家。這一切根本都是你的錯！要不是你弄來什麼芭貝倫儀式，莉莉絲根本不會從地獄邊境歸來！要不是你湊合我父親跟母親結合，我今天根本不會站在這裡！」

收藏家回避我的目光。「我被人誤導。」他終於說道。「我以爲自己做的一切都是正確的。」

「不要怪罪馬克。」渥克說著走到收藏家身旁。「當年我們全都以爲自己在做正確的事，包括你父親在內。我們不是故意導致這一切的……你看我的樣子好奇怪，約翰。怎麼了？」

「我剛剛想到了一個辦法。」我說。我臉上的笑容不自禁地擴大，所有疲憊的感覺似乎統統消失。「我是約翰·泰勒，記得嗎？我總是有辦法死裡逃生，而這一回的辦法實在太美妙了。還有一個機會能夠在不需要正面衝突的情況下阻止莉莉絲，只要找回當年利用芭貝倫儀式召喚莉莉絲的三個男人，重新施展法術，反轉儀式，就能夠將莉莉絲送回地獄邊境！你們當年儀式開啓的傳送門依然存在，對不對？」

「這個嘛，沒錯。」渥克道。「我們一直沒有機會關閉那道門。在發現傳送門沒有關閉的時候，我們三個已經分道揚鑣，發誓再也不要合作。反正那扇門根本無關緊要，它只留下一小條縫隙，除了我們三個之外，不會有人發現它的存在，也不會有人有能力使用它。莉莉絲回歸的入口已然與她同調，除了她之外沒有人能夠穿越。」

「但是只要你們三個合作就能夠再度施展傳送儀式。」我道。「將那扇門完全打開，迫使莉莉絲回歸地獄邊境，然後再將門完全關閉！這樣有可能成功！不是嗎？」

「技術上來講是有可能。」收藏家說著皺起眉頭。「只是我們要有一個人和莉莉絲一同進入傳送門，這樣才能在我們完成關門儀式之前確保她無法從另外一邊再度開啓。進去的人……將會永遠跟莉莉絲一起困在地獄邊境。你不用看我，這個世界還有太多值得我留戀的東西，再說我跟她一向處不來，即使當年她只是查爾斯的老婆也是一樣。」

「你從來不懂什麼叫作職責所在。」渥克道。「我願意去。」

「不。」我說。「我去。你也知道最後去的人一定是我。」

「不，不能是你！」蘇西大聲叫道。「爲什麼每次都是你，約翰？難道你做的還不夠多嗎？」

「不幸的是，這個討論一點意義都沒有。」渥克道。「這是個好計畫，約翰，但是卻沒有辦法成功。當初施展芭貝倫儀式是我們三個，如今也只有我們三個人才能重新開啓那扇門。但是你父親已經死了，約翰。」

「他又活過來了。」我說。「莉莉絲喚醒了所有埋在大殯儀館墓園裡的死者，記得嗎？她把他們全部帶回人間，派他們進入夜城殺戮。」所有人眼中都露出了解的神情。「他就在外面的某處。我的父親。查爾斯·泰勒。還有誰比我更適合找他出來？」

我喚醒天賦，命令它顯現我父親的景象。此刻他身處普羅斯帕羅與麥克史考特紀念圖書館之中，在零亂的書櫃間翻箱倒櫃，將一堆書籍排在一張書桌上，迫切地翻閱著每一本書，尋找……某樣東西。我默默觀察了他一會兒。他看起來沒有比我年長多少。事實上，他和我長得十分相像。我抓起渥克跟收藏家的手，跟他們分享我眼中的景象。

「典型的查爾斯。」收藏家語帶憂傷地說道。「他從來都不願聽從任何人的命令，包括令他死而復生的前妻在內。她早該知道他會亂跑的。」

「我不認爲她眞的了解他。」渥克道。「再說她還有別的事情要忙。」

「他在幹嘛？世界末日都要到了，他還埋在書堆裡做什麼？」收藏家問。

「他在做他最擅長的事情。」渥克道。「研究。他在尋找答案。」

我轉頭看向梅林。「幫我在兩地之間打開一扇傳送門。我必須和我父親談談。」

死去的巫師皺起眉頭。「如果我不專注施展防禦魔法，即使只是一下子，莉莉絲也會察覺發生在這裡的一切。」

「讓她察覺。」我道。「如今最要緊的是把這三個老朋友聚在一起，好讓他們彌補多年前所犯下的錯誤。」

「天呀，有時候你聽起來眞像你父親。」收藏家道。「他有時候眞的讓人很受不了。」

梅林伸出一隻顫抖的手掌，頗不情願地比了個手勢，我眼前的圖書館場景當即踏入現實，與酒館的空間緊密結合在一起。我父親專注於眼前的研究，根本沒有發現這個變化。我穿越連結空間，進入圖書館內，然後故意咳嗽一聲。我父親從椅子上跳起，迅速向後退開，手中抓起一枚紙鎭充當武器。我緩緩舉起雙手，讓他看到我沒帶武器。

「放輕鬆。」我道。「我不會傷害你的。我需要你的幫助。」

查爾斯．泰勒面帶疑色地看著我，接著將紙鎭放回書桌上。「你看起來很面熟。我認識你嗎？」

多年之後再度聽見父親聲音，我的內心忍不住掀起一陣感動。比起剛剛的影像，他的聲音讓他整個人變得更加眞實。我放下雙手，一時之間居然不知道該說些什麼。我有太多事情想要告訴他，必須告訴他，但是我不知該從何說起。

「你怎麼找到我的？」他問。「你看起來不像莉莉絲的手下，但是我肯定有見過你……無所謂，我幫不了你。你必須離開。我很忙。」

「你認識我。」我說。「雖然已經很久沒見了。我是約翰。你兒子，約翰。」

「我的天！」他說著突然坐倒在座位上，彷彿腳上的力氣全部消失了一樣。「約翰……看看你……長好大了。你看起來……眞像我父親，你的祖父。當然，你沒見過他……」

「你遺棄了我。」我說。我試圖壓抑心中的怒火，但是這樣做只是讓我的聲音更加冷酷。「在我還是小孩的時候就把我留給我的敵人。你在我最需要你的時候離我而去。你寧願喝酒喝到醉死也不願意撫養我長大成人。爲什麼？」

查爾斯深深嘆了口氣。他看著眼前的書籍，似乎想要從中找尋答案，接著又將目光轉回到我的身上。「你必須了解……我被人背叛太多次了：我信任的朋友、我深愛的女人。你的母親……是我最後的希望，再度身而爲人的希望，再度恢復理性的希望。她讓我想要成就大事，想要改變世界。她是我的生命，我的希望，我的夢想，我從來不曾如此深深地愛上一個人。當皮歐告訴我眞相，展示證據給我看的時候……我氣得差點殺了他。我衝回家去找她，但是她卻早已離去。這樣也好，不然我眞不知道自己會做出什麼事來……至於你，約翰，在那之前你對我意義非凡，但是在我發現眞相之後，我很害怕你也是一場謊言。如果我的妻子都不是人的話……我又怎麼肯定我的兒子是人？我好害怕你長大之後會變成一頭怪物，就和你母親一樣。」

「不。」我道。「我一點也不像我母親。」

他微微一笑。我忍不住感到一陣心痛。我記得這個很久以前曾經見過的微笑，雖然在這一刻之前，它早已被我遺忘。

「我從舊報紙裡讀到不少關於你的事蹟，看來你的生活當眞多采多姿。幫助無力自助的人、解決謎團、打擊罪惡……我也看了幾篇由維多利亞冒險家朱利安・阿德文特撰寫的社論。他似乎還不能肯定自己能不能認同你的作風，但是他顯然認同你的成就，這對我來說就已經夠好了。你已經成爲一個我一直想要當的英雄，只可惜世事常常不能盡如人意……」

「現在還不算太遲。」我說。「你還有一個機會可以阻止莉莉絲。跟我來，兩個老朋友在等著你呢。」

他從椅子上站起，來到我的身邊。我們兩個幾乎一樣高，年紀也差不多，不過我們各自都擁有超乎凡人的人生經歷。

「還有機會？」他問。「當眞？」

「我這麼相信。」

「那就來吧。」他微微遲疑，接著一手搭上我的肩膀。「很抱歉我讓你失望了，兒子。很抱歉……我不夠堅強。」

「所有人都讓你失望。」我說。「他們統統欺騙你、背叛你。此後再也不會了。」

「我讀遍圖書館中所有有關你的資料。」查爾斯・泰勒說。「我死之後，你一直做得很好。我爲你感到驕傲，兒子。」

「我一直希望能令你驕傲。」我說。

我猜他接下來會想要擁抱我，但是我還沒有做好準備。我依然必須保持堅強。我領頭跨出傳送門回到酒館，他隨即跟我出來。接著梅林立刻關閉了傳送門。我父親看了看四周。

「我的天呀，這裡是陌生人酒館！這個爛地方還沒倒閉？我曾在這裡留下不少回憶……」

「沒錯，你的確是。」渥克澀澀地說道。「不過如果我沒記錯的話，當年的酒錢都是我付的，你可是有名的出門不帶皮夾呀。」

我父親轉過身去看著渥克，接著又將目光轉向收藏家。他皺了皺眉頭，似乎一時不知如何反應。接著他開懷大笑，三個老朋友登時笑成一團。那是一種開誠佈公的歡樂笑容，所有多年的恩怨都在一笑間一掃而空。他們聚在一起，用力拍打彼此的肩膀，大聲互道別來之情。儘管查爾斯．泰勒看起來比其他兩人年輕許多，但是他們三個站在一起就是那麼自然，那麼合拍，彷彿他們屬於彼此，多年以來都不曾分開過一般。最後他們終於向後退開，仔細地打量起彼此。

「很高興再見到你，查爾斯。」渥克道。「你氣色不錯。看來死後的生活過得還算愜意。」

「我很想念你，查爾斯。」收藏家道。「眞的。你是我見過最能夠堅持己見的人。那麼，人死之後究竟是什麼感覺？」

「我眞的不記得了。」查爾斯道。「或許這樣也好。看看你……看看你們兩個！亨利……出了什麼事？你怎麼會這副打扮？你不是常常說寧願死也不要像平凡人一樣一輩子被困在西裝領帶之中？這些年來，你眞的已經成爲當權者的一份子了嗎？」

「不止。」收藏家道。「如今他已經成爲眞正的當權者了。」

「還有馬克……你眞是很有個人風格，但是什麼時候變得這麼肥呀？」

「別跟我提肥。」收藏家道。「喜歡這件運動服嗎？我是從一個退休情報員身上得來的，而且還趁對方找尋運動服的機會順便偷了他的怪車。等這一切結束之後，你一定要來看看我的收藏品，我擁有的珍藏、垃圾，以及俗不可耐的物品可比世界上任何人都還要多！」

「我一直知道你有這種天份，馬克。」我父親神情嚴肅地說，接著他們三人一起大笑。

「這倒新鮮。」梅林小聲對我說道。「我從來不曾預見這個場景，甚至沒有想過這三個人會再度重逢。天知道接下來會發生什麼事？」

「你從來沒有預見過今天發生在這裡的事情？」我問。

「我不認爲任何人曾經預見過，孩子。實在需要太多巧合加上太多變數才讓這三個男人於多年之後在此重逢。這一切都是因爲你，約翰．泰勒。」

「所以……」我說。「這下我們有機會了嗎？」

「喔，不。」梅林別過頭去。「我們依然統統會死，或是隨著夜城一起被徹底消滅。」

「芭貝倫儀式。」查爾斯．泰勒說道。我立刻將注意力轉回他們身上，只見我父親眉頭深鎖地沉思著。「我們最偉大的成就，也是最無法饒恕的罪惡。我們眞的要再來一次嗎？」

「有時間嗎？」渥克問。「當年我們花了好多天的時間準備，而且幾乎耗盡所有精力。如今我們年紀大了，體力也不如從前呀。」

「我們不必完全從頭來過。」收藏家充滿自信地說道。「你總是不肯專心聽我解釋理論，亨利。由於我們一直沒有結束儀式，所以法術到現在還在檯面下繼續運作。打從我們被打斷的那一刻起，儀式就一直在原地暫停。就是因爲這樣，我們開啓的傳送門才會一直沒關。我們只需要和當年的儀式再度建立起連結就好了。」

「這樣應該很簡單。」查爾斯道。「我們是唯一符合鎖孔的三把鑰匙。」

「話說回來……」收藏家繼續道。「出錯的可能很大。重新啓動被打斷的法術是一件十分危險的事情。我們統統都有可能會死。」

「跟莉莉絲對我們的安排相比，死亡肯定是一種解脫。」渥克道。

「那倒是眞的。」收藏家道。「我想……我很希望有個機會能夠再一次做回曾經的自己。我們來吧。」

到最後，根本不需要粉筆符號，不需要吟唱咒語，不需要祈求神靈，三個老朋友只是閉上眼睛集中精神，酒館中立刻出現了一道強烈的能量，噴灑出強大的氣息。我們都感覺到某種東西受困於空間中，極力想要掙脫束縛，完成使命。儘管已經過了三十多年，這三個老朋友還是毫不遲疑地踏入正確的位置，有如忘卻本身工作的三塊零件，再度回到一具威力強大的引擎之中。魔法能量圍繞著三人激盪，彷彿他們從未離開。芭貝倫儀式當即重新啓動。

然而就在此時，一股存在擊潰了梅林的防禦魔法，強行進入酒館。一個有如血盆大口一般的大洞突然出現在一面牆上，向後延伸出一條深不見底的狹窄通道，通往一個非左非右、不上不下、完全不知名的方向。我的心靈無法處理通道內的景象，只能簡單地將其稱為「外界」。一條人影自通道之中漫步而來，儘管距離依然遠到肉眼無法辨識，但是我很清楚對方是誰。莉莉絲已經得知我們的計畫，正在趕來阻止我們。

梅林來到通道前，擋住出口，看向其中。他似乎……很渺小、很虛弱。他抬起一條充滿屍斑的灰色手臂，在空氣中畫出耀眼的圖形，種下閃閃發光的強大符咒。他殘缺的嘴唇唸誦古老的咒語，藉他之名中的權威召喚著各式各樣恐怖的怪物，然而什麼事也沒有發生。地獄中的怪物雖然畏懼梅林，但是他們更怕莉莉絲。梅林試圖在莉莉絲腳下召喚次空間傳送門，打算將她送入其他危險的空間。然而莉莉絲卻只是輕鬆走過，完全不把傳送門當一回事。或許對她而言，那些傳送門根本就不存在。她乃是莉莉絲，是憑藉一己的意志在物質界中烙印出來的強大化身，而他不過是一名死去的巫師罷了。她一步一步地向前逼近，臉上的笑容越來越大。梅林的一切努力統統無效，甚至連爭取一點時間都辦不到。最後她終於步入酒館，身後的通道隨即關閉，再度成爲一面普通的牆壁。

「哈囉，梅林。」她說。「怎麼這麼大驚小怪？不知道的人還以爲你不歡迎我呢。要知道，我可是花了很大的工夫幫你帶來一件好禮物呀。」她抬起左手，拿出一顆充滿壞死組織的黑色肉團。他立刻認出那是什麼，並且發出一下有如遭到重擊的聲響。莉莉絲開心地笑道：「沒錯，這就是你久違了的心臟，小巫師。自從我放棄妻子與母親的身分之後，這些年來我就是在找它。我必須在你之前找出你的心臟，因爲只要你恢復力量，就會成爲唯一有機會阻止我的人。梅林．撒旦斯邦，毀滅基督教本是你的天命，但是你卻沒有那個膽子。對了，我最近跟你父親聊過，他還在氣你呢。」

「把我的心臟還來。」梅林道。

「這顆心藏得十分隱密。」莉莉絲道。「你不會相信我是在哪裡找到它的。」

「妳想怎樣？」梅林問。

「這才像話。」莉莉絲微笑說道，有如老師教導愚蠢的學生一般。「你可以取回心臟，梅林。只要你臣服於我，跪在我的腳前，對著你污穢的名諱發誓永遠向我效忠。」

梅林哈哈大笑，笑聲十分難聽，彷彿在莉莉絲的臉上吐口水一般。「臣服於妳？」梅林語氣輕蔑地道。「我這一輩子只願臣服在一個人的腳下，而妳連幫他擦盔甲都不配。」

莉莉絲大怒，手掌一緊，當場將腐敗的心臟擠成一堆暗紅色的黏漿。梅林大叫一聲，頹倒在地，數百年來圍繞在他身邊的魔力在剎那間消失殆盡。他在地板上蜷成一團，枯萎凋零，血肉不斷離體而去，留下一堆古老的骸骨，雙眼中的光芒盡逝。莉莉絲輕咬一口殘敗的心臟，津津有味地咀嚼起來。

「味道不錯。」她說。「現在給我去死吧，蠢蛋，回到爲你準備好的地方去吧。你父親已經在等你了。」

梅林繼續痙攣一會兒，最後終於停止抖動，徹頭徹尾變成一具乾屍。然而在一切結束之前，我彷彿聽見他說了一聲「亞瑟」？所以或許他終究還是逃出了命運的掌握。我很希望能這麼相信。

莉莉絲不慌不忙地看著酒館之中的景象。正當我絞盡腦汁想辦法分散她的注意力，不讓她發現三個老朋友的企圖時，艾力克斯已經從吧台後方抄出一把霰彈槍，丟到蘇西手中。

「用這把槍去想想辦法，蘇西。幫我的祖先報仇。他或許是個惱人的渾蛋，但再怎麼說也是我的家人。彈夾裡裝的是擦過大蒜、汽油膠化劑外加聖水的銀子彈，以及用聖人骨灰煉製而成的祝福彈。這堆雜七雜八的配料之中總有一兩樣足以傷害她的元素，可是我專門爲了在失控的夜晚維持秩序所調配的。」

「說眞的，艾力克斯。」蘇西將槍口對準莉莉絲。「我對你的印象完全改觀了。」

她對著莉莉絲開了一槍又一槍，以極快的速度擊發扳機，瞬間射光了所有彈藥。莉莉絲完全不爲所動，從頭到尾站在原地挨槍。蘇西壓低槍管，莉莉絲則告誡式地對她比了比手指，接著轉身看向正在施法的三個男人。他們全心全力投注在儀式之上，根本沒有發現她的到來。莉莉絲觀察了他們一會兒，緩緩將頭側到一旁。

「淘氣的男孩們，你們在做什麼呢？想用最後的法術送我離開嗎？這道法術……給我一種熟悉的感覺。」她話沒說完，臉色突然一變。「亨利？馬克？還有……查爾斯。好呀，好呀……親愛的老公，我都忘了你也被埋在大殯儀館的墓園。停止無理取鬧，面對我，查爾斯。讓我告訴你我計畫要怎麼對付我們這個天賦異稟但卻不知感恩的不孝子。」

「告訴我。」我道。「如果妳敢的話。」

我帶著自大與驕傲的神情走到她的面前。我一定要引開她的注意，爲他們的儀式爭取時間。我直視莉莉絲的臉龐，她則面帶微笑看著我。

「妳不該來這裡的。」我說。「這裡是我的地盤、我的領域，在這裡我可以完全發揮我的力量。你以爲妳有辦法逼我找出妳想要的夜城？來試試看吧。親愛的母親。」

「生下一個如此愚蠢的兒子，眞是比被毒蛇咬噬還要令人痛心。」莉莉絲道。「我叫你做什麼，你就得做，約翰。你沒得選擇，這一切都在很久以前就已經決定了。先從簡單一點事情開始示範好了。取悅你的母親吧，約翰，去把你父親殺了。」

她的命令透過我內心深處的羈絆而發，儘管設下層層心靈防禦，我依然顫抖不已，幾乎崩潰。因爲她的定時炸彈是埋在我的心靈防禦之內……然而我始終站在原地，拒絕服從她的命令，甚至沒有轉頭看向我父親。我感覺到她的意志深入我的內心，控制我的軀體，有如一具龐然大物壓得我無法喘息。我的手指緊握成拳，疼痛無比，但是我說什麼也不肯移動腳步。只可惜我已經在動了。我的頭完全不顧我的意願，緩緩轉向父親。母親的羈絆在我思緒之中燃燒，有如無情的叛徒一般嘲笑著我的失敗。接著突然之間，我的內心不再孤獨。蘇西出現了，艾力克斯出現了，他們將自己的意志灌注到我的腦中，幫助我停在原地。

好了，蘇西道。這感覺眞是奇妙。撐著點，約翰，救兵到了。

你們是怎麼辦到的？我問。

我也懂一點魔法。艾力克斯得意洋洋地道。再怎麼說我也是梅林的後代。不然你以為我怎麼有辦法經營這種爛地方這麼多年？

閉上鳥嘴，集中精神。蘇西道。

於是我們三個站在一起，各自憑藉一生苦難所磨練出來的堅強意志頑強地對抗莉莉絲，死也不肯屈服。在這一生中最親密的時刻裡，三個鮮少表達對彼此關懷的老朋友並肩作戰，逼出了埋藏在我心中的羈絆，並以永不屈服的意志打破它對我的控制，使其在尖叫聲中死去。莉莉絲的力量襲體而來，有如一場超級風暴衝擊在一顆小石頭上，但是我們依然不肯放棄。

即使這表示我們正在一點一滴地死去。我們必須利用生命能源來支持結合我們意志的法術，然而就算耗盡了三人的生命能源也無法與莉莉絲的力量相提並論。我們感到生命離體而去，感到黑暗不斷逼近，但是我們一步也沒有退縮。蘇西和艾力克斯隨時可以退走，拯救他們自己的性命，但是這個想法根本不曾出現在他們的腦中。我眞爲他們感到驕傲。

我們抵擋不了多久的。我們心裡清楚得很。我們不過是在拖延時間，讓三個老朋友有機會再度開啓通往地獄邊境的大門。我們在引開莉莉絲的注意，盡力不讓她發現我們眞正的企圖。她可以不費吹灰之力地打斷他們的儀式，但是她卻始終執著地想要擊潰我的心靈。我們離死亡越來越接近了。我們都很清楚，但是卻不在乎。我們是站在同一陣線的好友，爲了拯救世界努力不懈，爲了堅持信仰奮鬥不已。或許這是我們這輩子第一次毫不懷疑自己的決定，並且相信今日所作所爲都值得以生命換取。

最後，芭貝倫儀式終於成型，在我們眼前綻放出耀眼的光芒，力量充斥了整間酒館，竄入所有人的體內，強化了每個存在，壯大了所有心靈。長久以來不願關閉的傳送門終於大開，奇異的能量有如雨滴般自陌生的空間噴灑而出。我看不見那扇門，但是它的存在卻盈滿我的內心，彷彿有人爲我揭開簾幕，讓我看見隱藏在世界之後的全新境界。莉莉絲終於了解發生了什麼事。她發出憤怒又恐懼的叫聲，試圖攻擊那三個男人。然而蘇西、艾力克斯和我用盡我們僅存的力氣阻止了她。儘管我們已經離死不遠，終究還是硬生生地擋住了她的去路。

一陣強風穿越傳送門，帶著不屬於這個世界的香氣自地獄邊境席捲而來，接著反轉方向，急速離去。風捲起了莉莉絲，我們立刻解除意志力對她的束縛。莉莉絲頑強抵抗，但還是一步一步地被拖往傳送門。她在門邊停下腳步，寧死也不願繼續前進。必須有人強迫她穿越傳送門，與她一同進入地獄邊境，並在另外一邊守著大門，直到芭貝倫儀式完全關閉為止。這個人必須是我。因爲唯有如此，我才能確保自己永遠不會再次威脅夜城的安危。我曾在未來對著瀕死的艾迪發誓自己寧死也不要見到夜城因爲我而毀滅，這些話絕對不是隨便說說的。

但是我卻沒有機會這麼做。我父親離開了他的朋友，抓起了他的前妻，衝入通往地獄邊境的大門。傳送門立刻開始關閉，在最後的一刻裡，我父親回過頭來，對我露出最後一抹微笑。

「爲了你，約翰！爲了我的兒子！」

傳送門完全關閉，莉莉絲的尖叫聲戛然而止。由於少了一個施法者之故，芭貝倫儀式開始分崩離析，渥克和收藏家以最快的速度完結施法，永遠關閉起這個儀式。一切都結束了。陌生人酒館陷入一片寧靜。渥克和收藏家全身虛脫，靠在彼此的肩膀上站在一起，看起來比之前蒼老許多。蘇西與艾力克斯離開了我的內心，搖搖晃晃地走到我的身邊。我看著傳送門消失的地方，心裡想著我的父親跟母親。我想到他們終於團聚一堂，永遠再也不會分開……

為了愛，我們都必須付出極大的犧牲。

尾聲

由於莉莉絲消失了，她的大軍很快就開始分崩離析，自相殘殺。沒過多久，渥克的手下就在朱利安·阿德文特的領導下瓦解了他們的勢力。莉莉絲殘存下來的子嗣一看苗頭不對，紛紛躲回諸神之街。就這樣，大戰結束了。

因爲當權者已死，所以渥克成爲夜城新一代的權力中心。沒有人比他更適合這個位置了。那天晚上之後，再也沒有人見過收藏家。他趁著沒人注意的機會帶著梅林心臟的殘骸遠走高飛。艾力克斯又回到他的吧台之後站著。蘇西和我則在計劃合夥開設一家偵探社。當然我們也在計劃其他的事情，不過事情總要一步一步來。

許多老朋友和老敵人都失蹤了，一般相信他們已經死在大戰之中。

夜城繼續存在。我在時間裂縫裡見過的恐怖未來如今只是另外一條可能的時間軸，再也不比其他任何一個未來眞實。長久以來第一次，夜城終於可以掌握自己的命運了。

我也是。

《毒蛇的利齒·完》

賽門・葛林作品　新作預告

【影子瀑布】

任何地圖上都找不到影子瀑布……

影子瀑布，一個存在於世界盡頭的小鎮；當傳奇人物遭到世人遺忘，就會前去等死的地方；一個超自然生命的象墳。真實與虛構人物在此地共同生活，失落的靈魂在此找到回家的道路。

……但這並不表示它不存在。

影子瀑布市長，麗雅・富拉希爾，與李奧納多・艾許曾經是十分親密的朋友——但自從艾許死後，他們就開始避不見面。如今，影子瀑布被一個手段殘忍的連續殺人魔以及關於詹姆士・哈特回歸的預言弄得人心惶惶。麗雅、艾許以及所有影子瀑布的居民都開始想盡辦法追查一切的亂源。

他們都怕一件事——影子瀑布的毀滅。

《影子瀑布》、夜城七・《地獄債》

2008 出版

國家圖書館出版品預行編目資料

毒蛇的利齒／賽門R. 葛林（Simon R. Green）著；
戚建邦譯. ——初版. ——台北市：蓋亞文化，
2008. 01
面； 公分. --（夜城系列；第6卷）
譯自： Sharper than a Serpent's Tooth
ISBN 978-986-6815-39-3（平裝）

874.57 96024640

夜城系列 6

毒蛇的利齒 *Sharper than a Serpent's Tooth*

作者／賽門．葛林（Simon R. Green）
譯者／戚建邦
封面插畫／Blaze
封面設計／克里斯
出版／蓋亞文化有限公司
地址◎台北市 103 赤峰街 41 巷 7 號 1 樓
電話◎（02）2558-5438 傳真◎（02）2558-5439
網址◎ www.gaeabooks.com.tw
電子信箱◎ gaea@gaeabooks.com.tw
投稿信箱◎ editor@gaeabooks.com.tw
郵撥帳號◎ 19769541 戶名：蓋亞文化有限公司
法律顧問／十方法律事務所
總經銷／聯合發行股份有限公司
地址◎新北市新店區寶橋路 235 巷 6 弄 6 號 2 樓
電話◎（02）29178022 傳真◎（02）29156275
港澳地區／一代匯集
地址◎九龍旺角塘尾道64號龍駒企業大廈10樓B&D室
電話◎（852）27838102 傳真◎（852）23960050
初版三刷／2013 年 06 月
定價／新台幣299元
Printed in Taiwan

GAEA
ISBN／978-986-6815-39-3
著作權所有．翻印必究
■本書如有裝訂錯誤或破損缺頁請寄回更換■

Sharper than a Serpent's Tooth©2006 by Simon R. Green.
Complex Chinese translation Copyright ©2006 by Gaea Books Company
Published in agreement with the author, c/o JABberwocky Literary Agency
through Jia-xi books co., ltd, Taiwan, R.O.C.

毒蛇的利齒 Sharper than a Serpent's Tooth

蓋亞文化 讀者迴響

感謝您在茫茫書海中選擇了蓋亞，您的支持是我們最大的動力。
不要缺席喔，讓我們一起乘著夢想的羽翼，穿越時空遨遊天地！

姓名：	性別：□男 □女　出生日期：　年　月　日
聯絡電話：	手機：
學歷：□小學 □國中 □高中 □大學 □研究所	職業：
E-mail ：	（請正確填寫）
通訊地址：□□□	
本書購自：　縣市　書店	
何處得知本書消息：□逛書店 □親友推薦 □ DM 廣告 □網路 □雜誌報導	
是否購買過蓋亞其他書籍：□是，書名：	□否，首次購買
購買本書的動機是：□封面很吸引人 □書名取的很讚 □喜歡作者 □價格便宜 □其他	
是否參加過蓋亞所舉行的活動： □有，參加過　場　□無，因為	
喜歡出版社製作什麼樣的贈品： □書卡 □文具用品 □衣服 □作者簽名 □海報 □無所謂 □其他：	
您對本書的意見： ◎內容／□滿意 □尚可 □待改進 ◎封面設計／□滿意 □尚可 □待改進	 ◎編輯／□滿意 □尚可 □待改進 ◎定價／□滿意 □尚可 □待改進
推薦好友，讓他們一起分享出版訊息，享有購書優惠 1.姓名： 2.姓名：	 E-Mail ： E-Mail ：
其他建議：	

廣告回信 郵資免付
台北郵局登記證
台北廣字第 675 號

GAEA 蓋亞文化有限公司 收

103 台北市赤峰街 41 巷 7 號 1 樓

Gaea

GAEA